VIRTUELLES WIEN

E-Government & onlineDienste – die digitale Seite der Stadt

Johannes Luxner

Dipl.-Ing. Rudi Schicker
Amtsführender Stadtrat für Stadtentwicklung und Verkehr

Fotos: Petra Spiola, Peter Rigaud, PID

Es ist schon spannend, wenn man in *wikipedia*, dem „demokratischen Brockhaus" unseres Zeitalters, den Begriff *cyberspace* eingibt: Dass William Gibson den Begriff 1984 (also im „Orwell'schen Jahr") im Roman *Neuromancer* geprägt hat, kann man als bekannt voraussetzen. Dass sich Stanislaw Lem als Erster dem Phänomen in seinem im Jahr 1964 erschienenen Buch *summa technologiae* angenähert hat, dass sich Oswald Wiener 1969 in seinem Werk *die verbesserung von mitteleuropa* damit beschäftigt hat, mag auch Zeitzeugen im Nachhinein überraschen.

Das vorliegende Buch beschäftigt sich mit der kleinen und dennoch fast unendlichen Welt des Internets und allen in diesem Jahrzehnt entwickelten Anwendungen im Bereich der Stadt Wien. Es ist in Zeiten, in denen wir ganz selbstverständlich von *wikipedia* und *google earth* Gebrauch machen, in denen das Internet zum Kulturwerkzeug geworden ist, das über rasche Kommunikation weit hinauswirkt, angebracht, sich ein wenig auch mit dem Wiener Kapitel dieses „Entwicklungsromans" zu beschäftigen. Es ist die Geschichte des Internets in seiner Urknallzeit, die ja bekanntlich wissenschaftlich und militärisch geprägt war.

Wer sich heute in wien.at im Stadtplan schlaumacht, aktuellste Informationen über die Verkehrslage, Projekte der Stadtentwicklung oder das reiche Informations- und Serviceangebot der Stadtverwaltung nutzt, macht sich wohl kaum Gedanken darüber, wie denn all dies ins Netz kommt.

Es ist für mich als Mitglied der Wiener Stadtregierung, das seit 2001 verantwortlich ist für Stadtentwicklung, Verkehr und die MA 14 – also den infrastrukturellen „Digital-Dienstleister" der Stadt – besonders interessant, dass es die Stadtplanung unter meinem Vorvorgänger Hannes Swoboda war, die die ersten Schritte ins damals noch im Aufbau befindliche Netz gemacht hat.

Die junge Truppe der „blackbox" – die man damals vielfach noch für *Freaks* hielt – wollte nach dem Vorbild der digitalen Stadt Amsterdam das Stadtleben einem U-Bahn-Netzplan nachempfunden darstellen.

Es war nicht leicht, die damals für die Technik und Kommunikation zuständigen Experten davon zu überzeugen, dass dies ein Schritt in die Zukunft sein würde.

vienna.at ging dann als Pilot ins Netz – und war der Impuls dafür, dass jene imposante Web-Architektur entstehen konnte, die heute *wien.at* heißt.

Mein Dank als Ressort-Verantwortlicher auch für die Magistratsabteilungen MA 14 und MA 41 gilt allen Mitarbeiterinnen und Mitarbeitern in der gesamten Stadtverwaltung, die diesen Web-Auftritt in höchster Qualität und Aktualität möglich machen.

Dr. Ernst Theimer
Magistratsdirektor

Im Magistrat der Stadt Wien begann in den 90er-Jahren ein grundlegender Strukturwandel von einer zwar gut funktionierenden, aber weitgehend immer noch klassischen obrigkeitsstaatlichen Verwaltung zu einem modernen Dienstleistungskonzern. Die gleichzeitige Revolution der elektronischen Informationstechnologien bildete einen Schlüssel und Motor für diesen permanenten Prozess der Verwaltungsmodernisierung, dessen primäre Ziele Kundenorientierung, Effizienz und die Beschleunigung von Verwaltungsabläufen waren und sind.
Wien gilt, auch im internationalen Vergleich, als ausgezeichnet verwaltete Stadt. Service und Kommunikation via Internet zählen zu jenen sich dynamisch entwickelnden Angeboten, bei denen diese Qualität einer Stadtverwaltung auf der Höhe der Zeit für die Bürgerinnen und Bürger heute unmittelbar erlebbar ist.

Fred Vavrousek
Bereichsleiter für Stadtkommunikation und Medien

Wien gilt weltweit als bestens verwaltete Stadt. In der Kommunikation mit den Bürgerinnen und Bürgern nimmt der Presse- und Informationsdienst der Stadt Wien einen europäischen Spitzenrang ein. Wurde früher seitens der Stadt nach Möglichkeit allen alles mitgeteilt, wird heute versucht, punktgenau und empfängerorientiert zu informieren. Die Kommunikationsbranche hat dabei Informationsschleusen eröffnet, die weg vom Gießkannenprinzip hin zu zielgruppenorientierten Plattformen führen. Dementsprechend hat Wien sein Informationsangebot und seine Produktpalette neu ausgerichtet.
Neben der service- und bedarfsorientierten Chefredaktion für sämtliche „wien.at"-Medien, das sind Zeitungen, Broschüren und Publikationen, Direktinformationen für Haushalte, hat der Presse- und Informationsdienst die Homepage der Stadt Wien www.wien.at zu einem umfassenden und multifunktionalen Informationsportal ausgebaut. Amtswege per Mausklick, Veranstaltungs-Live-Streamings und rund 43.000 Informationsseiten, die multimedial und usergerecht aufbereitet sind, bilden die wesentlichen Säulen der so „virtuell" abgebildeten Stadt als Dienstleistungsunternehmen. Die durchschnittlich 26 Millionen Seitenzugriffe pro Monat attestieren der Homepage, dass sie das beliebteste Informationsmedium der WienerInnen und Wiener ist. Dementsprechend gibt es auch eine englische, türkische, bosnisch/serbisch/kroatische Ausgabe. Dass die Attraktivität des „Fensters zur Welt" trotzdem noch gesteigert werden kann, ist angesichts der Breitbandkommunikationsmöglichkeiten der logische nächste Schritt, an dem gerade gearbeitet wird ...

INHALT

EINLEITUNG

zugriff von
0 bis 24h

Als der Internetauftritt der Stadt Wien am 1. Mai des Jahres 1995 unter der damals noch gebräuchlichen URL **www.wienonline.at** erstmals ins Netz ging, konnte niemand genau ahnen, zu welch vielseitiger Plattform sich diese Webpräsenz in den folgenden Jahren entwickeln sollte. Selbst ExpertInnen gaben sich zu jener Zeit uneinig ob und inwiefern diese neue Informations- und Kommunikationstechnologie zukünftig Relevanz im Generellen, und für die öffentliche Hand im Speziellen, besitzen würde. Schließlich galt Mitte der Neunzigerjahre die private Anbindung an das World Wide Web als Ausnahme und nicht als Regel – was im Widerspruch zu einem effizienten Einsatz für an BürgerInnen gerichtete Dienste steht. Die prosperierende Entwicklung des Internets gab auf all diese Fragen jedoch eine klare Antwort.

Als ebenso prosperierend muss die Entwicklung von **www.wien.at** betrachtet werden: Die Homepage der Stadt Wien hat sich sozusagen vom pionierhaften elektronischen Kommunikationsexperiment zu einer für viele Menschen täglichen Anlaufstelle für Informationen und behördliche Notwendigkeiten entwickelt. Mit mehr als 43.000 Seiten zählt der Internetauftritt der Stadt Wien nicht nur zu den inhaltlich umfangreichsten Webpages Österreichs. Die beeindruckende Zahl von bis zu 30 Millionen Seitenabrufen durch knapp eine Million User pro Monat verdeutlicht nur, dass **www.wien.at** wesentlich mehr als die elektronische Ergänzung zum behördlichen Alltag darstellt.

Wobei die Entwicklung sehr zügig und kontinuierlich voranschritt: Bereits im Jahr 1996 sorgte der erste digitale Stadtplan für einen repräsentativen Vorgeschmack darauf, welche Erleichterung des Alltags die digitalen Weiten des Wiener Internetauftritts mit sich bringen können. Diese Stadtplanfunktion gehört nach unzähligen Erweiterungen und technischen Updates heute noch zu den meistgenutzten Services von **www.wien.at**. Bereits zwei Jahre später präsentierte die Homepage die ersten E-Government-Anwendungen unter dem unmissverständlichen Begriff **„Virtuelles Amt"**. Erstmals war es somit möglich, Behördliches vom privaten Rechner aus zu erledigen.
Dass heute selbst die Bezahlung etwaiger anfallender Gebühren vielfach elektronisch abgewickelt werden kann, bestätigt die herrschende Innovationsfreudigkeit. Im Jahr 2001 grafisch komplett runderneuert und erstmals unter der URL **www.wien.at** ansteuerbar, war der große Erfolgskurs dieses Vorzeigeprojekts klar vorgezeichnet.

Wobei ein genauer Blick auf die Homepage des Internet-Informationsdienstes **www.alexa.com**, dessen Service darin besteht, die meistgenutzten Internetseiten eines Landes zu dokumentieren, zu Tage fördert, dass der Internetauftritt der Stadt Wien auch abseits des inhaltlich Gebotenen außerordentlich bemerkenswert ist: Keine andere Webpräsenz einer europäischen Hauptstadt erfreut sich solch eines Zuspruchs von Seiten der NutzerInnen wie **www.wien.at**. Die Homepage zählt regelmäßig zu den 50 meistfrequentierten Internetseiten Österreichs.

Vergleichbare virtuelle Auftritte anderer europäischer Hauptstädte erreichen in seltenen Fällen höchstens die Top 100 ihrer Länder-Rankings.

Dass dieses statistische Ergebnis durchaus einen qualitativen Hintergrund hat, bestätigt sich von anderer Seite: Die britische Wochenzeitung „The Economist" listet alljährlich, unter starker internationaler Medienwahrnehmung, die so genannte E-Readiness aller Staaten weltweit. Der Begriff E-Readiness steht für den Entwicklungsgrad der Informations- und Kommunikationstechnologie eines Landes – unter Bedachtnahme auf das dadurch resultierende Wohl von Wirtschaft und Gesellschaft. Einer der zentralen Parameter dieser Untersuchung ist der Entwicklungsgrad der E-Government-Dienstleistungen.
Als im Juni 2008 „The Economist" neue E-Readiness-Daten veröffentlichte, fand sich Österreich erstmals unter den zehn bestentwickelten Ländern weltweit: knapp hinter der Schweiz und einen Platz vor Norwegen. Gemessen wird dabei auf einer Skala von eins bis zehn. Der regelmäßige Sieger des Rankings – die Vereinigten Staaten – erreicht in der Auflistung 8.95 Punkte. Österreich glänzt mit 8.63 Punkten. Auch für die MacherInnen von **www.wien.at** ein klares Signal, dass in diesem Sektor von Beginn an außerordentlich gute Arbeit verrichtet wurde.

Die folgenden Seiten dieses Buches werden nun eindrücklich zeigen, in welch unterschiedlichen Ausformungen BürgerInnen vom Internetangebot der Stadt Wien profitieren. Dem städtischen Alltag wird **www.wien.at** in Form von Stadtplänen und thematischen Karten ebenso gerecht, wie den Bedürfnissen von ProfessionistInnen, die etwa auf das umfangreiche Produktangebot der Wiener Stadtvermessung zurückgreifen können. Prinzipiell an Wien interessierten Menschen wird eine ebenso breite Palette an Inhalten und Visualisierungen geboten: Wiens Geschichte, Kultur, Architektur oder archäologische Aspekte können online in unvergleichbarem Umfang und ebensolcher Aufmachung erlebt werden. Und seien es RadfahrerInnen, HundehalterInnen, Heiratswillige, Gewerbetreibende oder Wohnungssuchende – sie alle werden auf der Suche nach Hilfestellungen und Informationen fündig werden. Vor allem die erwähnten ausgezeichneten E-Government-Anwendungen des Virtuellen Amts zeigen sich in beeindruckender Vielfalt: Egal ob es um den Antrag auf Erteilung des Parkpickerls oder um Drehgenehmigungsansuchen geht. Dass all diese Dienste von der Bevölkerung ausgiebig genutzt werden, darf ohne Vorbehalte als Qualitätssiegel gesehen werden. Dem nicht genug, werden auch Unterhaltungswillige, Lärm- oder Baustellengeplagte und jene, die einen barrierefreien Weg durch die Stadt suchen, online fündig.

Wie Wien in Zukunft aussehen wird, kann im Bereich der Stadtentwicklung erlebt werden. Wobei die genannten Funktionen lediglich einen Teilausschnitt des auf **www.wien.at** online dargebrachten Angebots darstellen. Deshalb ist es alles andere als abwegig, hier von einem virtuellen Wien zu sprechen – sozusagen von einer digitalen Nebenwelt. Die wichtigsten Aspekte der Stadt finden sich benutzerInnenfreundlich aufbereitet im Netz wieder. Und um der Tatsache gerecht zu werden, dass die Inhalte an jedem beliebigen Ort und vor allem zu jeder beliebigen Tageszeit abgerufen werden können, besitzen die folgenden Kapitel einen besonderen Aufbau. „Virtuelles Wien" folgt keiner thematischen Gliederung. Vielmehr begibt sich dieses Buch auf einen Tagesausflug durch die Dienste und Services des Webauftritts. Jedes der nun folgenden 24 Kapitel entspricht einer Stunde des Tages – inklusive eines kühnen Blicks in die Zukunft. Denn egal ob frühmorgens zwecks Routenplanung, am Nachmittag, um online freie Parkplätze zu finden oder in der Nacht, um das TV-Angebot von wien.at-TV zu nutzen oder etwa im Angebot des Webflohmarkts zu stöbern: Auch das Verhalten der NutzerInnen von **www.wien.at** ist ähnlich dynamisch wie das Wesen des Internets an sich. Dem soll dieses Buch entsprechen. Und es darf mitunter gestaunt werden, welch thematisch unvermutete Serviceleistungen die Website für ihre User parat hat.

Doch bevor wir uns ausgiebig der inhaltlichen Seite der Homepage der Stadt Wien annehmen, sei auch ein Blick auf Technisch-Strukturelles geworfen. Schließlich bemisst sich der Nutzen der digitalen Dienstleistungen auch an einer generellen Verfügbarkeit des Mediums Internet. Dass man in Wien seit jeher darauf bedacht war, die Vielzahl an virtuellen Services möglichst allen BürgerInnen anbieten zu können, davon zeugen viele Initiativen im technischen Kontext:

Bereits zu einer Zeit, als von Internet noch längst keine Rede war, setzte man in Wien auf die öffentliche Zugänglichkeit von digitalen Services für die Bevölkerung. Damals konnte freilich niemand ahnen, dass diese Maschinen in ihrer weiterentwickelten Form den öffentlichen Raum einmal außerordentlich dicht besiedeln werden.

Wir schreiben das Jahr 1993: In Wiener Amtshäusern wurde das nach Rock 'n' Roll klingende Wohnungsinformationssystem „Elwis" erstmals installiert. Ein Computer-Terminal, der dazu gedacht war, aktuelle Wohnungsangebote öffentlich zugänglich zu machen. Damals erfolgten die Updates der Datensätze noch per Diskette und in einem Intervall von 14 Tagen. Ein aus heutiger Sicht archaisches Gerät, das jedoch früh signalisierte, dass die Zukunft der effizienten BürgerInnenservices im digitalen Sektor beheimatet ist.

Richtig ernst in Hinsicht auf öffentlichen Internetzugang für jedermann wurde es im Jahr 1998. Mit den so genannten Vienna Access Points hielten in Wien die ersten gratis zugänglichen Internetterminals Einzug. In Amtshäusern, Bezirksämtern, Krankenanstalten, im Rathaus, aber auch erstmals im öffentlichen Raum zur Verfügung gestellt, leisteten diese Geräte via Touch-Browser gute Dienste, um nach den Web-Inhalten der Stadt Wien zu suchen. Auch wenn sich in der Nachbetrachtung die Surf-Geschwindigkeit der mit ISDN-Anschlüssen versehenen Maschinen in Grenzen gehalten hat.

Heute prägen die so genannten Multi-Media-Stations das Wiener Stadtbild und gewährleisten damit den kostenlosen Zugang zu den Inhalten von **www.wien.at**: Auf öffentlichen Plätzen des gesamten Stadtgebiets sorgen mehr als 500 Geräte für komfortable Internetbenutzung. Diese futuristischen Telefonzellen erlauben neben dem gratis Zugriff auf **www.wien.at** auch kostenlose Telefonie mit den Servicestellen der Wiener Stadtverwaltung. Wer das gesamte Web durchforsten, telefonieren und E-Mails oder SMS schreiben möchte, kann dies per Kleingeldeinwurf ebenfalls von den Multi-Media-Stations aus bewerkstelligen. Und auch an jene Menschen, die mit Laptops oder Notebooks im urbanen Raum unterwegs sind, ist von Seiten der Stadt Wien gedacht: An mehr als 200 Standorten können Homepages mit der Domain **„gv.at"** über drahtloses Internet (WLAN) kostenlos erreicht werden. Internet ist in Wien sozusagen überall zugegen.

Doch genug der Infrastruktur und der einleitenden Worte: Widmen wir uns in ausgiebiger Form den Web-Inhalten von **www.wien.at** und reisen einen Tag lang durch die Servicelandschaft der offiziellen Homepage der Stadt Wien.

Safari Ablage Bearbeiten Darstellung Verlauf Lesezeichen Fenster Hilfe
wien.at – Infos und Services aus der Wiener Stadtverwaltung
http://www.wien.gv.at/
Suchen:
Erweiterte Suche
wien at
Webservice der Stadt Wien
english
bosanski/hrvatski/srpski
türkçe
Virtuelles Amt
Stadtplan
Fahrplanauskunft
Kontakte zur Stadt
Notrufe & Hotlines
Bezirke
Bildung
Forschung
Freizeit
Gesundheit
Kultur
Medien
Menschen
Politik
Soziales
Stadtentwicklung
Tourismus
Umwelt
Veranstaltungen
Verkehr
Verwaltung
Wirtschaft
Wohnen
Newsletter anfordern
Bestellservice
E-Postkarten
Webcams
Diskussionsforen
Jobbörse
Rechtsinformationen
Vergabeverfahren
Wien in Zahlen
Ab Herbst
Ausbildung
Wiener Töchtertag
Ostern in Wien
Jetzt auf wien.at
Was ist los in Wien?
Nachrichten aus der rathaus-korrespondenz
wien.at-TV aktuell
Zu Gast in Wien
wien.at-Magazine
Stadt Wien
Themen finden
Besser schreiben
Texas Instruments
TI-1795SV

Di 13:07 rw_widmann
RSS
Google
MedienManager
Wissenschaft
Lexika
Amazon
_Nacht_Frhstck.doc
HALTEN

City Bike Tours
729 72 34
Rent a Bike

DIENST: RADFAHREN IN WIEN

http://www.wien.gv.at/verkehr/radfahren

zugriff
06.30

Auch wenn die Wiener Topografie nicht „brettleben" wie etwa die von Amsterdam ist, gilt das Fahrrad längst als adäquates Fortbewegungsmittel im städtischen Verkehr. Das kommt nicht von ungefähr: Mit dem massiven Ausbau des städtischen Radwegnetzes hat sich die Wertigkeit des wohl umweltfreundlichsten Verkehrsmittels stark verändert. Dabei geht es schon längst nicht mehr ausschließlich um das Trimmen des Körpers oder heitere Ausflugsfahrten. Das Fahrrad ist im innerstädtischen Bereich zum schnellsten Fortbewegungsmittel aufgestiegen. Doch wer sich auf zwei Rädern effizient durch den urbanen Raum bewegen will, ist gut beraten, umfassende Informationen rund ums Rad einzuholen. Nicht nur was Radwege und Routen anbelangt. Vor allem das Wissen um Verkehrstechnisches – von Bodenmarkierungen bis hin zu Regeln im Straßenverkehr – fördert nicht nur die Sicherheit, sondern garantiert das schnellste Vorankommen. Wer sich aufs Rad schwingt, egal ob frühmorgens in Richtung Arbeitsplatz oder am Wochenende zwecks Freizeitgestaltung, tut gut daran, einen Blick auf www.wien.at zu werfen. Aber auch TouristInnen und einstweilen noch fahrradlose Neo-WienerInnen werden bemerken, dass das Internetangebot rund ums Rad einiges zu bieten hat. Denn moderne Informationstechnologie ermöglicht mit wenigen Mausklicks, was früher mit langwierigen Kartenstudien oder Broschürenlesen verbunden war.

Mit einer momentanen Streckenlänge von mehr als 1.000 Kilometern wächst das Wiener Radwegnetz seit den frühen Achtzigerjahren kontinuierlich. Waren es im Jahr 1986 im Vergleich noch bescheidene 168 Kilometer, gilt es für urbane Pedalritter in der Zwischenzeit den Überblick über das weit verzweigte Wegnetz zu bewahren: Mit der digitalen Radroutensuche bietet www.wien.at den onlineDienst für städtische FahrradbenutzerInnen schlechthin.

Denn so flexibel wie sich das Rad als tägliches Verkehrsmittel gibt, dementsprechend gestaltet sich die Routensuche durch eine Vielzahl an individuell einzustellende Parameter. Sozusagen die virtuelle Vorstufe zum sicheren und effizienten Ausritt mit dem Fahrrad: Neben den selbstverständlichen Grundparametern Startadresse und Zieladresse lässt sich die geplante Route in der Eingabemaske praktisch und unkompliziert spezifizieren. Wer auf dem Weg von A nach B eine Zwischenhalteadresse ansteuern will, kann dies in die Berechnung der Route ebenso miteinfließen lassen. Nicht nur das: Mit den beiden Optionen „Sichere Route“ oder „Kurze Route“ wird der onlineDienst individuellen Radfahrbedürfnissen gerecht. Die „Sichere Route“ berechnet den Weg über vom Autoverkehr getrennt angelegte Radfahranlagen und nimmt damit geringfügige Umwege in Kauf. Die empfehlenswerte Variante für Rad fahrende Familien und mit dem Großstadtverkehr weniger Geübte. Eiliger Veranlagte lassen sich den Weg hingegen via „Kurze Route“ berechnen und teilen sich somit bestimmte Abschnitte der Strecke mit dem Restverkehr. Dass die Radroutensuche präzise Berechnungen in Hinsicht auf die veranschlagte Dauer der Fahrt liefert, ist garantiert: Durch das Festlegen der geplanten Durchschnittsgeschwindigkeit in der Eingabemaske ergeben sich nur marginale Unterschiede zwischen der virtuellen und der tatsächlichen Fahrt mit dem Fahrrad.

1

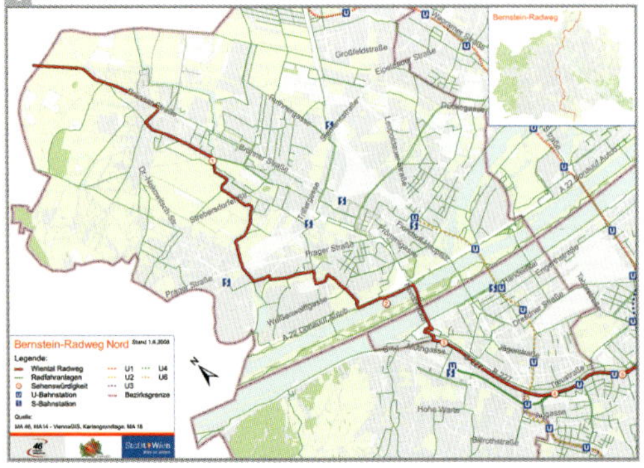

2

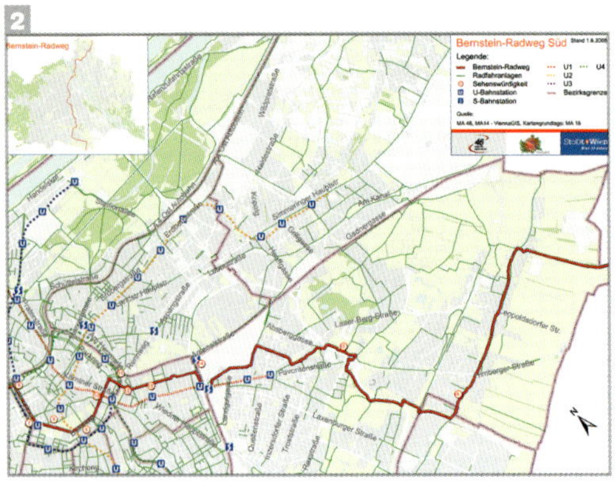

3

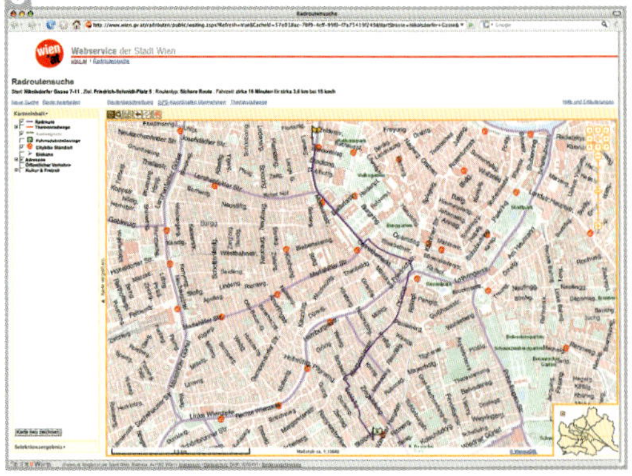

4

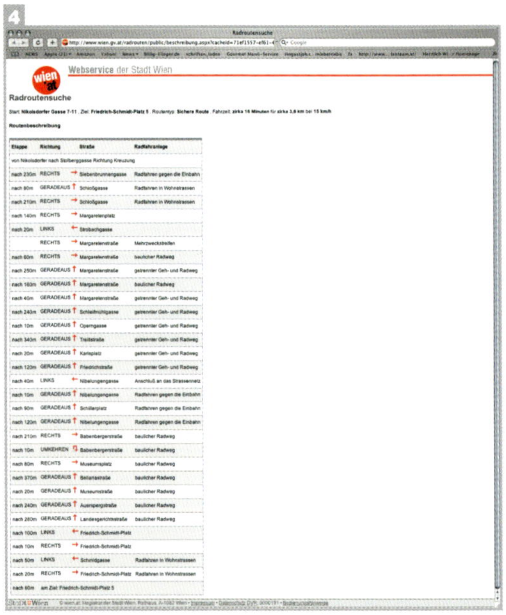

1 Radroutenberechnung **2** Detailvariante Routenberechnung **3** Stadtplanansicht Radwege **4** Schriftliche Routenbeschreibung

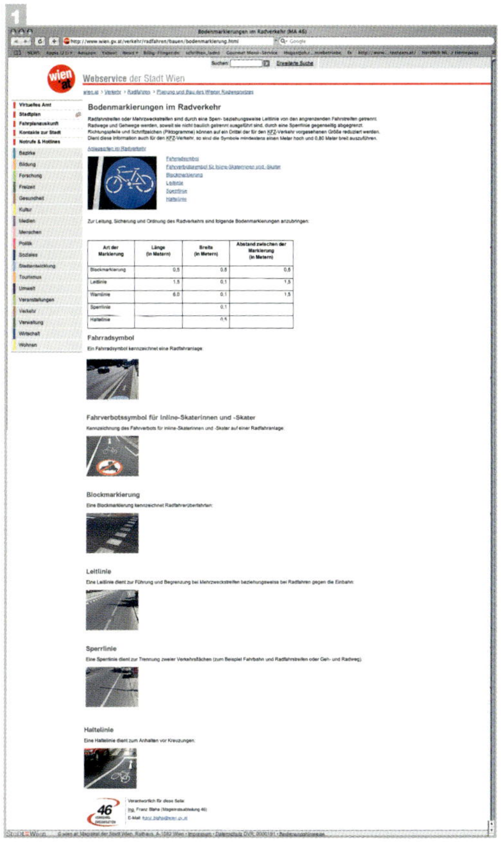

1 Übersicht: Bodenmarkierungen und Verkehrszeichen **2** Übersicht: Themenradwege **3** Statistik: Radverkehrs-Dauerzählstelle

Wobei es nahezu ausgeschlossen ist, auf dem Weg verloren zu gehen: Die Strecke wird nicht nur grafisch in allen erforderlichen Zoomstufen auf dem digitalen Stadtplan dargestellt. Eine schriftliche Routenbeschreibung mit präzisen Angaben zu Straßennamen, Abbiegerichtung, Art der Radfahranlage und exakte Meterangaben dient als verlässlicher Wegweiser. Doch es geht noch eleganter: Dank moderner GPS-Technik besteht die Möglichkeit, die Radfahrroute nicht nur digital zu planen, sondern per digitaler Lotsung den Weg durch die Stadt zu finden – vorausgesetzt man verfügt über ein entsprechendes Endgerät: Die Applikation ermöglicht einen unentgeltlichen Download der GPS-Koordinaten.

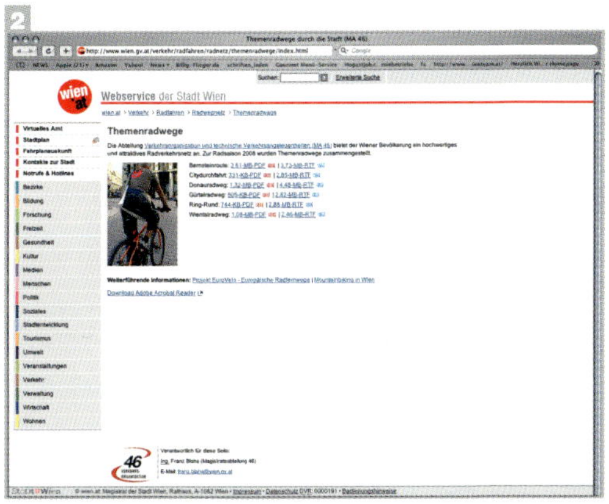

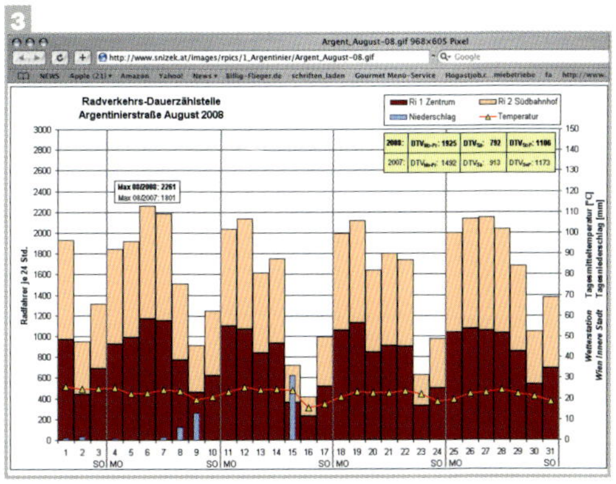

Und selbst fahrradlose Menschen, allen voran Wien-TouristInnen, profitieren vom umfangreichen Internetangebot der Stadt. Das in den vergangenen Jahren rasant gewachsene Gratis-Citybike-Netz ist integraler Bestandteil der digitalen Radnetzkarte. Somit ist mühelos eruierbar, wo die nächstgelegene der derzeit gut 50 Bike-Stationen zu finden ist. Die 300.000 pro Jahr getätigten Citybike-Fahrten sind ein deutliches Signal, wie sehr das Fahrrad als alltagstaugliches Verkehrsmittel erkannt wird.

Welch hohen Stellenwert Radfahren in Wien mittlerweile besitzt, kommuniziert auch die Bandbreite an anderweitigen Services, die der Netzauftritt der Stadt Wien rund ums Fahrrad zu bieten hat: Informationen zu Verkehrsregeln und -zeichen, Bodenmarkierungen oder Fahrausweise für Kinder sorgen für das notwendige Sicherheitswissen. Förderanträge bezüglich der Errichtung von Fahrradständern auf nicht öffentlichem Grund sind via Download verfügbar. Wen es am Wochenende ins Gelände zieht, der erhält unzählige Tipps bis hin zu exakten Routen inklusive GPS-Koordinaten zum Thema Mountainbike. Aber auch weniger abenteuerlustigen RadlerInnen wird eine breite Palette an Themenradwegen geboten – vom Wientalradweg bis hin zur so genannten Bernsteinroute. Menschen mit Vorliebe für Statistiken erhalten höchst aktuelle Daten zur Radverkehrszählung. Und weil das Wiener Radwegnetz ständig erweitert und erneuert wird – bis zum Jahr 2010 soll der Anteil des Radverkehrs von sechs auf acht Prozent des Gesamtverkehrsaufkommens gesteigert werden –, sorgt die akribische onlineAuflistung der zukünftigen, bestehenden und abgeschlossenen Baustellen für höchstmögliche Transparenz.

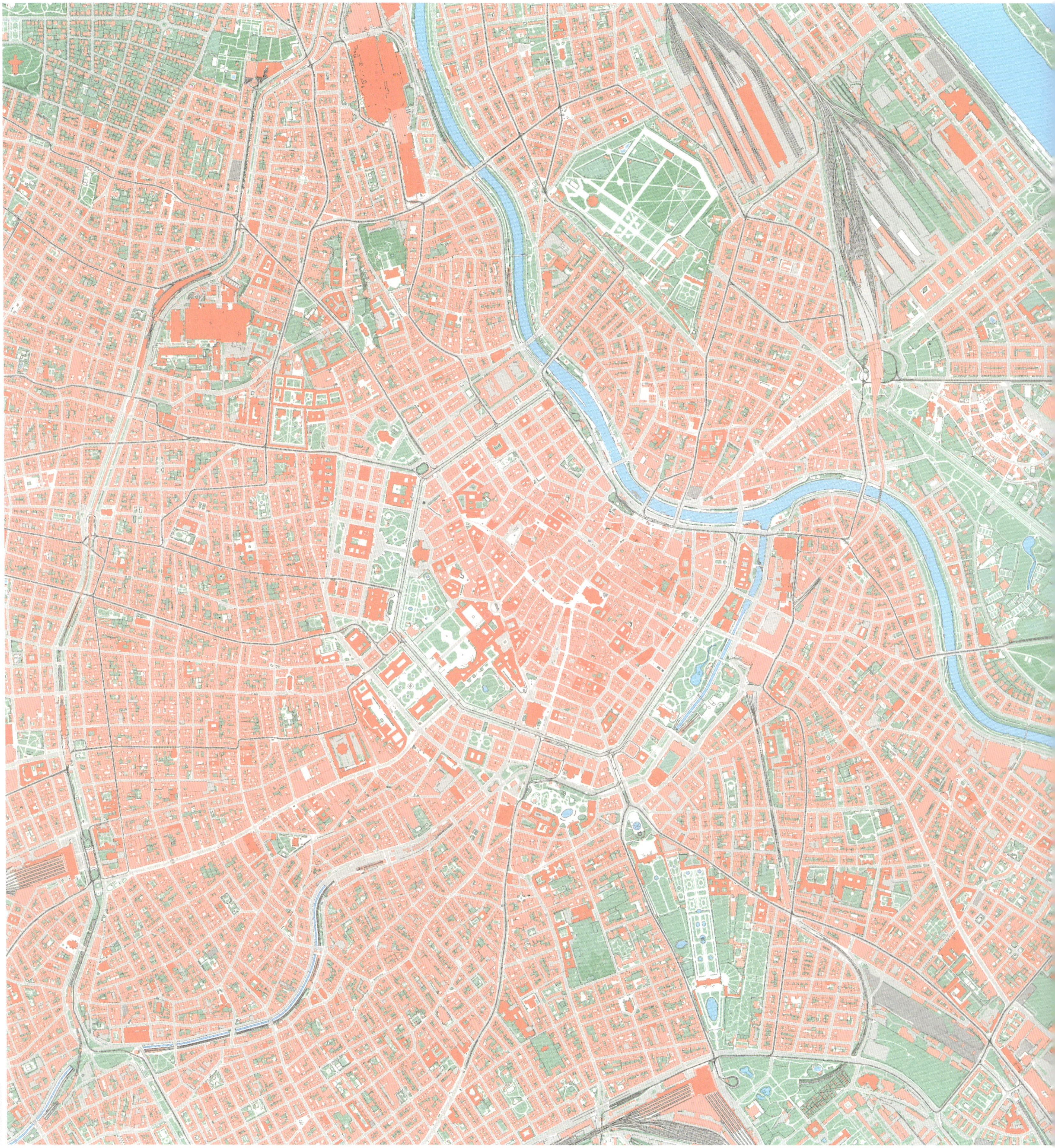

http://www.stadtvermessung.wien.at

zugriff
07.35

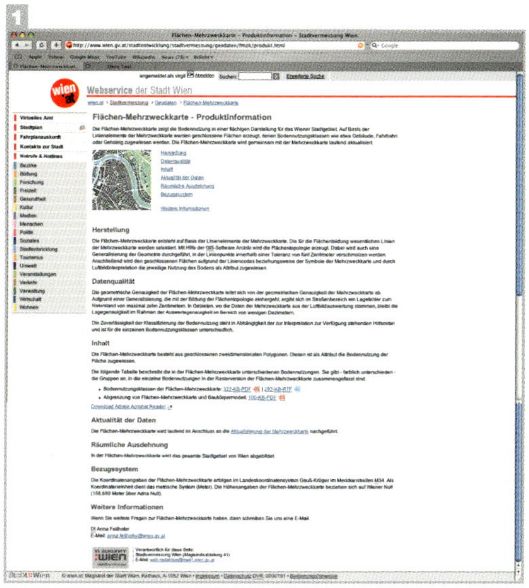

Um eine Vielzahl der digitalen Services auf www.wien.at erst zu ermöglichen, bedarf es vor allem einer Grundkomponente: den Leistungen der MA 41 – der Wiener Stadtvermessung. Seien es thematisch bezogene Karten oder sei es der viel genutzte Stadtplan – die digitale Mehrzweckkarte ist das Ausgangsinstrument, um Wien überhaupt ein solch umfangreiches virtuelles Erscheinungsbild zu verleihen, wie es täglich von zehntausenden NutzerInnen erlebt wird. Auch wenn die prinzipielle Notwendigkeit dieses digitalen Produkts nicht unmittelbar durch das World Wide Web bedingt ist.

Die Mehrzweckkarte leistet nicht nur den MacherInnen der Webpage gute Dienste – sie wird vor allem abseits des Internets etwa von Magistratsabteilungen wie der Stadtplanung genutzt – und stellt dabei ein komplexes Gefüge aus unzähligen Daten dar: Die digitale Mehrzweckkarte umfasst alle mit der Geländeoberfläche verbundenen Objekte des gesamten Wiener Stadtgebietes. Im Konkreten bedeutet das zum Beispiel die Abbildung von Gebäuden, Straßen, Gleiskörpern und Gehsteigen – aber auch die Markierung eines jeden Kanaldeckels. Um all diese Komponenten sichtbar zu machen, vermisst die MA 41 (teilweise in Kooperation mit privaten Zivilingenieurbüros) mittels zweier unterschiedlicher Methoden: Zum einen werden die Objekte im Straßenraum mit so genannten elektronischen Tachymetern vermessen und zum anderen wird der Innenbereich der Straßenblöcke mittels digitaler Luftbildauswertung erfasst, um zum Beispiel Gebäudelinien, Ein-

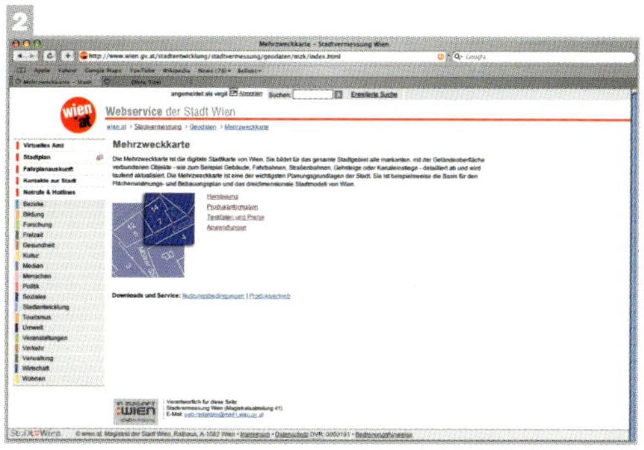

1 Produktinformation Flächen-Mehrzweckkarte
2 Detailinformationen Mehrzweckkarte

friedungen oder etwa Baumgruppen darzustellen. Schließlich dient die Karte nicht nur in erster Linie der Orientierung – sie vermittelt Informationen und ist Ausgangsinstrument in unzähligen Anwendungsbereichen: Flächenwidmungs- und Bebauungspläne, aber etwa auch die digitale Erfassung aller Leitungen, Kabel und Kanäle im so genannten Leitungskataster.

Durch dieses aufwändige Verfahren werden Objekte des öffentlichen Raums nicht nur lage-, sondern auch höhenmäßig vermessen. Alle Vor- und Rücksprünge im Straßenraum, die größer als fünf Zentimeter sind, werden dadurch Bestandteil der digitalen Mehrzweckkarte. Um das endgültige Erscheinungsbild mit allen relevanten Informationen zu definieren, erfolgt eine kartografische Bearbeitung.

In diesem letzten Schritt wird die Darstellung inhaltlich und grafisch ergänzt, indem Texte und Symbole miteinbezogen werden. Etwa Straßennamen, Hausnummern, topografische Begriffe und die exakte Benennung von öffentlichen Gebäuden wie Schulen, Amts- oder Krankenhäusern. Insgesamt unterscheidet die digitale Mehrzweckkarte mehr als 200 verschiedene Objekte des öffentlichen Raums.

Die Mehrzweckkarte ist Ausgangsbasis für unzählige weitere Stadtvermessungsprodukte. Um dem Anspruch nach Aktualität gerecht zu werden, bedarf es einer ständigen Aktualisierung dieser auf wenige Zentimeter genauen Daten. Seit dem Jahr 1997 erfolgt eine vollständige Überarbeitung von Wien im Zyklus von drei Jahren. Baulich kaum berührte Gebiete wie der Wienerwald, die Lobau oder der Lainzer Tiergarten werden in einem Zyklus von fünf bis zehn Jahren neu vermessen.
Wobei darauf geachtet wird, dass massive Änderungen im Wiener Stadtbild so schnell wie möglich Berücksichtigung finden. Wie aktuell die jeweiligen Daten in Bezug auf bestimmte Stadtteile sind, kann der Homepage mit einem entsprechenden PDF entnommen werden.
Testdaten – für jene, die an einer beruflichen Nutzung der Mehrzweckkarte interessiert sind und dementsprechend große Datensätze benötigen – können ebenfalls online abgerufen werden.

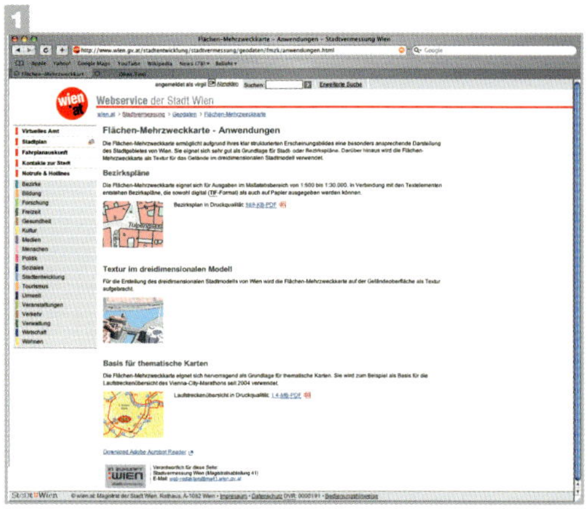

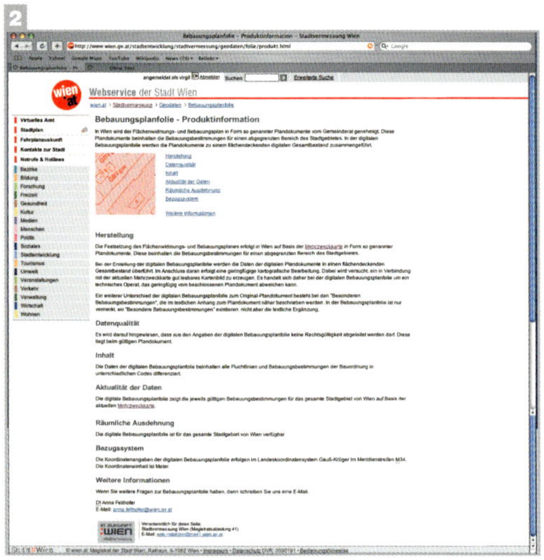

1 Anwendungen Flächen-Mehrzweckkarte **2** Produktinformation Bebauungsplanfolie

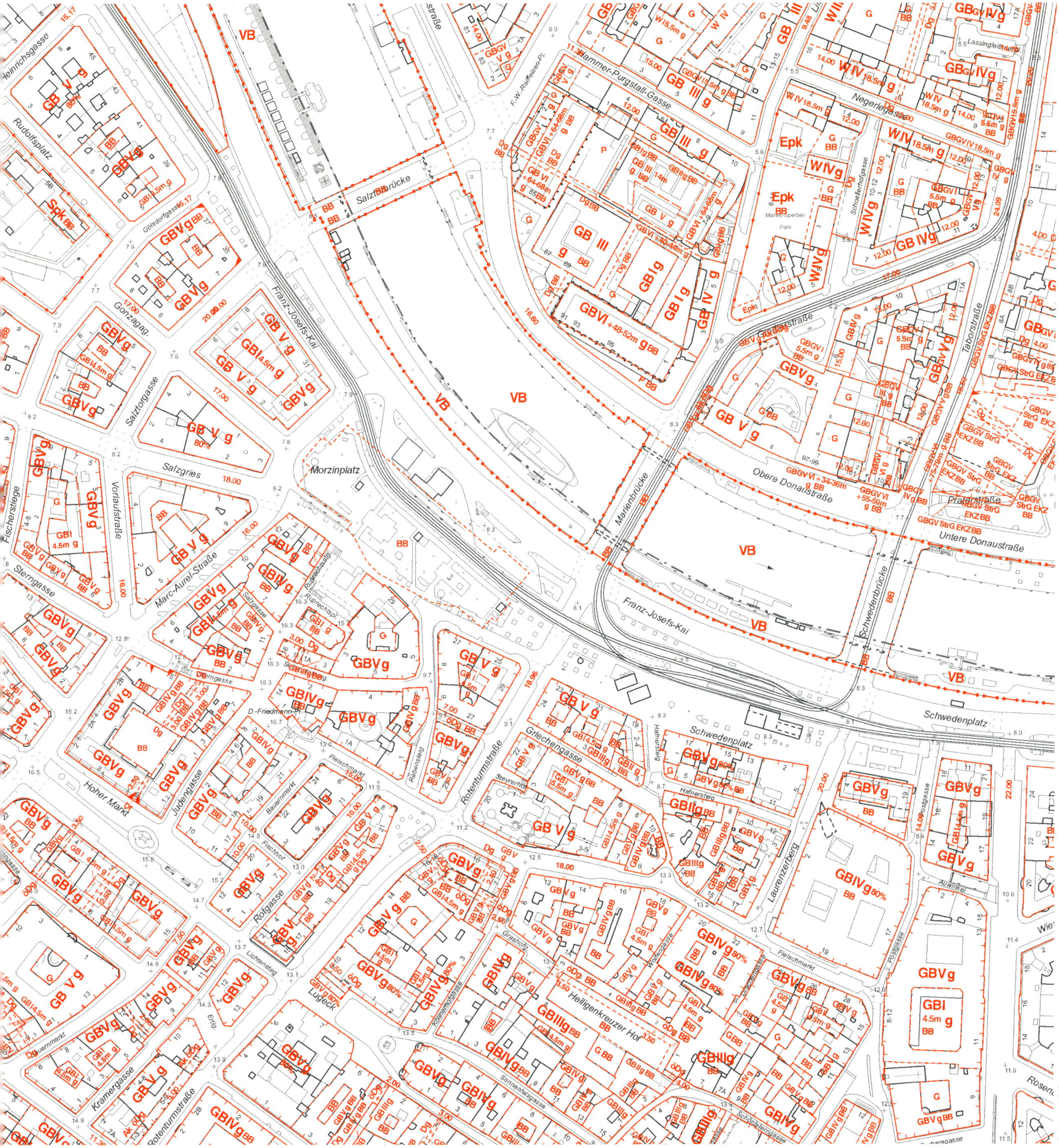
Heinrichsgasse
Rudolfsplatz
Gölsdorfgasse
Gonzagag.
Salztorgasse
Salzgries
Fischerstiege
Vorlaufstraße
Sterngasse
Marc-Aurel-Straße
Franz-Josefs-Kai
Morzinplatz
Salztorbrücke
Hammer-Purgstall-Gasse
F.-W.-Raiffeisen-Pl.
Negerlegasse
Schiffamtsgasse
Marien-Sperber-Park
Gredlerstraße
Taborstraße
Obere Donaustraße
Untere Donaustraße
Praterstraße
Marienbrücke
Schwedenbrücke
Schwedenplatz
Ruprechtspl.
D.-Friedmann-Pl.
Judengasse
Hoher Markt
Fleischmarkt
Rabensteig
Rotenturmstraße
Griechengasse
Steyrerhof
Hafnersteig
Laurenzerberg
Postgasse
Auwinkel
Bauernmarkt
Fischhof
Rotgasse
Lichtensteg
Lugeck
Kramergasse
Wollzeile
Heiligenkreuzer Hof
Sonnenfelsgasse
Schönlaterngasse
Drachengasse
Köllnerhofgasse
Grashofg.
Lassingleithnerpl.
VB

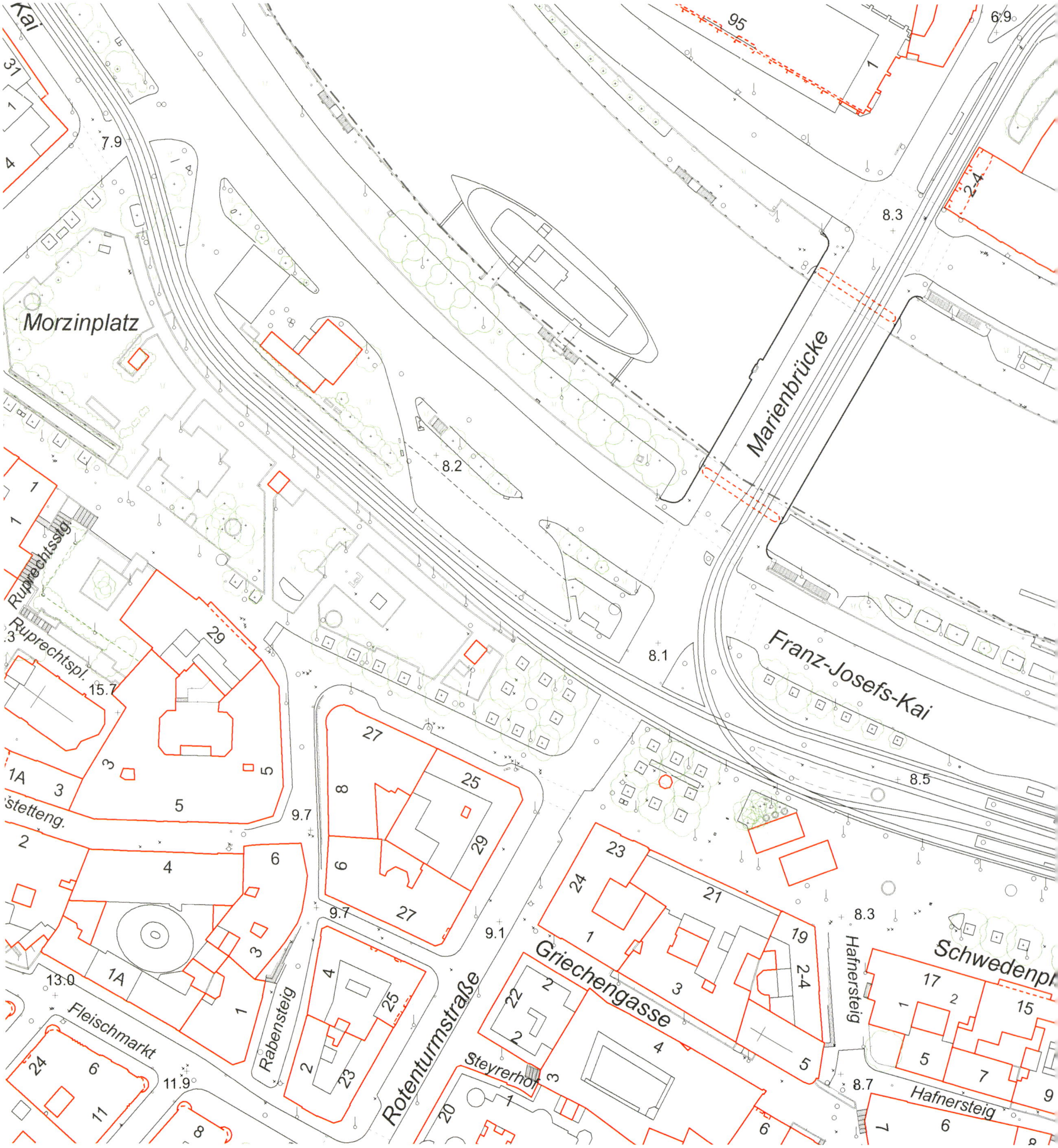
Kai
Morzinplatz
Marienbrücke
Franz-Josefs-Kai
Ruprechtsstg.
Ruprechtspl.
Rabensteig
Rotenturmstraße
Griechengasse
Steyrerhof
Fleischmarkt
Hafnersteig
Schwedenpl

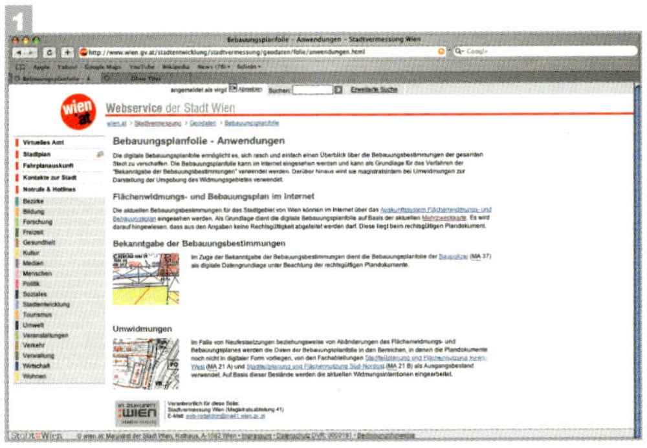

Eine jener Weiterentwicklungen der Mehrzweckkarte, die NutzerInnen von www.wien.at besonders vertraut ist, ist die so genannte Flächen-Mehrzweckkarte. Dabei sind es vor allem mit thematischen Karten arbeitende onlineServices, die auf diese Daten zurückgreifen. Die Flächen-Mehrzweckkarte besitzt den entschiedenen Vorteil, dass sich der Stadtraum damit sehr klar und übersichtlich darstellen lässt, indem die jeweilige Bodennutzung gewissen farblichen Mustern zugeordnet ist. Häuser heben sich prägnant von Straßen und Gehsteigen ab. Wasserflächen sind deutlich erkennbar und selbst Glashäuser, Äcker oder Verkehrsinseln werden als eigene Flächen ausgewiesen. Wie genau Wiens Stadtgebiet tatsächlich vermessen wird, signalisiert hier, etwa im Fall von Altbauten, die klare Erkennbarkeit von noch so schmalen Lichthöfen. Die Oberflächenbeschaffenheit von Innenhöfen – ob begrünt oder betoniert – zeigt sich hier genauso deutlich. Durch die direkte Koppelung an die Daten der Mehrzweckkarte ist auch die Aktualität der Flächen-Mehrzweckkarte jederzeit garantiert.

Eine weitere Anwendung der Mehrzweckkarte zeigt sich in der digitalen Bebauungsplanfolie: Diese auf www.wien.at vor allem im Bereich des Flächenwidmungsauskunftssystems eingesetzte Karte gibt einen raschen Überblick über bestehende Bebauungsbestimmungen im gesamten Wiener Stadtgebiet. Dabei stellt diese Karte ein Konglomerat der so genannten Plandokumente dar. Diese digitalen Plandokumente enthalten vom Gemeinderat festgelegte Bestimmungen zur Bebauung und Flächenwidmung und dienen vor allem in baupolizeilichen Angelegenheiten als wichtiges Arbeitsinstrument.

Für eine intensive Beschäftigung mit der Bebauungsplanfolie abseits von www.wien.at können diese Pläne, die in einer Einheit von 100 Hektar erworben werden. Testdaten sowie Informationen zum Bestellungsvorgang stehen auch hier online zur Verfügung.

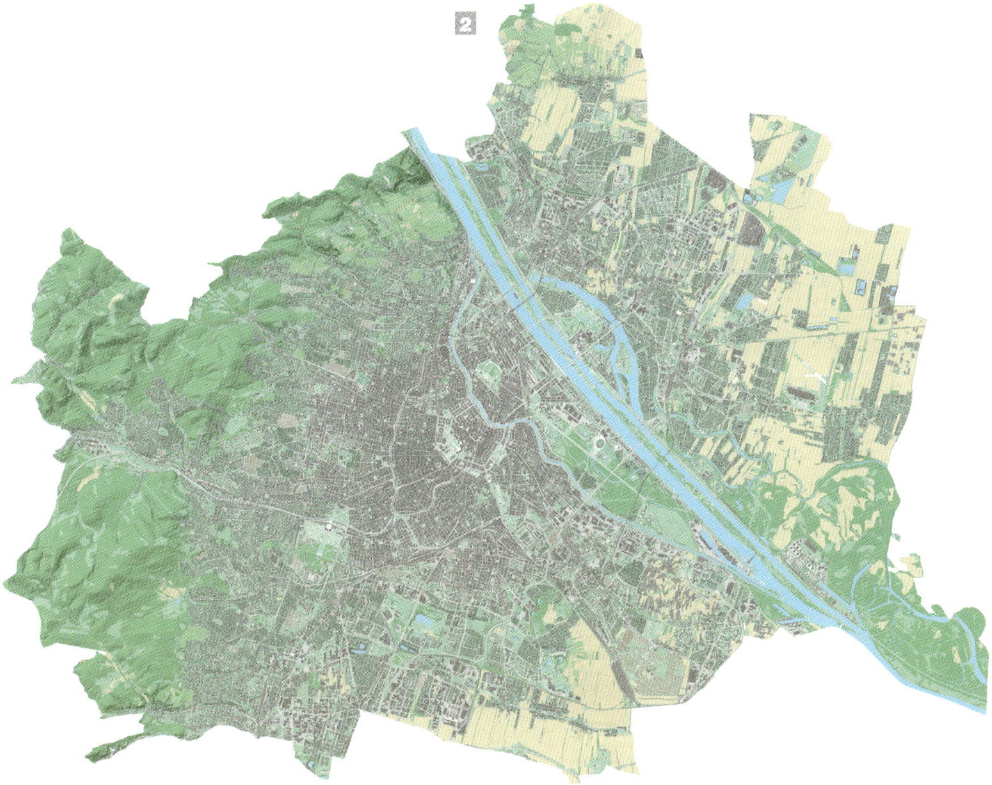

1 Anwendungsübersicht Bebauungsplanfolie **2** Flächen-Mehrzweckkarte: Übersicht Wien

http://www.stadtentwicklung.wien.at

zugriff 08.41

„Mögest du in interessanten Zeiten leben." Diese gern zitierte chinesische Weisheit gilt im heutigen Wien in erster Linie auf dem Gebiet der Stadtplanung und Stadtentwicklung. Seit der vorletzten Jahrhundertwende, als Wiens Stadtstruktur nachhaltig definiert wurde, gibt sich die Zahl der städtebaulich einschneidenden Großprojekte nicht so hoch. Dieser städtebauliche Transformationsprozess entspricht einer Vielzahl an Entwicklungen: steigende Bevölkerungszahlen, demografische Veränderungen, aber auch eine veränderte geopolitische Lage hin in Richtung mitteleuropäischer Verkehrsknotenpunkt und wichtige Drehscheibe zum Osten.

Dementsprechend vielfältig präsentieren sich die städtebaulichen Großmaßnahmen. Auf dem ehemaligen Flugfeld Aspern entsteht ein vollkommen neuer Stadtteil mit U-Bahn-Anbindung: Die Seestadt Aspern – eine Stadt in der Stadt, die modernste städtebauliche Aspekte in sich vereint und auf einer Fläche von mehr als 200 Hektar sowohl als Wohn- wie auch als Arbeitsort gedacht ist. Ein Zentrum für den östlichen Teil Wiens. Aber auch in den Bereichen des Wientals und des Donaukanals werden umfangreiche strukturelle Maßnahmen getroffen. Die dort projektierten Vorhaben betreffen sowohl Renaturierungs- und städtebauliche Verdichtungsprozesse wie auch die generelle Aufwertung als Erholungs- und Freizeitgebiet. Besonders augenfällig ist die Bahnhofsoffensive der kommenden Jahre: Neben dem erweiterten Umbau des Westbahnhofs und dem Neubau des Bahnhofskomplexes von Wien Mitte (Landstraße) ist es vor allem der Bereich des heutigen Südbahnhofs, der massive Veränderung erfahren wird. Dabei stellt dieses Projekt ein Konglomerat aus einzelnen Entwicklungszonen bis in den Bereich von St. Marx dar. Damit ist dieses Areal als größtes städtebauliches Entwicklungsgebiet im Wien der kommenden Jahre zu betrachten.

Dass diese teils massiven Veränderungen des Stadtbilds nicht still und heimlich vor sich gehen, sondern in aller Deutlichkeit für die Öffentlichkeit nachvollziehbar sind, dafür sorgen die Seiten der Stadtentwicklung von www.wien.at. Allen Großprojekten widmet der Internetauftritt der Stadt Wien eigene Unterseiten, um die Zukunft heute schon so realistisch wie möglich zu skizzieren. Mit Anschauungsmaterial, von Plänen bis hin zu fotorealistischen Grafiken und 3-D-Modellen sowie detaillierten Informationen zu den Projekten, zeigt sich die Stadt transparent-futuristisch.

Werfen wir einen Blick auf die Seiten des so genannten „Zielgebiet Hauptbahnhof Wien – Erdberger Mais", das sowohl den Bereich des bestehenden „alten" Südbahnhofs, das Arsenal, die Aspanggründe und eben das Erdberger Mais – das Gebiet rund um den ehemaligen Schlachthof St. Marx, umfasst.

Um die Übersicht zu bewahren und eine geografische Verortung im Stadtgebiet zu bieten, informiert hier die Startseite über alle wichtigen Teilaspekte dieses riesigen Stadtentwicklungsprojekts. Schließlich erstreckt sich das Gebiet vom Südtiroler Platz bis an das Donaukanalufer des 3. und 11. Bezirks. Für jene, die sich mit dieser allgemeinen Lagebeschreibung noch nicht zufriedengeben, stehen Unterseiten zu den Teilbereichen, den so genannten Entwicklungszonen, zur Verfügung. Hier werden alle relevanten Eckdaten zur prinzipiellen baulichen Herausforderung und den zu erwartenden Maßnahmen kommuniziert. Im Fall des neuen Bahnhofs wird ausgiebig erläutert, warum überhaupt die Notwendigkeit besteht, Wiens Kopfbahnhöfe in einem Durchgangsbahnhof zu vereinen und welche Auswirkungen dies auf die internationale Schienenverkehrsanbindung Wiens hat. Die gern übersehene Tatsache, dass hier nicht nur ein neues Bahnhofsgebäude, sondern im nahen Umfeld auch neue Infrastruktur und damit auch Arbeitsplätze und Wohnraum entstehen, zeigt sich ebenfalls in Wort und Bild. Auch Nebenschauplätze des Großprojekts, wie die geplante neue U1-Passage am Südtiroler Platz oder die Bedachtnahme darauf, dass keine

1
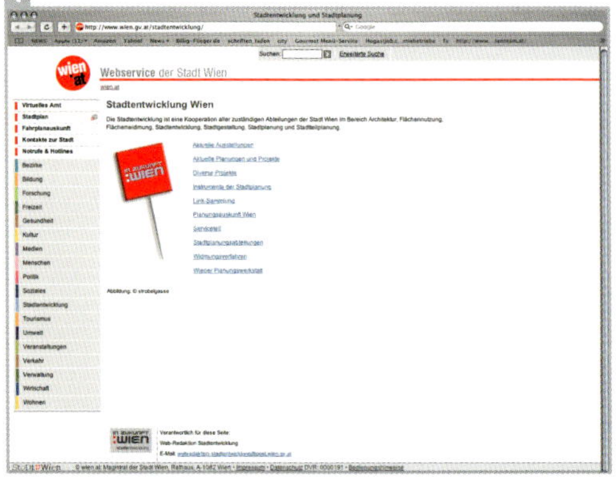

2
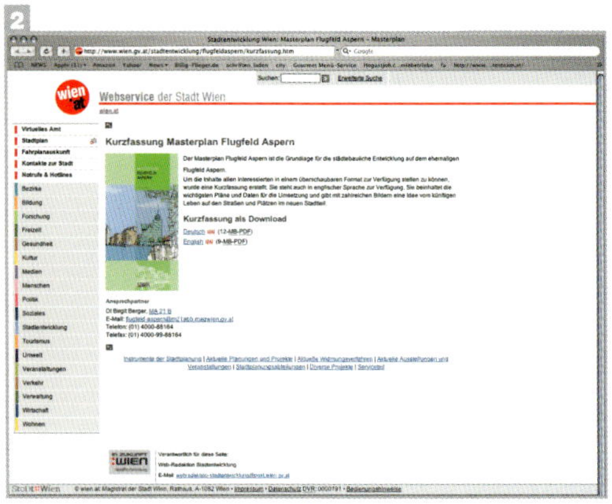

3
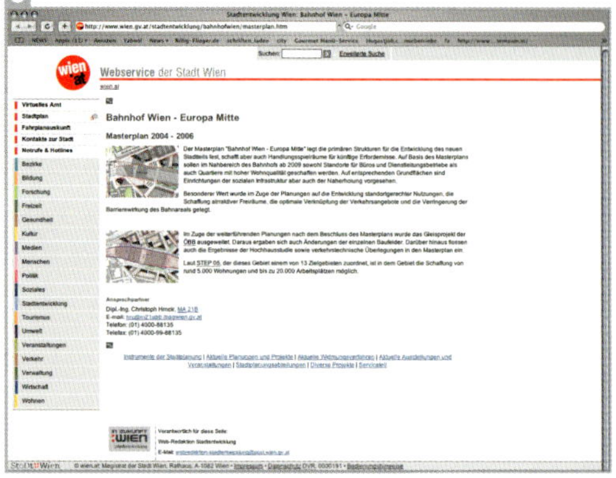

4
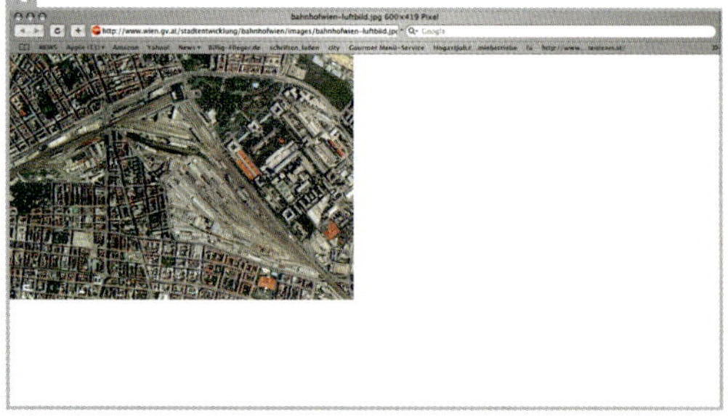

1 Startseite: Stadtentwicklung **2** Masterplan Flugfeld Aspern **3** Masterplan Stadtteil Wien-Südbahnhof **4** Luftbildaufnahme Südbahnhofareal

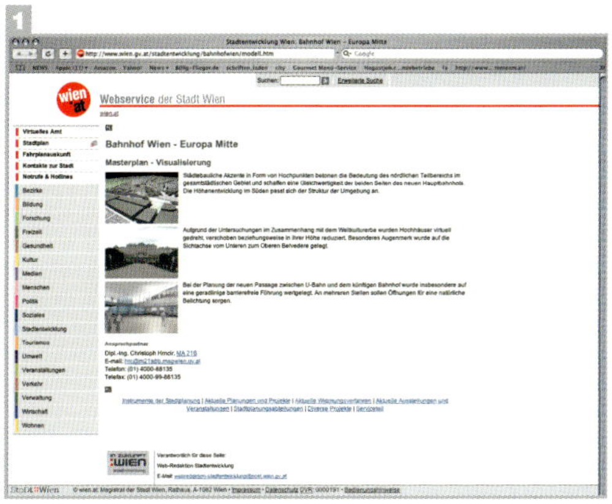

Hochhäuser die Sichtachse vom nahe gelegenen Unteren Belvedere optisch beeinträchtigen, finden Eingang in diesen besonders für unmittelbare AnrainerInnen interessanten Service.

Ähnlich aufgeschlüsselt geben sich die vom britischen Star-Architekten Sir Norman Foster entworfenen Strukturpläne zur Entwicklungszone Aspanggründe. Die Erläuterung von konzeptionellen Grundsätzen sowie grafisch grob skizzierte Bebauungsszenarien und ein 3-D-Vorgeschmack auf die verschiedenen Bauphasen lassen gut erkennen, wie sich dieses Gebiet in wenigen Jahren zeigen wird. Wer auf den genauen Wortlaut der ursprünglichen Wettbewerbsausschreibung zur Entwicklungszone neugierig ist, kann darin online Einsicht nehmen. Dass ebenso die Wettbewerbsergebnisse und das Juryprotokoll zur auf dem Gelände geplanten „Gedenkstätte für den deportierten Nachbarn" abrufbar sind, zeigt, wie sehr hier ins Detail gegangen wird.

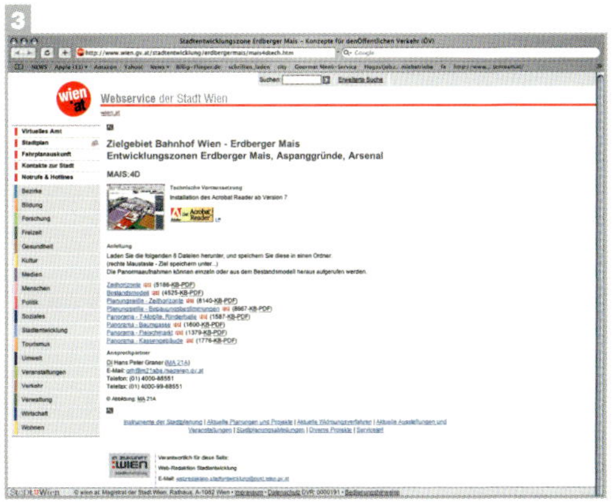

1 Übersicht der Visualisierungen **2** Modellfoto des neuen Hauptbahnhofs **3** Übersicht der 4-D-Grafiken zum Erdberger Mais **4** Grünordnungsplan des Zielgebiets

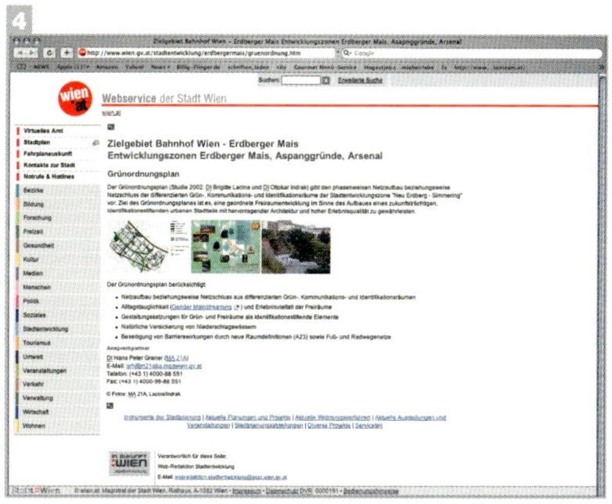

Nicht nur in die Zukunft, sondern auch in die Vergangenheit blickt man hingegen auf den Stadtentwicklungsseiten zum Erdberger Mais. In Kooperation mit der Wiener Technischen Universität wurde ein so genanntes 4-D-Modell gefertigt. Die klassischen 3-D-Darstellungen des Areals rund um die renovierte St. Marxer Rinderhalle und das prägnante T-Mobile-Gebäude werden hier um eine zeitliche Dimension erweitert. Somit kann die bauliche Bestandsveränderung seit dem Jahr 1938 mit wenigen Klicks nachvollzogen werden. Dabei wird durch Zusatzinformationen zur bestehenden Infrastruktur erst deutlich, welches Potenzial diese Entwicklungszone tatsächlich besitzt. Schließlich beheimatet das Erdberger Mais bereits jetzt unzählige Forschungseinrichtungen und Medienbetriebe, die für geschäftiges Treiben sorgen. Und es werden mit der wachsenden Attraktivität des Gebiets in den kommenden Jahren wohl noch mehr werden. Diese konkreten Einblicke in Wiens Zukunft signalisieren aber auch, dass in Hinsicht auf stadtplanerische Projekte die Unmittelbarkeit auch auf anderer Ebene gegeben ist: Wer Fragen, Beschwerden oder Anregungen zu den Entwicklungszonen hat, findet die direkten Kontaktdaten zur jeweils zuständigen Magistratsperson am Ende jeder Seite.

DIENST: GEWERBEANMELDUNG

http://www.gewerbe.wien.at

zugriff
09.10

1
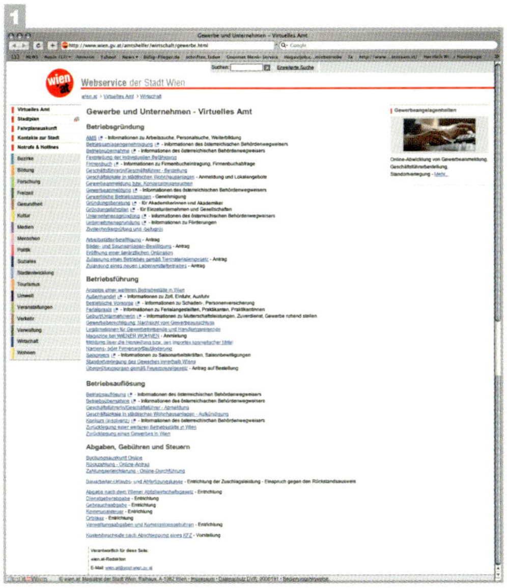

2
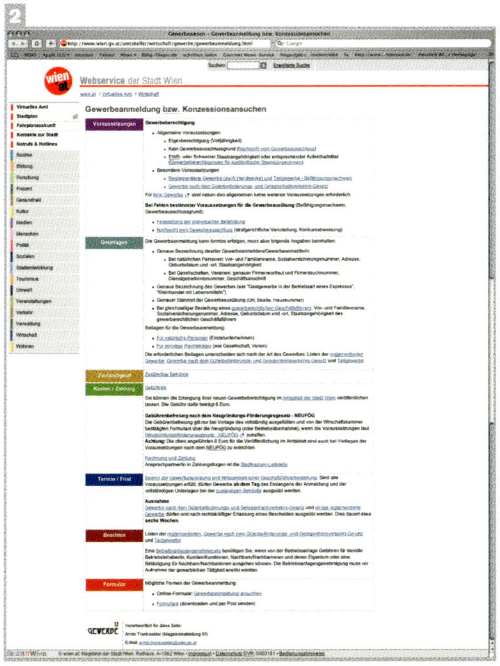

Elektronischer Handel, E-Commerce, Virtueller Marktplatz: Das erste Jahrzehnt des dritten Jahrtausends wird in die Wirtschafts-Geschichtsbücher als Pionierzeit des globalen Internethandels eingehen. Keine Ware oder Dienstleistung, die sich heutzutage nicht über das World Wide Web beziehen lässt. Für KonsumentInnen mittlerweile eine Selbstverständlichkeit, das Netz als virtuellen Geschäftsplatz zu nutzen.

Ähnliches gilt seit dem Jahr 2001 für die dahinter stehenden Menschen – UnternehmerInnen und Gewerbetreibende. Und zwar egal ob diese im virtuellen Raum oder in der echten Welt tätig werden. Hier muss es heißen: Kaum ein Gewerbe oder Unternehmen, das sich heutzutage nicht über das World Wide Web anmelden lässt. Als Service des Virtuellen Amts können Gewerbetreibende auf den Seiten von www.wien.at nicht nur behördliche Maßnahmen für den laufenden Gewerbebetrieb abwickeln – die erstmalige Anmeldung eines Gewerbes kann ebenso virtuell getätigt werden. Dass diese E-Government-Anwendung für Neo-UnternehmerInnen besonders gute Dienste leistet, veranschaulicht die Nutzungsstatistik: Von 100 neuen Gewerbeanmeldungen werden mittlerweile mehr als 50 im Internet durchgeführt. Dieses Zahlenverhältnis zeigt, dass diese Funktion des onlineDienstes gerne angenommen wird. Was angesichts des gebotenen Komforts wenig erstaunt.

3
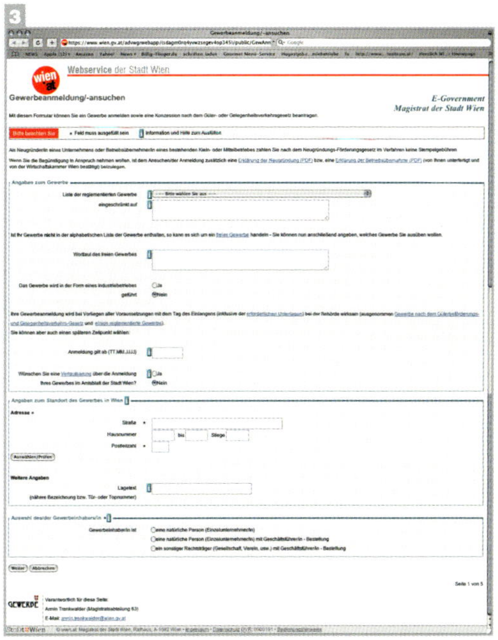

4
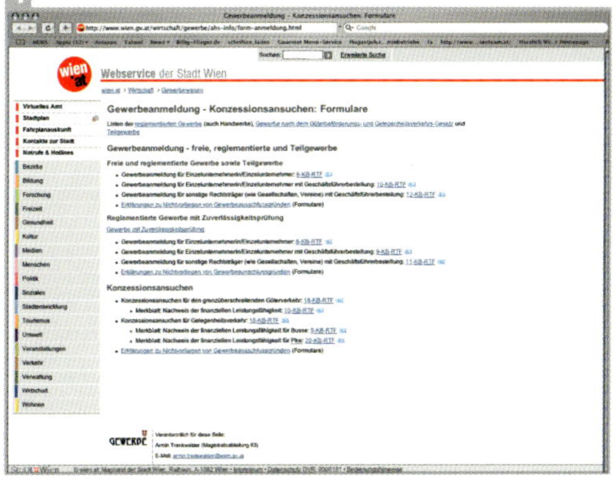

1 Anwendungsübersicht: Gewerbe und Unternehmen **2** Detailinformationen Gewerbeanmeldung **3** onlineFormular: Gewerbeanmeldung/-ansuchen **4** Download-Formulare zur Gewerbeanmeldung

1

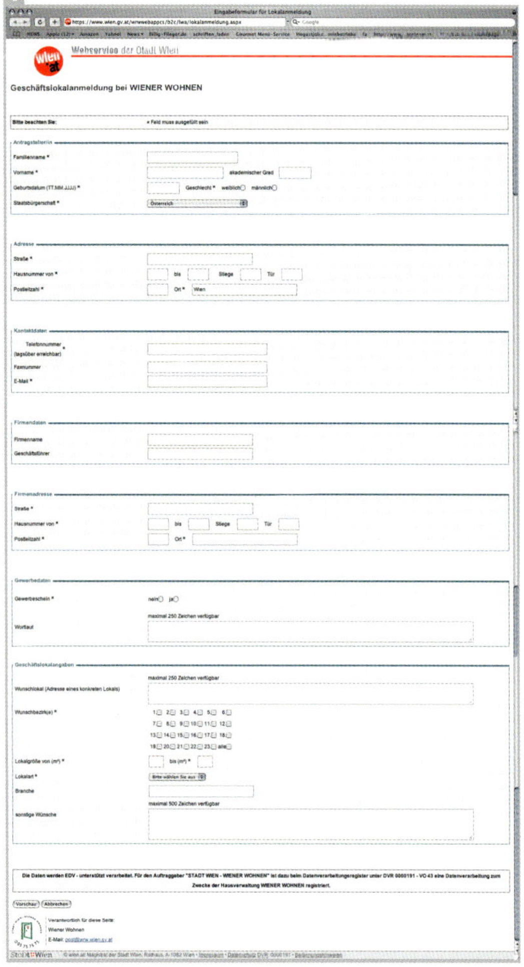
Eingabeformular für Lokalanmeldung

https://www.wien.gv.at/wrwwebappcs/b2c/lwa/lokalanmeldung.aspx

Webservice der Stadt Wien

Geschäftslokalanmeldung bei WIENER WOHNEN

Bitte beachten Sie: * Feld muss ausgefüllt sein

Antragsteller/in
Familienname *
Vorname * akademischer Grad
Geburtsdatum (TT.MM.JJJJ) * Geschlecht * weiblich männlich
Staatsbürgerschaft * Österreich

Adresse
Straße *
Hausnummer von * bis Stiege Tür
Postleitzahl * Ort * Wien

Kontaktdaten
Telefonnummer (tagsüber erreichbar) *
Faxnummer
E-Mail *

Firmendaten
Firmenname
Geschäftsführer

Firmenadresse
Straße *
Hausnummer von * bis Stiege Tür
Postleitzahl * Ort *

Gewerbedaten
Gewerbeschein * nein ja
Wortlaut — maximal 250 Zeichen verfügbar

Geschäftslokalangaben
Wunschlokal (Adresse eines konkreten Lokals) — maximal 250 Zeichen verfügbar
Wunschbezirk(e) * 1 2 3 4 5 6 7 8 9 10 11 12 13 14 15 16 17 18 19 20 21 22 23 alle
Lokalgröße von (m²) * bis (m²) *
Lokalart * Bitte wählen Sie aus
Branche
sonstige Wünsche — maximal 500 Zeichen verfügbar

Die Daten werden EDV - unterstützt verarbeitet. Für den Auftraggeber "STADT WIEN - WIENER WOHNEN" ist dazu beim Datenverarbeitungsregister unter DVR 0000191 - VO 43 eine Datenverarbeitung zum Zwecke der Hausverwaltung WIENER WOHNEN registriert.

Vorschau Abbrechen

Verantwortlich für diese Seite:
Wiener Wohnen
E-Mail: post@ww.wien.gv.at

Wer unternehmerisch tätig werden möchte, findet auf einen Blick alle relevanten Links zum Thema Betriebsgründung. Seien es allgemeine behördliche Rahmenbedingungen oder individuell zu stellende Anträge. Die Anmeldung eines Gewerbes an sich beziehungsweise das Ansuchen um eine bestimmte Konzession kann dabei auf zweierlei Wegen erfolgen: Neben der Möglichkeit des Downloads aller notwendigen Formulare und einer anschließenden Abwicklung auf dem Postweg bietet das Virtuelle Amt ein onlineFormular, das die digitalen Daten unmittelbar zur Bearbeitung weiterleitet. Das bedeutet Zeitersparnis in vielerlei Hinsicht und beseitigt Hürden und Hemmschwellen, sodass sich potenzielle Neo-UnternehmerInnen in aller Ruhe mit dem jewei-

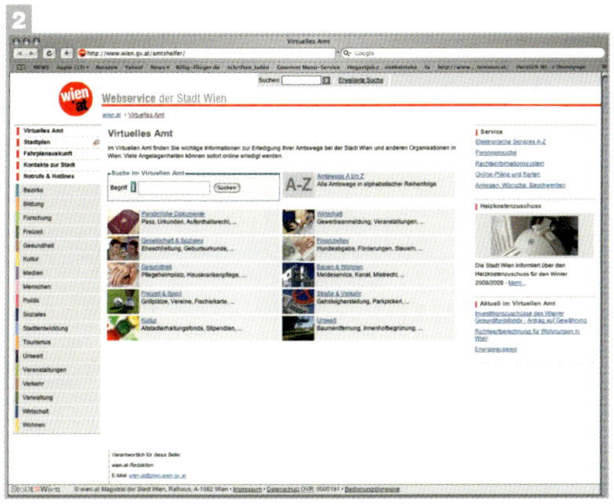

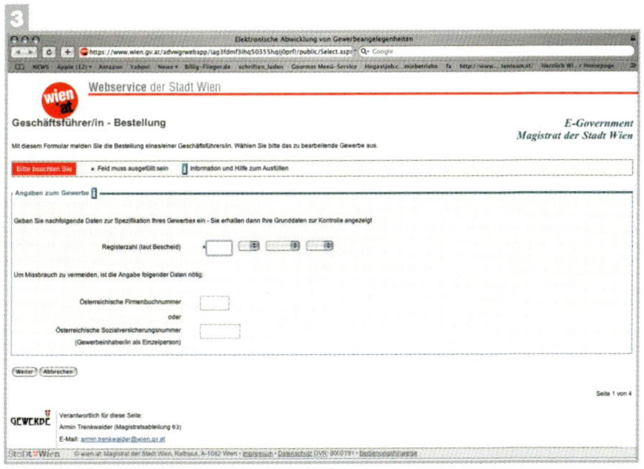

1 onlineFormular Gewerbeanmeldung/-ansuchen
2 Startseite Virtuelles Amt
3 onlineFormular GeschäftsführerInnen-Bestellung

ligen Sachverhalt auseinandersetzen können. Dabei setzt man auf größtmögliche Vernetzung: Wer für seinen Betrieb noch eine entsprechende Immobilie benötigt, bekommt direkte Verlinkung zu Wiener Wohnen geboten: Bei Bedarf erfolgt mittels onlineFormular die Anmeldung für ein Geschäftslokal beziehungsweise für Büro- oder Ordinationsräume in einer der städtischen Wohnhausanlagen.

Ebenso bequem via onlineFormular funktioniert eine allenfalls nötige Bestellung der GeschäftsführerIn. Wobei nach erfolgreicher Gründung des Betriebes das Virtuelle Amt ein ständiger Begleiter des Geschäftslebens bleibt: Einerlei ob es um die Anzeige einer weiteren Betriebsstätte, um die Namens- oder Firmenwortlautänderung oder eine Vielzahl an anderweitigen behördlichen Notwendigkeiten, wie die Bestellung eines Überprüfungsorgans gemäß Feuerpolizeigesetz, geht – bis zu 30 Prozent dieser betrieblichen Angelegenheiten werden in Wien bereits online abgewickelt. Und selbst die prinzipiell wenig erfreuliche Handlung der offiziellen Zurücklegung eines Gewerbes kann längst im virtuellen Raum veranlasst werden.

DIENST: RESERVIERUNG VON FLOHMARKT-TAGESPLÄTZEN

http://www.wien.gv.at/amtshelfer/wirtschaft/marktamt/flohmarkt/naschmarkt.html

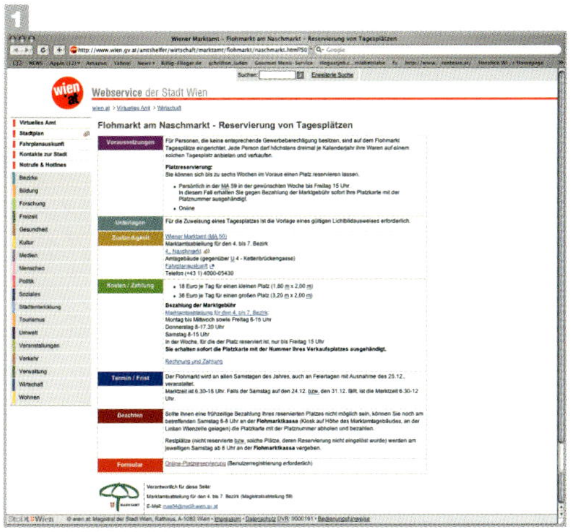

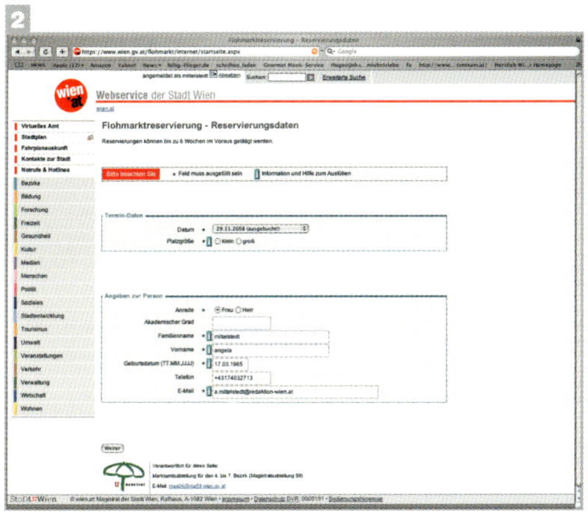

TouristInnen lieben ihn ebenso wie alteingesessene WienerInnen oder neu in die Stadt gezogene Studierende: Der samstägliche Flohmarkt am Naschmarktparkplatz gilt mit seinem nonchalanten Charme ebenso als Institution wie Attraktion. Kaum ein Reiseführer oder -bericht, der das wöchentliche Treiben auf der Überplattung des Wienflusses nicht zum Thema hat. Dabei liegt der Reiz dieses größten Wiener Flohmarkts auch in der bunten Durchmischung auf Händlerseite: Nicht nur FlohmarktprofessionistInnen mit entsprechender Gewerbeberechtigung bieten hier ihre Waren zwischen Kunst und Ramsch feil.

Privatpersonen dürfen sich bis zu drei Mal pro Kalenderjahr als Flohmarkt-StandlerIn üben, um Gebrauchtes aller Art in Umlauf zu bringen. Schließlich fördert so mancher Wohnungswechsel oder unkontrollierte Sammelleidenschaft eine Fülle an Dingen zu Tage, die zwar von Wert, aber nicht zu gebrauchen sind. Im Widerspruch zum prinzipiell anachronistischen Grundwesen von Flohmärkten geschieht die Reservierung eines Standplatzes umso zeitgenössischer: Das Virtuelle Amt bietet ein onlineFormular, das die unverbindliche Anmeldung bis zu sechs Wochen vor dem gewünschten Termin erlaubt. Dabei ist elektronisch erfasst, welche Samstage der jeweils kommenden Wochen bereits ausgebucht sind. Angesichts der Beliebtheit dieser Vorabreservierung empfiehlt es sich jedoch, diesen Service weit vor dem angepeilten Termin zu nutzen. Die Bezahlung des Standplatzes kann einerseits direkt vor Ort im Gebäude des Marktamtes vis-a-vis der U-Bahn-Station Kettenbrückengasse getätigt werden. Andererseits besteht auch hier die Möglichkeit, die Abgabe bequem online zu entrichten. Somit verbleibt für Hobby-FlohmarkthändlerInnen bloß ein Unsicherheitsfaktor: die zu erwartende Wetterlage.

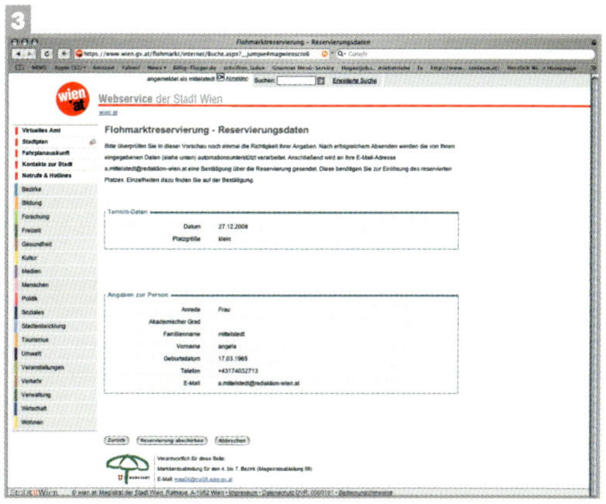

1 Detailinformationen zur Tagesplatzreservierung
2+3 onlineFormular: Flohmarkt-Tagesplatzreservierung

DIENST: GELÄNDE-, BAUKÖRPER- & 3D-STADTMODELL

http://www.stadtvermessung.wien.at

zugriff
10.11

Richten sich die onlineServices von www.wien.at in erster Linie nach den Bedürfnissen und Notwendigkeiten des städtischen Alltags, so existieren auch digitale Dienste, die vorwiegend ProfessionistInnen behilflich sind. Die Stadtvermessung Wien wertet Geodaten, wie etwa im Fall der Flächen-Mehrzweckkarte, nicht nur in zwei Dimensionen aus. Wien existiert längst in einer virtuellen dritten Dimension. Neben dem magistratsinternen Gebrauch profitieren vor allem ArchitektInnen vom dreidimensionalen Vermessungsangebot und den damit verbundenen Zusatzservices. Auf den Seiten der MA 41 wird anschaulich demonstriert, auf welch vielseitige Weise die stadtspezifischen Vermessungsdaten zur Anwendung kommen. Diese Datensätze können online getestet und in der Folge auf elektronischem Weg bestellt werden. Nichts weniger als ein virtuelles „Neben-Wien" zeigt sich bei genauer Betrachtung der so genannten Baukörper-, Gelände- und dreidimensionalen Stadtmodelle.

Das Baukörpermodell ermöglicht die Ansicht aller Gebäude des Wiener Stadtgebiets in Form von Prismen – so genannte Baukörper. Damit ist der Gesamtbestand von mehr als 200.000 Häusern erfasst, der sich wiederum aus 550.000 einzelnen Baukörpern zusammensetzt. Zu Stande kommt diese höhenmäßige Erfassung des Wiener Baubestands durch die Verknüpfung der Daten aus der Luftbildauswertung mit jenen der Flächen-Mehrzweckkarte. Auch Durchfahrten und Überbauungen finden in dieser dreidimensionalen Häuserlandschaft Berücksichtigung.

© ViennaGIS

3-D-Ansicht Weltkulturerbe Wien

Das digitale Baukörpermodell stellt ein unerlässliches Instrument für stadtplanerische und architektonische Vorhaben dar und zeigt sich in der Anwendung sehr vielseitig. Etwa der zweidimensionale Gebäudehöhenplan ist ein Nebenprodukt des Baukörpermodells. Dabei werden die unterschiedlichen Höhen im Wiener Baubestand farblich definiert: Je dunkler die Farbabstufung desto höher die Gebäude. Auch im Fall von Sichtbarkeitsanalysen dient das Baukörpermodell als wichtiges Arbeitsmittel: Ob zukünftige Bauprojekte Beeinträchtigungen der bestehenden Sichtachsen

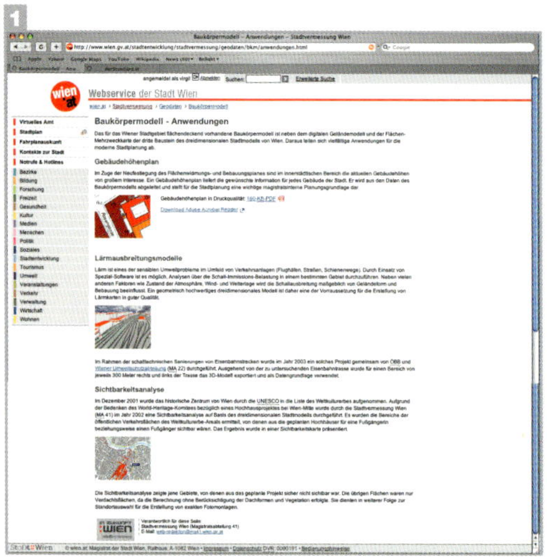

in der Wiener Skyline mit sich bringen, kann somit auf digitalem Weg vorab simuliert werden. Ein Beitrag zu Bewahrung des charakteristischen Wiener Stadtbildes.

Doch auch im Fall der Berechnung von Umwelteinflüssen leistet das Baukörpermodell bemerkenswerte Dienste. Da die Ausbreitung von Schall vorwiegend durch Geländeformen und Gebäude bedingt ist, lassen sich die Gebäudedaten in Kombination mit einer speziellen Software für so genannte Lärmausbreitungsmodelle verwenden.

Aber nicht nur Wiens Gebäude erfahren durch die Stadtvermessung eine dritte Dimension. Das digitale Geländemodell simuliert in virtueller Weise die Beschaffenheit der Geländeoberfläche des gesamten Wiener Gemeindegebiets und greift dabei ebenfalls auf die Grunddaten der Mehrzweckkarte zurück. Mit Ausnahmen: Um die Geländestruktur des Wienerwalds, Lainzer Tiergartens und des Bisambergs digital darzustellen, wird in diesen Gebieten ein spezielles Laserscanverfahren durchgeführt. Diese mittels Flugzeug gewonnenen Daten fördern dabei mitunter höchst Erstaunliches zu Tage: Durch die Anwendung eines speziellen Algorithmus kann „unter" die Vegetation dieser Gebiete geblickt werden. Im Fall des Wienerwalds kommen somit ansonsten unsichtbare Bombenkrater aus dem Zweiten Weltkrieg zum Vorschein.

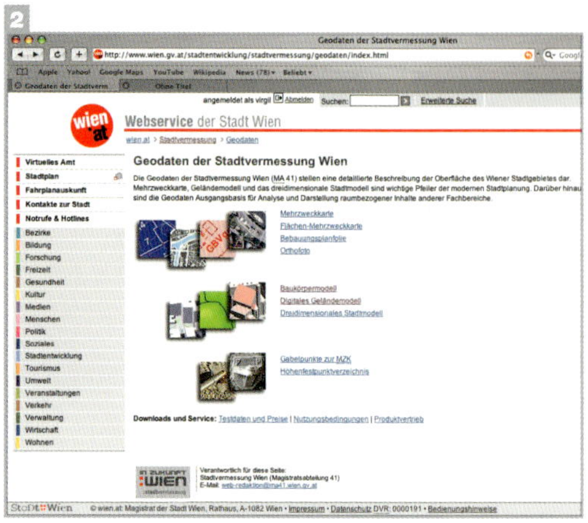

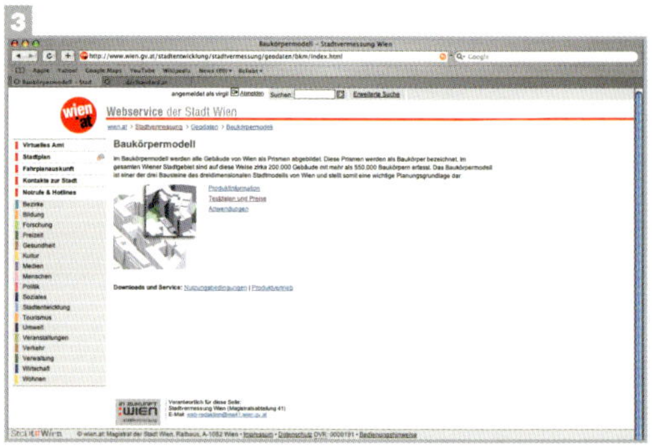

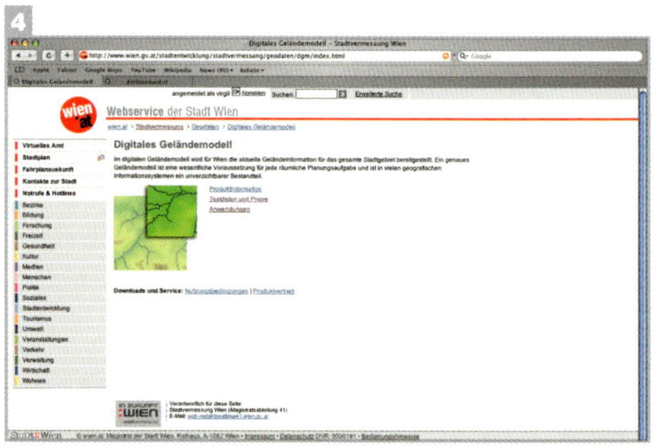

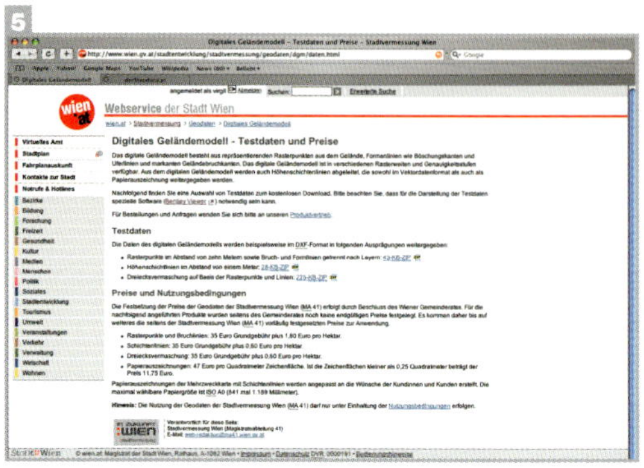

1 Anwendungen Baukörpermodell **2** Angebotsübersicht Stadtvermessung Wien **3** Produktübersicht: Baukörpermodell **4** Übersichtsseite: Digitales Geländemodell **5** Digitales Geländemodell: Testdaten und Preise

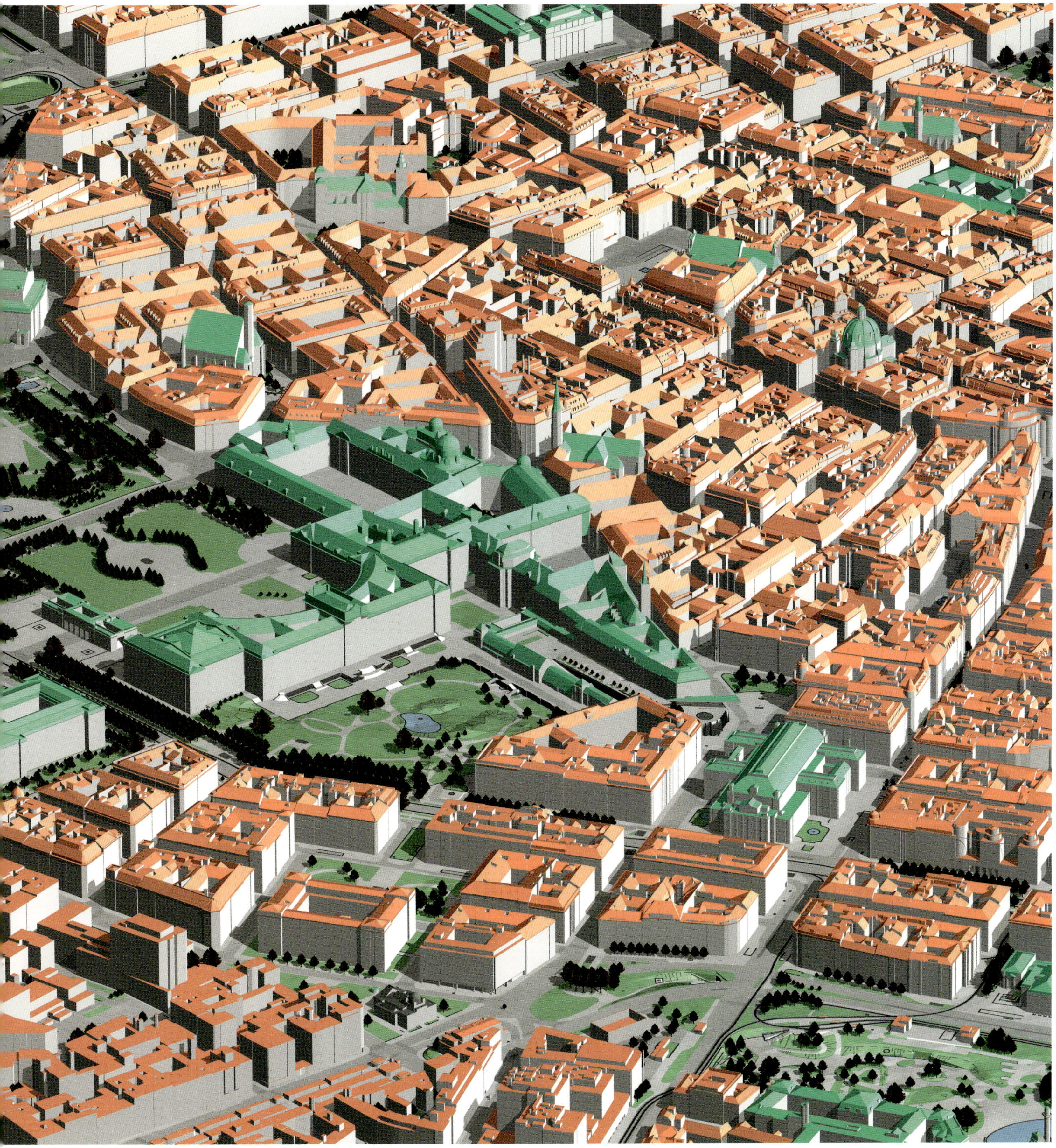

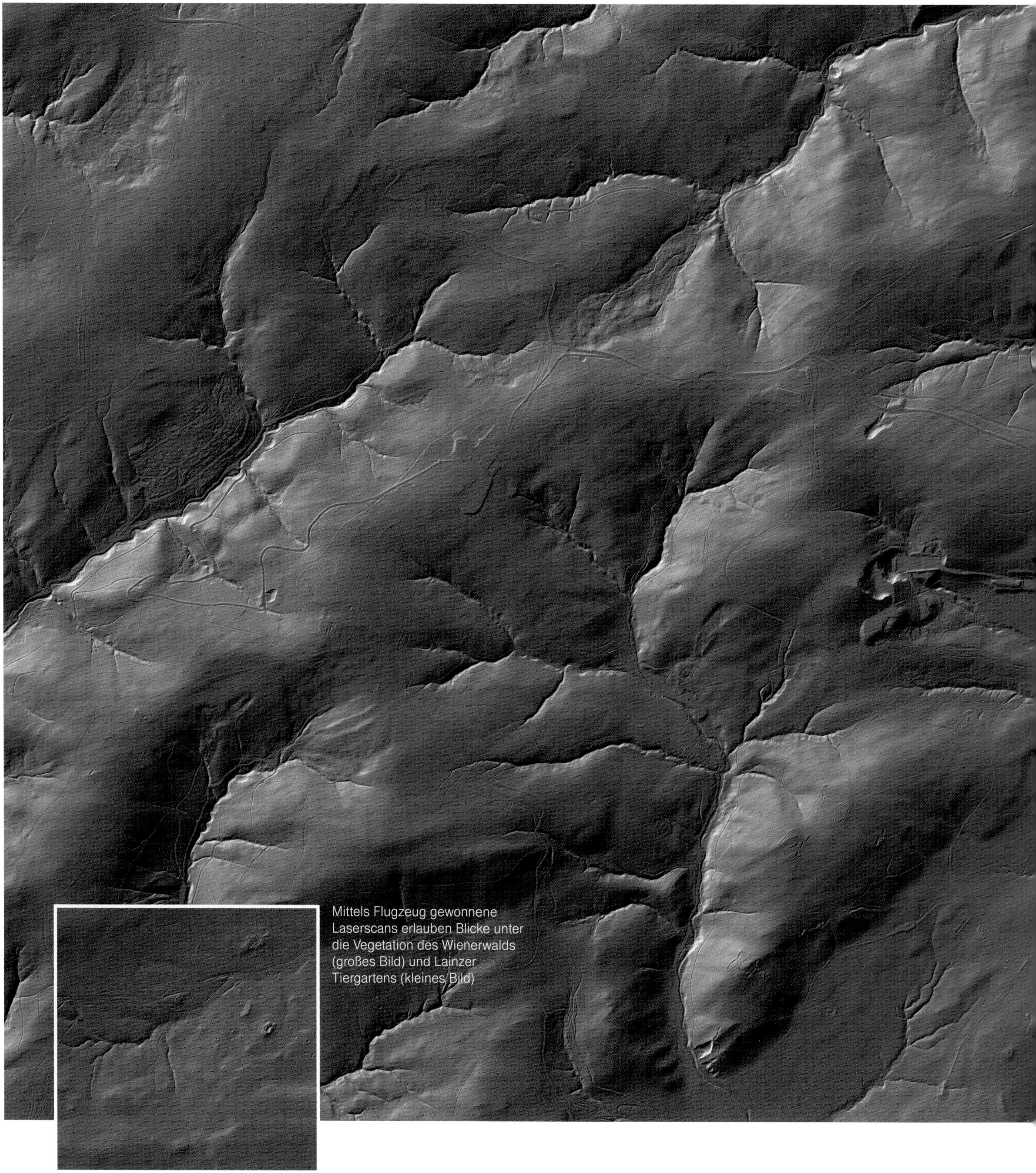

Mittels Flugzeug gewonnene Laserscans erlauben Blicke unter die Vegetation des Wienerwalds (großes Bild) und Lainzer Tiergartens (kleines Bild)

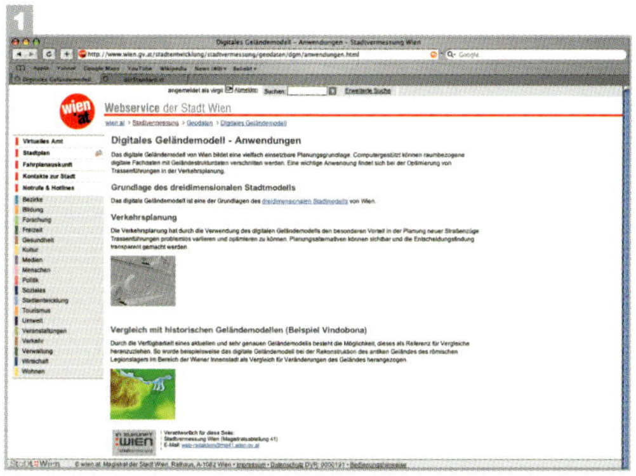

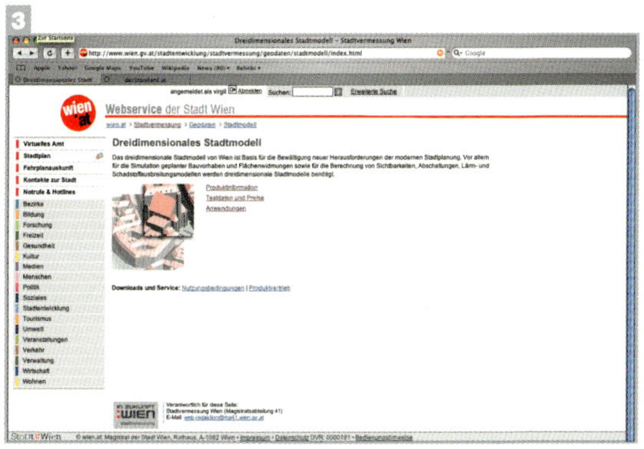

1 Anwendungsübersicht Digitales Geländemodell **2** Anwendungen Dachmodell **3** Produktübersicht Dachmodell

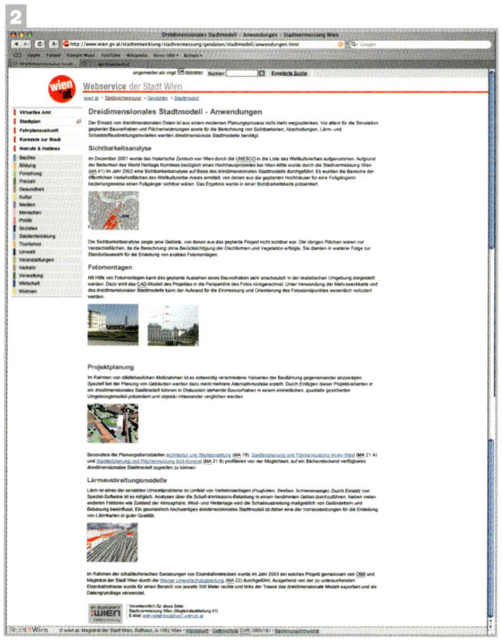

Der praktische Nutzen des digitalen Geländemodells zeigt sich vor allem in der Anwendung bezüglich verkehrsplanerischer Vorhaben: etwa bei der Optimierung von Trassenzügen im Straßenbau. Wobei das Geländemodell auch als Grundlage für die umfangreichste digitale Darstellung Wiens dient: das dreidimensionale Stadtmodell. Dieses Modell basiert auf drei Grundkomponenten: dem Baukörpermodell, der Flächen-Mehrzweckkarte und dem digitalen Geländemodell. Durch diese Verknüpfung entsteht ein höchst detailgetreues Abbild Wiens, das bei Bedarf – im Unterschied zum Baukörpermodell – auch die Wiener Dachlandschaft auf Basis fotogrammetrischer Daten miteinbezieht.

Die Einsatzgebiete des dreidimensionalen Stadtmodells gestalten sich dementsprechend umfangreich: Wie im Fall des Baukörpermodells dient es Sichtbarkeitsanalysen und Lärmausbreitungsmodellen. Aber es wird auch für Fotomontagen, Schadstoffausbreitungsmodelle und Simulationen des Beschattungsverlaufs verwendet.

Durch die Gebundenheit an die Daten der Mehrzweckkarte/Flächen-Mehrzweckkarte ist auch bei diesen Funktionen höchste Aktualität garantiert.

DIENST: BARRIEREFREIE STADT

http://www.wien.gv.at/menschen/barrierefreiestadt

zugriff
11.02

Nicht zuletzt die Entwicklungsfreudigkeit der Hard- und Softwarebranche hat in den letzten Jahren dazu beigetragen, dass sich das Erscheinungsbild des World Wide Web in einem ständigen Transformationsprozess befindet. Vor allem kommerzielle Homepages setzen auf effektvolles Webdesign, das verstärkt audiovisuelle Gestaltungselemente benutzt und damit die Möglichkeiten moderner Hardware ausschöpft. Warum www.wien.at darauf verzichtet, Inhalte in solcher Form aufzubereiten, ist eine einfach zu beantwortende Frage. Das Schlagwort lautet Barrierefreiheit – denn öffentliche Inhalte müssen für alle Menschen gleichermaßen zugänglich sein. Deshalb ist die Stadt Wien darum bemüht, die Zugänglichkeit des öffentlichen Internetangebots so barrierefrei wie möglich zu gestalten. Egal ob in Hinsicht auf Endgeräte oder bei der Funktionsweise der Software.

Damit dies in der Umsetzung umfassend gewährleistet ist, folgt www.wien.at den international angewandten WAI-Richtlinien. Diese freiwillig einzuhaltenden Richtlinien werden vom Internet-Konsortium W3C erstellt – eine Vereinigung, die bereits in den Neunzigerjahren zur Förderung der Zugänglichkeit von Web-Inhalten gegründet wurde. Oberste Prämisse ist dabei der Verzicht auf Technologien, die die Nutzung der Internetseite erschweren bis unmöglich machen. Beispielsweise wird darauf geachtet, dass Text und Grafik auch dann noch verständlich dargestellt sind, wenn sie ohne Farben betrachtet werden. Das Webdesign etwa ist so zu programmieren, dass es unabhängig von technischen Zusatzgeräten uneingeschränkt benutzt werden kann. Aber auch die Forderung nach alternativen Kommunikationsvarianten zu angebotenen Inhalten akustischer und visueller Natur ist Teil des umfangreichen Richtlinien-Katalogs des Internet-Konsortiums.

Bestes Beispiel für die virtuelle Barrierefreiheit ist die Möglichkeit der Benutzung der so genannten Braillezeile auf sämtlichen Internetseiten der Stadt Wien.

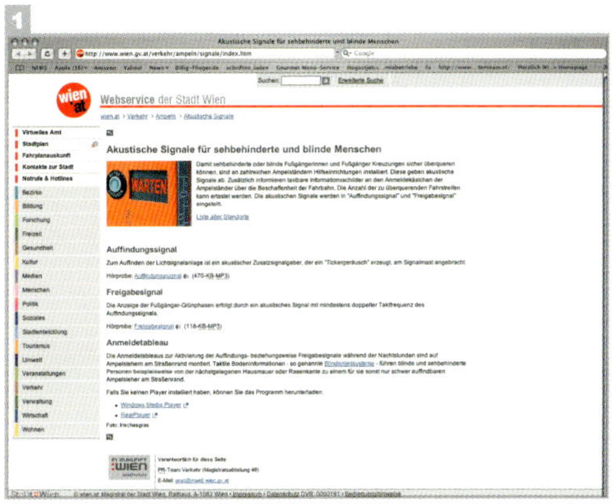

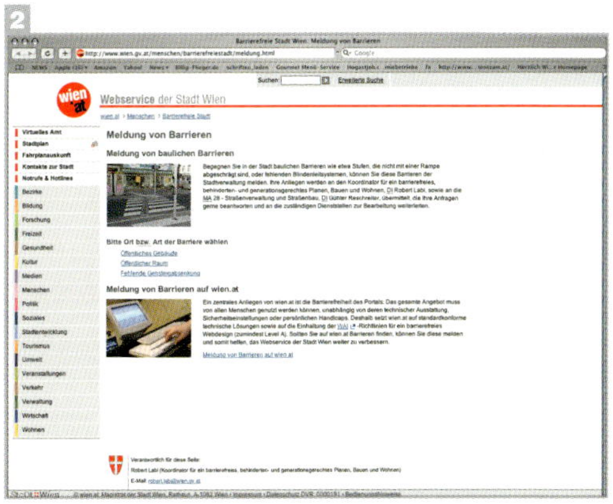

1 Akustische Signale für Sehbehinderte und Blinde: Download und Erläuterungen **2** onlineMeldung von Barrieren: Übersichtsseite

So unglaublich es für Außenstehende klingen mag: Dieses nach dem Erfinder und Namensgeber der Blindenschrift benannte Gerät macht es für blinde und stark sehbehinderte Menschen möglich, Computer- und Internetinhalte problemlos zu lesen. Die Braillezeile dient als Ausgabegerät für Computer und baut dabei – sofern eine Homepage entsprechend programmiert wurde – die am Bildschirm befindlichen Zeichen in Blindenschrift auf einer speziellen Kunststoffleiste auf. Mit den Fingerkuppen können somit die Internet-Inhalte ertastet werden. Ein kleines Gerät, das für große Freiheit sorgt.

Doch abseits dieses formal-technischen Aspekts von Barrierefreiheit dienen die Seiten von www.wien.at als reichhaltiger Fundus an generellen Informationen und Diensten rund ums Thema „Barrierefreie Stadt". Schließlich zeigt sich vor allem im öffentlichen Raum, dass seit Jahren mit viel Bedacht auf Menschen mit Behinderung adäquate Maßnahmen getroffen werden. Von der Nachrüstung aufzugsloser U-Bahn-Stationen über Maßnahmen im Gehsteigbereich bis hin zur Verbesserung des Komforts auf öffentlichen Stiegen und Rampen. Davon profitieren nicht zuletzt auch SeniorInnen.

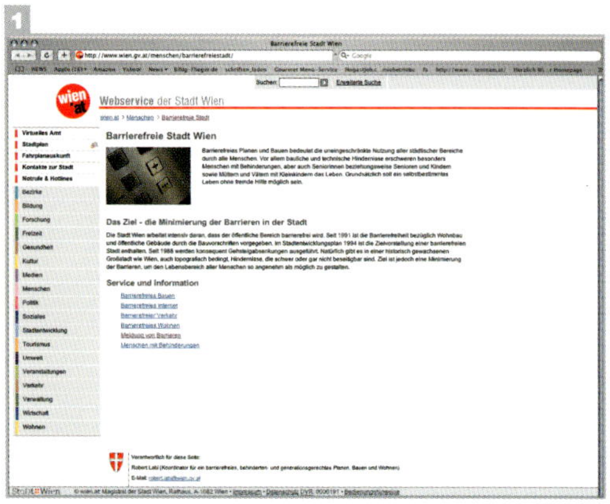

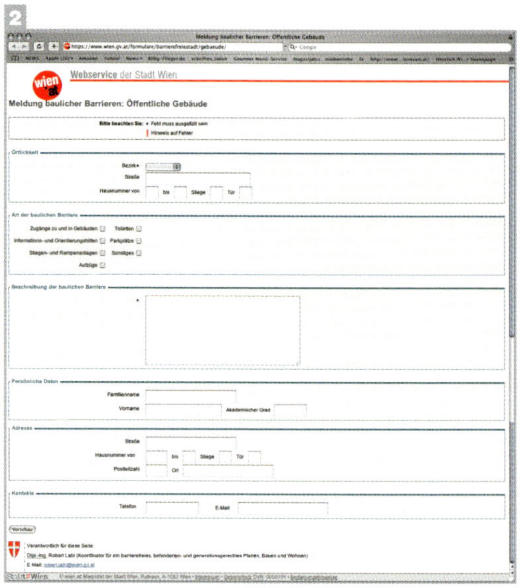

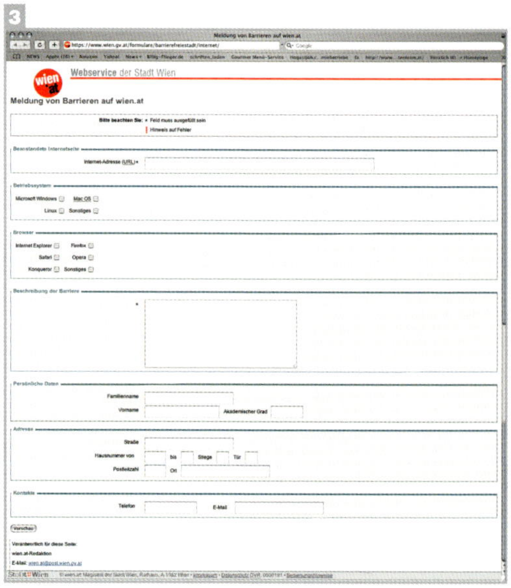

1 Barrierefreie Stadt Wien: Übersicht aller Services **2** onlineFormular zur Meldung baulicher Barrieren **3** onlineMeldung von Barrieren auf wien.at

In Hinsicht auf eine umfassende Beseitigung von öffentlichen Barrieren bedient sich die Homepage der Stadt Wien eines banal klingenden, aber effektiven Ansatzes: Der wichtigste Schritt, um Barrieren zu beseitigen, ist, diese überhaupt zu erkennen. Deshalb ist jedermann in Form eines unkompliziert zu bedienenden Webservices dazu aufgerufen, Barrieren aller Art zu melden. Einerlei ob diese den öffentlichen Raum, öffentliche Gebäude oder den virtuellen Bereich von www.wien.at betreffen. Auf den Seiten von „Barrierefreie Stadt" finden sich Formulare, die es erlauben, innerhalb weniger Minuten präzise Angaben zu bestehenden Barrieren zu machen. Neben der Nennung der eigenen Adresse und der nötigen Kontaktdaten reicht es in diesem vorgefertigten Formular aus, die Art des Hindernisses (ob Aufzug, Stiege, Parkplatz, Toilette etc.) in einer Liste zu markieren. Falls nötig, kann freilich auch eine individuelle Beschreibung der baulichen Hürde verfasst werden. Noch einfacher in der Handhabung ist das Melden von etwaigen virtuellen Barrieren im Bereich von www.wien.at.

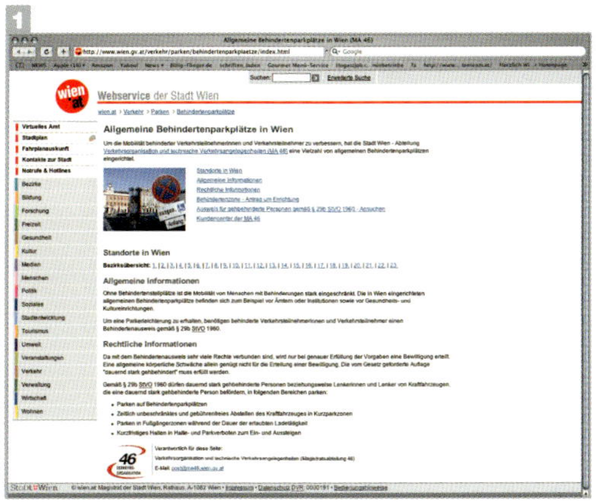

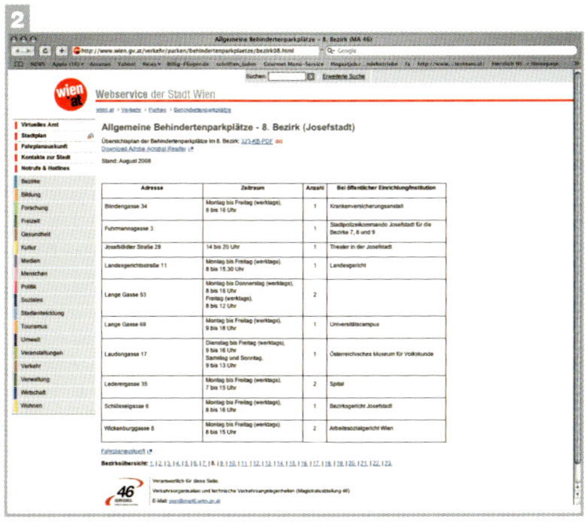

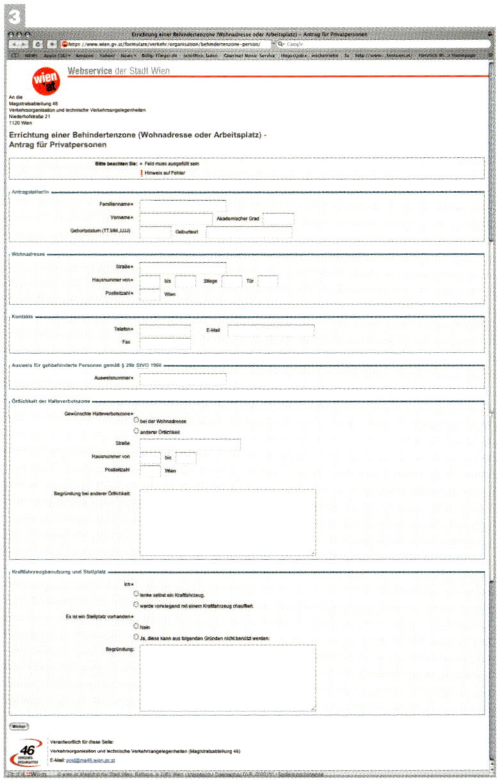

Die Angabe der Internet-Adresse der beanstandeten Seite unter Nennung des individuell verwendeten Betriebssystems und Browsers sorgt hier für rasche Problemlösung und uneingeschränktes Surfen nach den Web-Inhalten der Stadt Wien.

Einen weiteren wichtigen Schwerpunkt im onlineServiceangebot zur städtischen Barrierefreiheit bildet der Bereich Straßenverkehr. Hintergrundinformationen zur genauen Funktionsweise von öffentlichen Blindenleitsystemen bis hin zu MP3-Hörproben der akustischen Ampelsignale geben ein anschauliches virtuelles Abbild der getroffenen Verkehrsmaßnahmen. Dabei erweist sich dieser Servicebereich besonders für gehbehinderte Menschen als effizienter Dienst zur Steigerung der individuellen Mobilität. Bezirksspezifisch gegliedert besteht hier etwa die Möglichkeit, eine Übersicht über sämtliche allgemeine Behindertenparkplätze Wiens zu erhalten. Und auch auf diesem Gebiet zeigt sich, wie umfangreich das Virtuelle Amt seine Dienste anbietet: Die Errichtung einer Behindertenzone (Halteverbotszone) für das Abstellen von Fahrzeugen von stark gehbehinderten Personen kann online in unbürokratischer Weise in die Wege geleitet werden. Auch hier wird mit onlineFormularen gearbeitet, die sich auf wesentliche Basisdaten beschränken und bereits im Vorfeld darauf zugeschnitten wurden, ob Privatpersonen, Firmen oder Institutionen einen solchen Antrag stellen wollen.

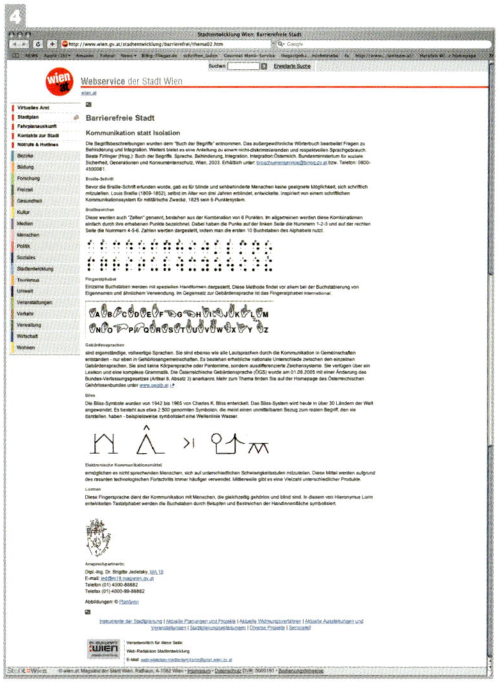

1 Allgemeine Behindertenparkplätze in Wien: Startseite **2** Auflistung aller Behindertenparkplätze **3** onlineFormular zur Errichtung einer Behindertenzone **4** Erläuterungen zu Braille-Schrift und -Zeichen

Zur
Hochzeit

http://www.wien.gv.at/amtshelfer/gesellschaft-soziales/ehe.html

zugriff
12.15

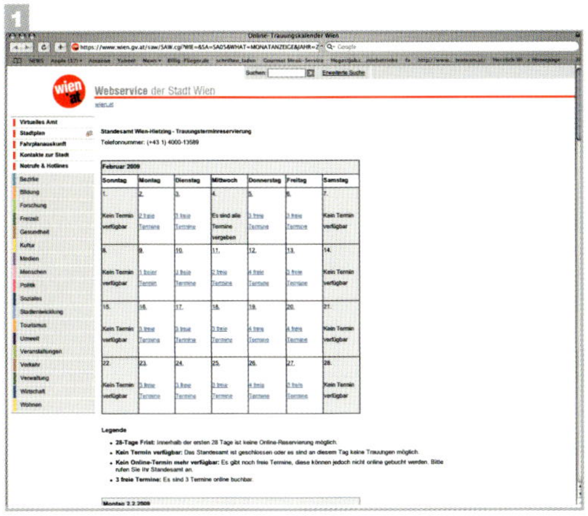

1 onlineÜbersicht der freien Trauungstermine **2** Orte für Traumhochzeiten in Wien **3** Übersicht Hochzeitsorte „Wiener Flair"

Die virtuellen Weiten des Internets beschränken sich längst nicht mehr auf unpersönliche Prozesse. Ganz im Gegenteil: Es menschelt im Netz mit ähnlicher Vehemenz wie im täglichen Leben – was sich für User freilich auch auf www.wien.at niederschlägt. Das Zwischenmenschliche ist längst zentraler Teil des Services des Virtuellen Amts geworden. Egal ob bei Fragen zu Eheschließungen oder Hochzeitsjubiläen – die Internetpräsenz der Stadt Wien erweist sich als Zeit ersparender Dienst und mitunter als „Matchmaker" in der digitalen Welt.

War die Reservierung eines Trauungstermins in der Vergangenheit mit wiederholten Besuchen eines Standesamts verbunden, gilt seit Mai 2002: Nichts ist unkomplizierter als „Ja" zu sagen. Das Virtuelle Amt nimmt Heiratswillige bei der Hand und führt sie in den sicheren Hafen der Ehe – ganz ohne vergessene Unterlagen, Nachweise und Formulare. Mittels Fragenkatalog erstellt www.wien.at in übersichtlicher Weise das individuell erforderliche Paket an Unterlagen für die persönliche Anmeldung zur Eheschließung – ein Service, der nicht nur an österreichische StaatsbürgerInnen gerichtet ist: Die Dokumenteninformation von „Heiraten in Wien" wendet sich, ganz im Sinn einer multikulturellen, aber auch touristischen Metropole, an Menschen aus mehr als 20 verschiedenen europäischen Nationen. Eine Selbstverständlichkeit, dass die Möglichkeit besteht, sich in englischer Sprache durch die Menüs führen zu lassen.

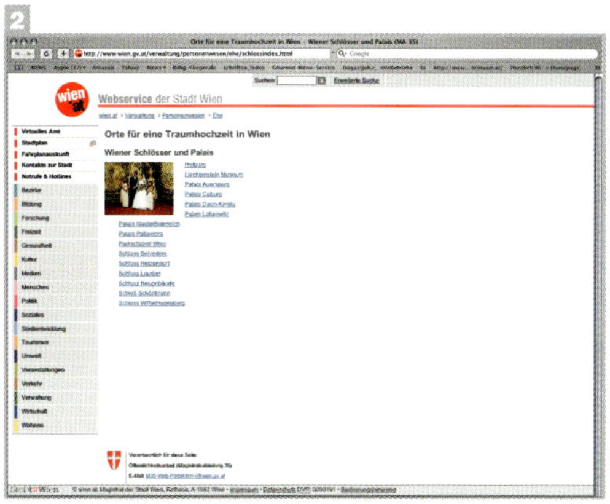

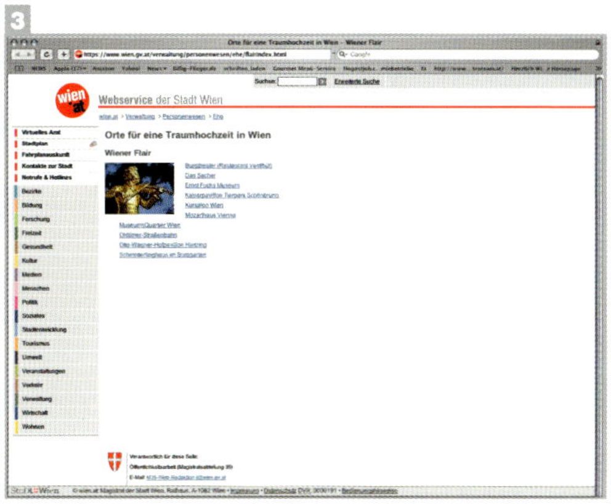

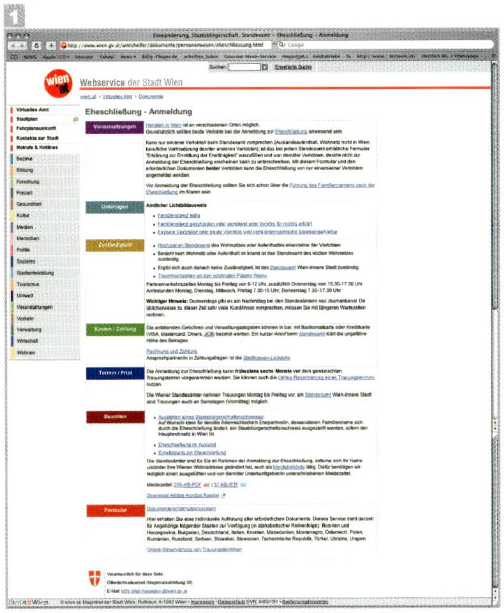

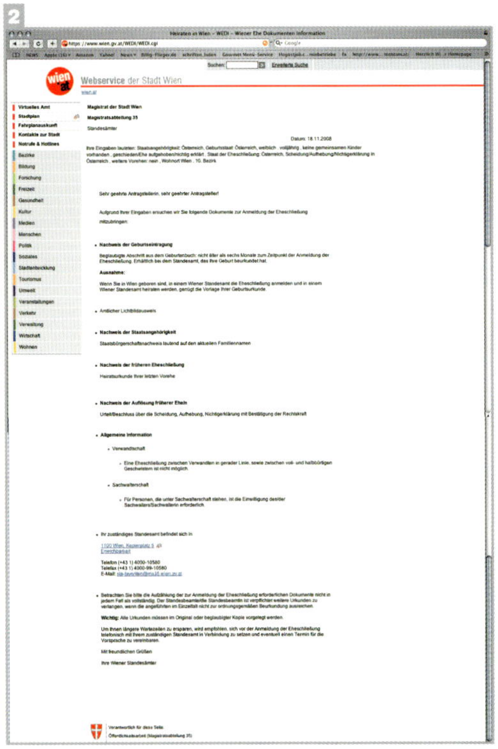

1 Virtuelles Amt: Detailinformationen Eheschließung **2** Dokumenteninformation Heiraten in Wien
3 onlineFormular: Anmeldung zum Hochzeitsjubiläum

Die definitive Reservierung des Trauungstermins in einem der zehn Wiener Standesämter ist lediglich eine Frage von wenigen Mausklicks. Bis zu einem halben Jahr vorher lassen sich Wunschtermine online reservieren, wobei für jene, die für ihre Trauung einen exklusiven Rahmen bevorzugen, auch gesorgt ist. In Wien wird nicht nur am Standesamt der Bund fürs Leben geschlossen. Als umfassenden Service bietet das Virtuelle Amt eine Übersicht an Örtlichkeiten und Gebäuden, die jede Hochzeit zur Traumhochzeit werden lassen. Ob in einem historischen Schloss oder Palais, einem Wiener Wahrzeichen oder an Orten mit Ausblick und damit verbundenem Flair, ist jedem selbst überlassen. Das online dargebrachte Angebot liest sich so imposant wie üppig: Im Schloss Belvedere läuten ebenso die Hochzeitsglocken wie im Riesenrad, am Kahlenberg oder sogar zu Wasser an Deck des Twin City Liners.

Dass die onlineReservierung des Trauungstermins eine erhebliche organisatorische Erleichterung mit sich bringt, spiegelt sich in der Nutzung dieses Dienstes wider: Von 7.441 Trauungsterminreservierungen im Jahr 2007 wurden 1.907 über das Virtuelle Amt abgewickelt. Das entspricht einem Anteil von mehr als 25 Prozent.

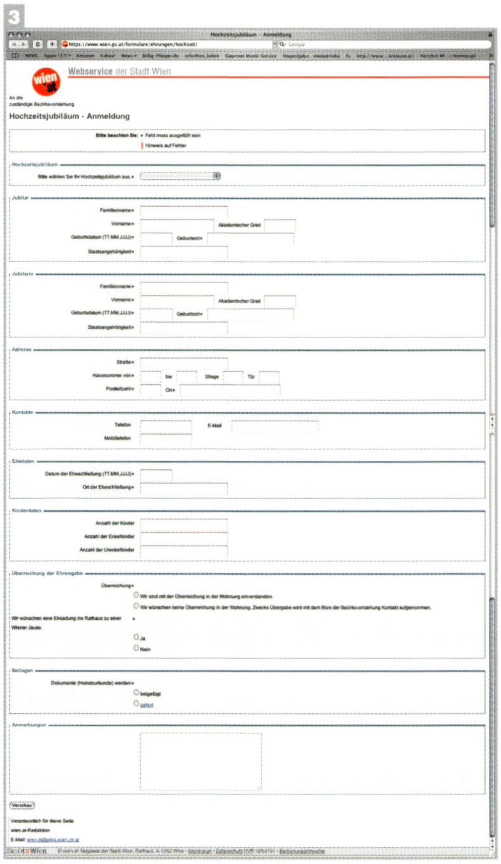

http://www.wien.gv.at/amtshelfer/gesellschaft-soziales/kinderbetreuung.html

zugriff
12.37

Kindererziehung ist nicht nur eine emotionale und pädagogische Aufgabe: Herausforderungen von organisatorischer und logistischer Natur sind selbstverständlicher Bestandteil des Alltags von Jungeltern. Das Virtuelle Amt bietet seit dem Jahr 2003 auch hier seine Dienste an, um Amtswege zu verkürzen und damit größtmögliche Effizienz für WienerInnen mit Nachwuchs zu gewährleisten.

Mit einer onlineAbwicklungsquote von bis zu 20 Prozent, in den Hauptanmeldemonaten Jänner und Februar, erweist sich der onlineService rund um Kindergärten-, Kinderkrippen- und Hortplätze als viel genutzte Alternative zu einem persönlichen Besuch in einer der neun Servicestellen der MA 10 oder der Abwicklung per Post beziehungsweise Fax. Die Anmeldung für die insgesamt in Wien vorhandenen 36.500 Kinderbetreuungsplätze ist nicht nur außerordentlich einfach zu handhaben: Nach einer obligatorischen Registrierung ist sie mit dem Ausfüllen von wenigen Eingabemasken mit den individuellen Daten bereits erledigt. Ebenso erhalten BesucherInnen von www.wien.at auf einen Blick alle relevanten Informationen bezüglich der Kinderbetreuung in Wien. Seien es nötige Unterlagen, Kriterien der Platzvergabe, Termine und Fristen, behördliche Zuständigkeiten oder Relevantes zum Thema Kosten und Bezahlung, die durch Ausschöpfung aller modernen IT-Standards ebenso per onlineAbwicklung erledigt werden können.

Dabei sind alle nötigen Formulare für einen präferierten persönlichen Gang zu den Servicestellen der MA 10 als PDF-Download erhältlich. Auch der Antrag bezüglich der Ermäßigung des Elternbeitrags findet sich im Sinn einer umfassenden Serviceleistung online wieder.

Doch nicht nur die Betreuung in Kindergärten, Kinderkrippen und Horten ist ein wichtiges Thema, was den Werdegang der Jüngsten betrifft. Auf den Internet-Seiten der Kinderbetreuung des Virtuellen Amts werden für musisch Interessierte alle formalen Notwendigkeiten für einen etwaigen Musikschulbesuch erläutert. Anmeldeformulare stehen ebenso zum Download bereit wie Instrumentenverleihverträge, Informationen zu Unterrichtsbedingungen, aber auch Anträge zu einkommensbedingten Ermäßigungen für den Musikschulunterricht.

Sollte der Nachwuchs mit entsprechendem Talent gesegnet sein – hat jedoch das 15. Lebensjahr noch nicht vollendet – , sorgt das Virtuelle Amt bereits für den nächsten Schritt: Die Anträge zur Genehmigung von Kinderauftritten bei Musikaufführungen, Theatervorstellungen sowie bei Foto-, Film-, Fernseh- und Tonaufnahmen sind als PDF auf www.wien.at erhältlich.

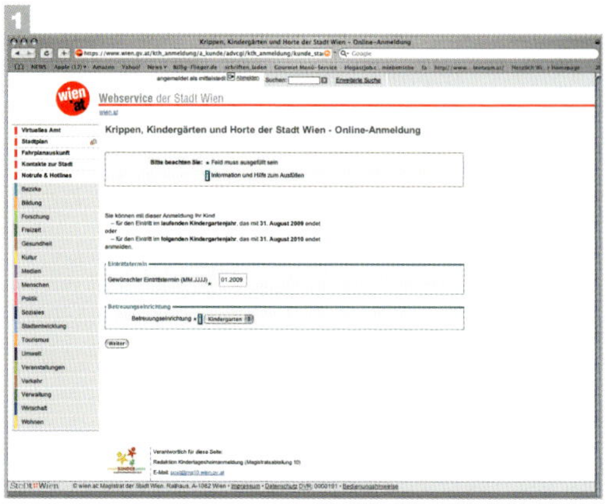

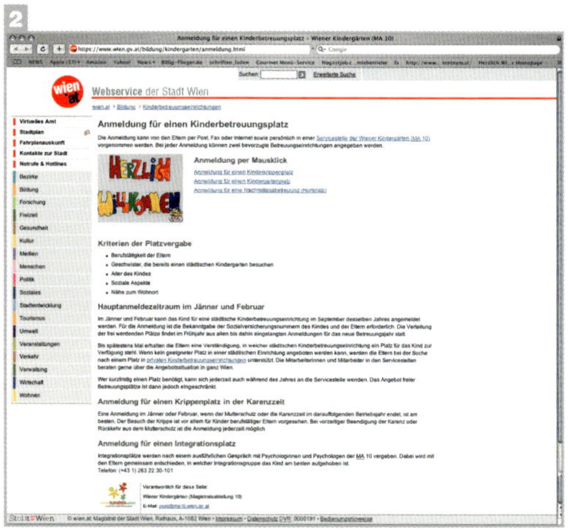

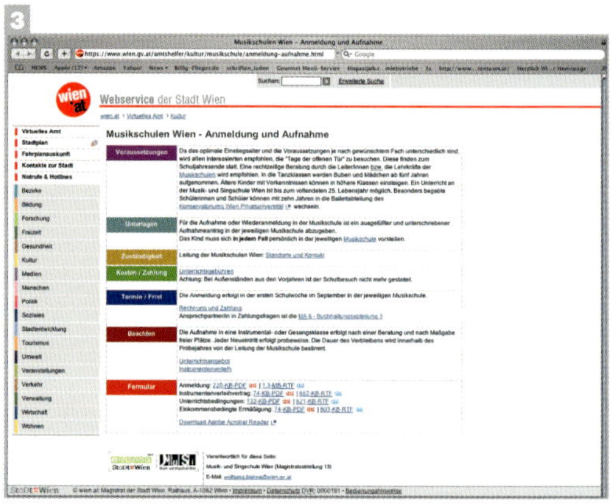

1 onlineAnmeldung: Krippen, Kindergärten und Horte
2 Startseite: Anmeldung für Kinderbetreuungsplätze
3 Virtuelles Amt: Detailinformationen zur Anmeldung

WIENER KINDERGÄRTEN MAGISTRATSABTEILUNG 10

Krippen, Kindergärten und Horte der Stadt Wien
Anmeldung Betriebsjahr 2008/2009
Infotelefon 277 55 55

Bitte in Blockbuchstaben und vollständig ausfüllen!

Daten des Kindes

Familienname
Vorname
männlich weiblich
Geburtsdatum (TT.MM.JJJJ) Soz.vers.Nr.
Staatsangehörigkeit
Muttersprache deutsch bosnisch kroatisch serbisch türkisch andere

Adresse

Straße
Hausnummer von bis Stiege Tür
Postleitzahl Ort

Anmeldende Person

Mutter *Erziehungsberechtigte* Vater *Erziehungsberechtigter* Sonstige/r Erziehungsberechtigte/r
Familienname
Vorname akadem.Grad
männlich weiblich
Geburtsdatum (TT.MM.JJJJ) Soz.vers.Nr.
Staatsangehörigkeit
Ich erziehe mein Kind allein
berufstätig Karenz – Berufseintritt mit **MM / JJ**
arbeitslos im Haushalt in Ausbildung

Adresse

Straße
Hausnummer von bis Stiege Tür
Postleitzahl Ort

Kontakte für Rückantwort und eventuelle Nachfragen

Telefon Mobiltelefon
Fax

DVR 0000191 – V165

2

Weitere Familienangehörige

Mutter *Erziehungsberechtigte* Vater *Erziehungsberechtigter*
Familienname akadem.Grad
Vorname Soz.vers.Nr.
berufstätig Karenz – Berufseintritt mit **MM / JJ**
arbeitslos im Haushalt in Ausbildung

Betreuungsart

Krippe Kindergarten Hort

Schuladresse **Klasse**
nur bei Hortbesuchanmeldung

Gewünschtes Eintrittsdatum (MM.JJ)

Ganztags (6.00 Uhr – 18.00 Uhr)
halbtags Vormittag (8.00 Uhr – 12.00 Uhr, ohne Mittagessen)
Teilzeit Vormittag (6.00 Uhr – 14.00 Uhr)
halbtags Nachmittag (13.00 Uhr – 17.00 Uhr, ohne Mittagessen)
Teilzeit Nachmittag (12.00 Uhr – 18.00 Uhr)
Hort (11.00 Uhr – 18.00 Uhr)

Sie können zwei bevorzugte Standorte nennen

Bezirk Kindergarten/Hort
Bezirk Kindergarten/Hort
Ein Geschwisterkind besucht bereits einen städtischen Kindergarten/Hort
Vorname **Nachname** **Geb.Datum**

Besondere Betreuung

Bedarf Ihr Kind auf Grund einer Behinderung einer besonderen Betreuung:

Ich ersuche um Ermäßigung des Elternbeitrages

Datum **Unterschrift**

DVR 0000191 – V165

Download-Formular zur Anmeldung in Krippen, Kindergärten und Horten

DIENST: STADTPLAN WIEN

http://www.wien.gv.at/stadtplan

zugriff
13.34

Wer www.wien.at kennt, ist mit dieser Funktion zwangsläufig vertraut: Mit mehr als 100.000 täglichen Zugriffen zählt der virtuelle Stadtplan mit all seinen Zusatzservices zu den am häufigsten genutzten Diensten des Internetauftritts der Stadt Wien. Sozusagen ein Klassiker des urbanen Web-Alltags, der trotz der prinzipiellen Einfachheit dieser Anwendung ständigen Modifikationen unterliegt, um sowohl der Dynamik der Stadt als auch rasant voranschreitenden technischen Entwicklungen gerecht zu werden.

Die Funktionsweise ist simpel und geläufig: Die gesuchte Adresse in die Eingabemaske getippt, baut sich der angeforderte Ausschnitt des Plans umgehend grafisch auf und sorgt damit für die gewünschte Orientierung. Der Mehrwert, den die www.wien.at-Stadtplansuche in Abstufung zu ähnlichen im Web angebotenen Diensten in sich birgt, ist dennoch unschwer zu erkennen: Beginnend bei der Eingabe der Adresse erweist sich die Plansuche als äußerst kulant, was Tippfehler, bruchstückhafte Straßennamen oder fehlende Hausnummern betrifft. Orthografische Missverständnisse werden nicht mit Fehlermeldungen quittiert – eine Auswahl an ähnlich lautenden Straßen- oder Platzbezeichnungen hilft, die tatsächlich gesuchte Adresse zu finden.

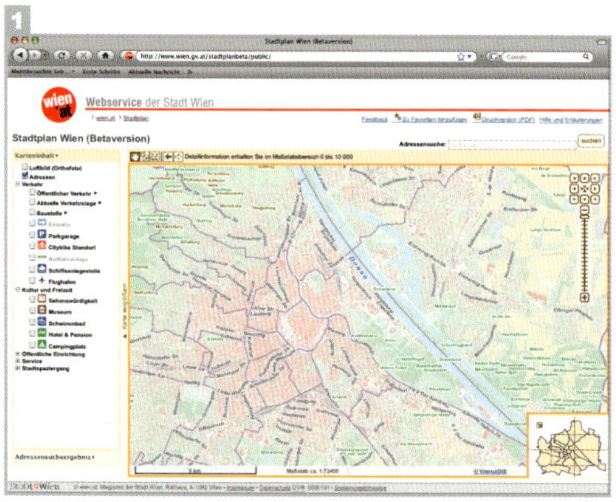

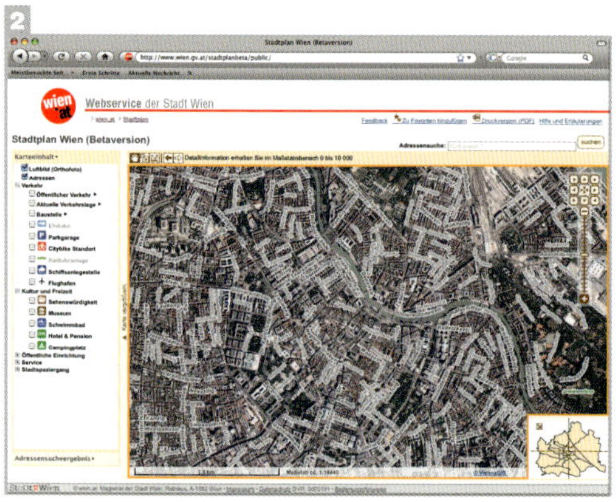

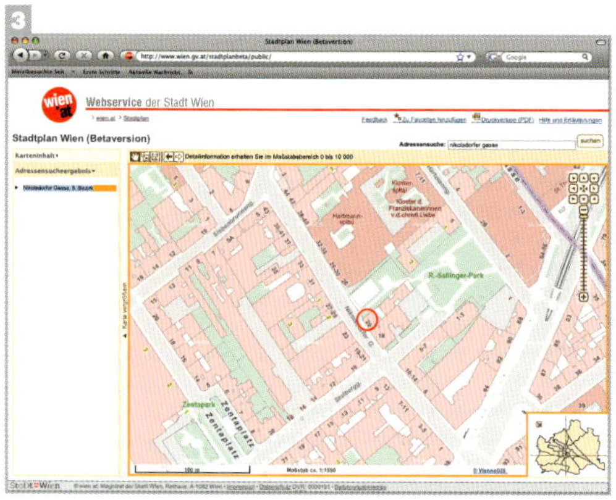

Den gewünschten Stadtplanausschnitt vor Augen, bietet sich hier eine Fülle an Einstellungen und Spezifizierungen: Plangröße und Planbreite können den individuellen Bedürfnissen entsprechend verändert werden. Und vor allem die Möglichkeit, die Inhalte des Plans selbst zu bestimmen, sorgt für Übersicht: Straßennamen, Gebäudeflächen, öffentliche Verkehrsmittel, Hausnummern und Bezirksgrenzen sind integraler Bestandteil des Stadtplans. Zusatzfunktionen wie die Darstellung von Einbahnstraßen, Freizeiteinrichtungen oder Radfahranlagen können bei Bedarf mit wenigen Klicks aktiviert werden.

Eindrucksvollstes Beispiel für die ständige Weiterentwicklung des Stadtplans ist die seit Anfang des Jahres 2007 existierende Orthofoto-Anwendung: Die grafische Ansicht des Plans verwandelt sich dabei in einen fotografischen Wien-Plan und zeigt die Stadt somit aus der klassischen Vogelperspektive. Das sorgt nicht nur für gesteigerte Übersichtlichkeit bei der Adresssuche: Die Luftbildaufnahmen, die durch ein spezielles Verfahren entzerrt wurden und somit erst eine maßstabsgetreue Abbildung der Erdoberfläche ermöglichen, laden auch dazu ein, die Stadt aus einer völlig neuen Perspektive zu erkunden. Von der grünen Pracht in vielen oft unvermutet weitläufigen Innenhöfen bis hin zu bizarren Formen und Mustern in den Blumenbeeten der städtischen Parkanlagen tut sich hier ein breites Spektrum an entdeckenswerten Kleinoden auf. Auf die unzähligen Planinhalte muss dabei keineswegs verzichtet werden: Detailinformationen wie Verkehrsmittel oder Hausnummern lassen sich mit dem Orthofoto überlagernd darstellen.

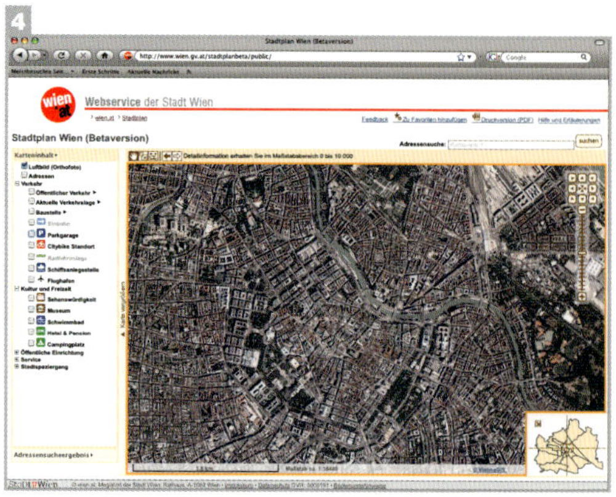

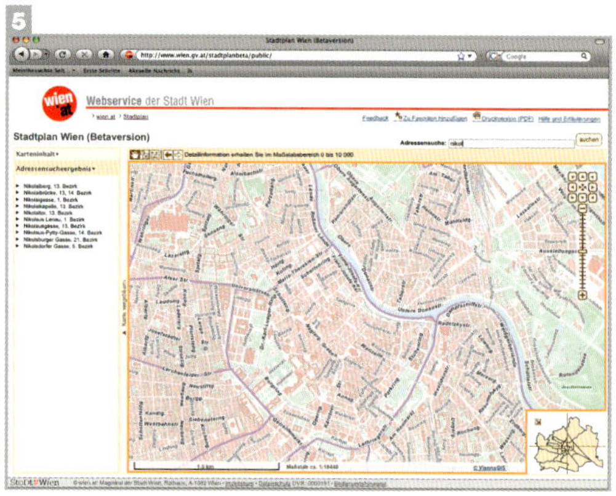

1 Stadtplansuche: grafische Ansicht **2** Variante Orthofoto **3** Detailansicht Stadtplansuche **4** Zoomstufe Orthofoto **5** Zoomstufe grafische Detailansicht

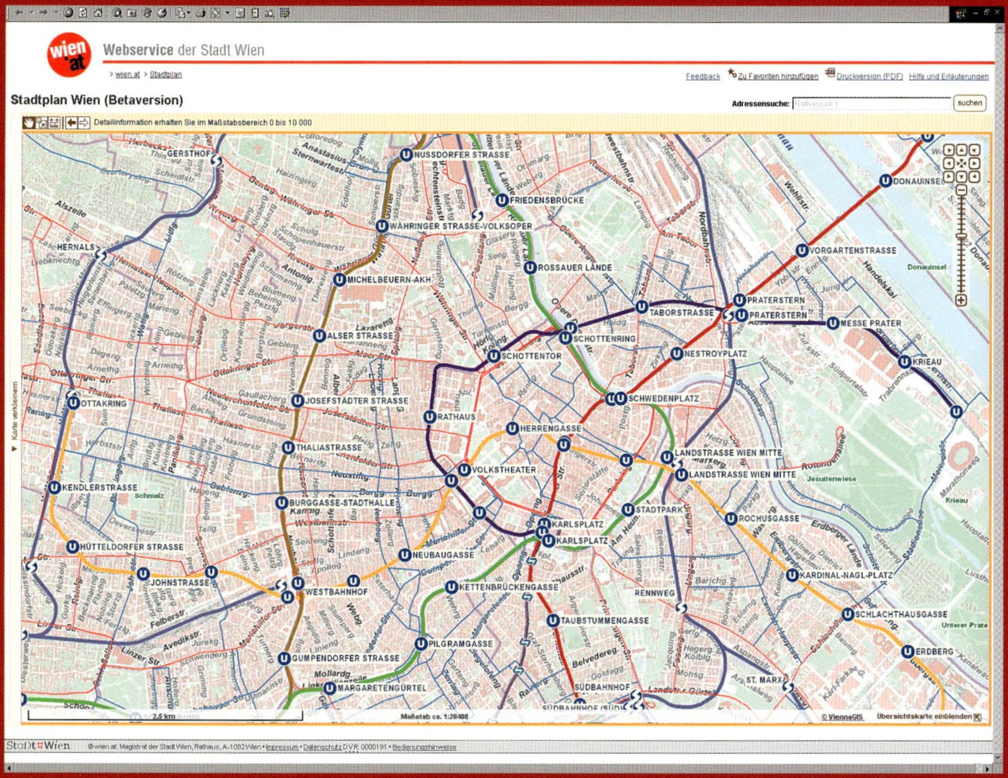

Webservice der Stadt Wien
Stadtplan Wien (Betaversion)
Adressensuche:
suchen
Detailinformation erhalten Sie im Maßstabsbereich 0 bis 10 000
Feedback
Zu Favoriten hinzufügen
Druckversion (PDF)
Hilfe und Erläuterungen
Übersichtskarte einblenden

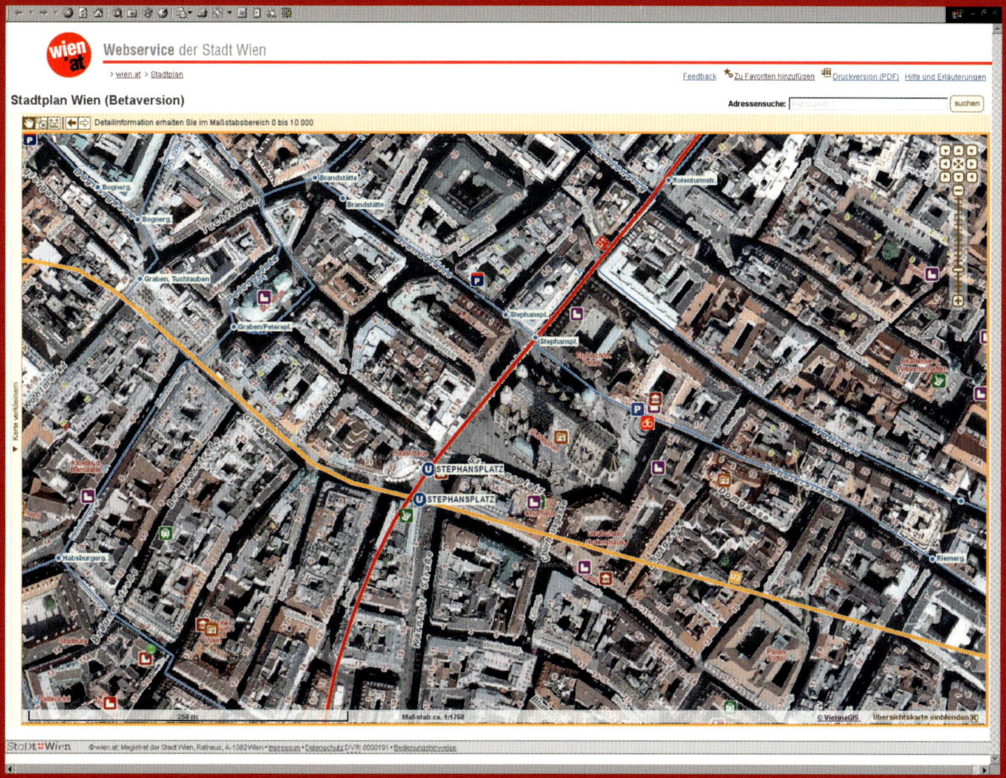

Webservice der Stadt Wien
Stadtplan Wien (Betaversion)
Adressensuche:
suchen
Detailinformation erhalten Sie im Maßstabsbereich 0 bis 10 000
Feedback
Zu Favoriten hinzufügen
Druckversion (PDF)
Hilfe und Erläuterungen
STEPHANSPLATZ
Übersichtskarte einblenden

DIENST: BAUSTELLENINFORMATION

http://www.wien.gv.at/verkehr/baustellen

zugriff
13.47

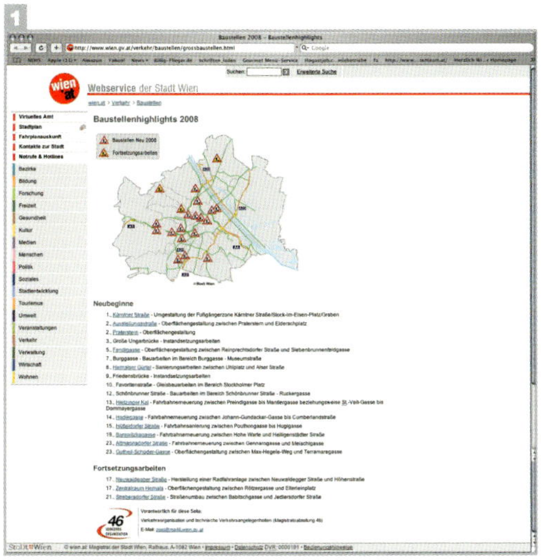

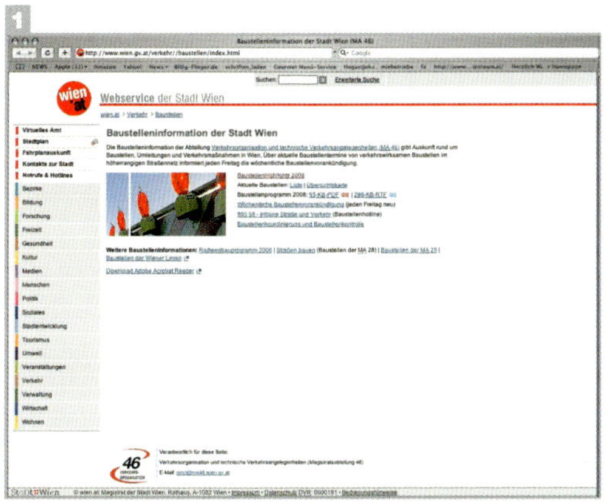

1 Baustellenhighlights: Übersicht **2** Startseite Baustelleninformation **3** Plansuche aktueller Baustellen **4** Detailansicht aktueller Baustellen

Baustellen mögen für motorisierte Menschen zu den größeren Ärgernissen des Alltags zählen. Dass die laufende Instandhaltung der städtischen Infrastruktur eine Notwendigkeit für das Funktionieren des Individualverkehrs darstellt, ist für FahrzeughalterInnen so gesehen ein Widerspruch, der sich jedoch leicht „umschiffen" lässt. Die onlineBaustelleninformation von www.wien.at gibt laufend Auskunft über Baustellen, Umleitungen und Verkehrsmaßnahmen auf Wiens Straßen. Ein Abstecher ins Internet verhindert somit, dass es zu mitunter nervenaufreibenden Überraschungen im täglichen Verkehrsgeschehen kommt. Mit dem Anspruch auf höchstmögliche Aktualität und flächendeckende Information bietet sich hier eine Fülle an Möglichkeiten, um den Überblick über Wiens Verkehrsbaustellen zu bewahren und dementsprechend alternative Fahrrouten zu wählen.

Pünktlich zum Wochenende – wenn es ohnehin gilt, keine Zeit unnötig zu verlieren – wird an jedem Freitag die Liste der Wiener Baustellenvorankündigungen online aktualisiert. Auf dieser Liste zeigen sich mögliche zu erwartende Verkehrshindernisse im Detail:
Neben dem exakten Straßenabschnitt erhalten AutofahrerInnen Auskunft über die Art der dort getätigten Arbeiten (ob Straßenbau, Rohrleitungsarbeiten, Kabellegung etc.), die getroffenen Maßnahmen bezüglich des Verkehrs (zu welcher Tageszeit, wie viele betroffene Fahrspuren etc.) und eine genaue Zeitangabe bezüglich der zu erwartenden Bestandsdauer der jeweiligen Baustelle.

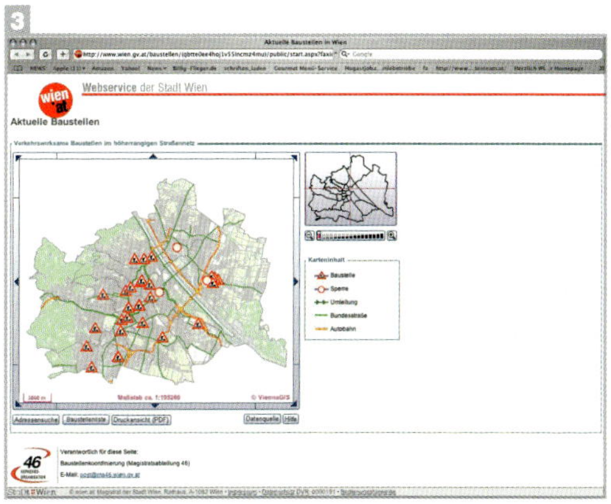

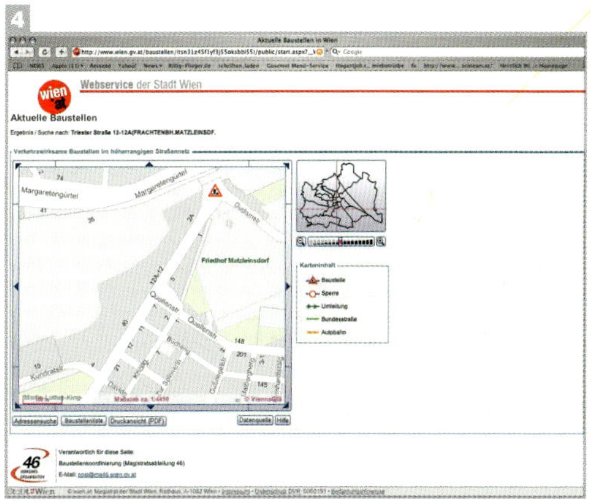

1

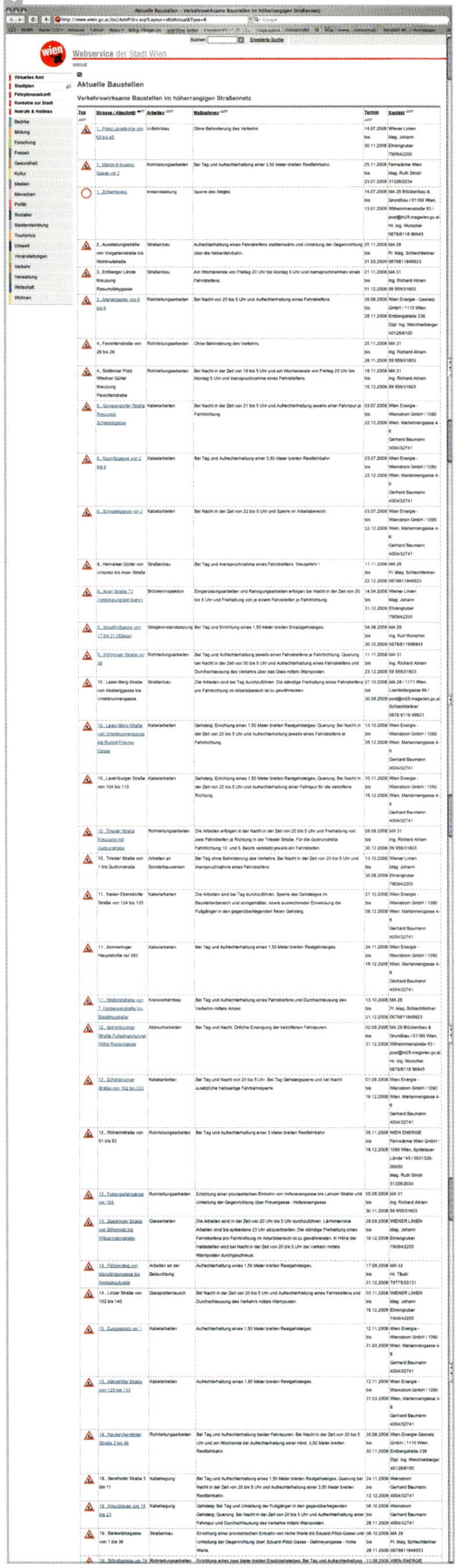

Auch die Partizipationsmöglichkeit für BürgerInnen wird ausgiebig kommuniziert: Durch Nennung des jeweils verantwortlichen Magistrats und die zuständige Person kann im Falle eines Anliegens auf direktestem Wege Kontakt aufgenommen werden.

Dabei ist dieses wöchentliche Update nur eine von vielen Möglichkeiten, um das Baustellengeschehen im Auge zu behalten: In vollständiger Form sind alle den Individualverkehr beeinträchtigenden Bautätigkeiten eines ganzen Kalenderjahres sowohl online als auch mittels PDF-Download einsehbar. Als besonders praktisch in der Anwendung erweist sich der digitale Übersichtsplan: Ein Stadtplan, der in symbolhafter Darstellung alle so genannten „Verkehrswirksamen Baustellen im höherrangigen Straßennetz" grafisch anzeigt – der schnellste Weg um Baustellen großräumig zu erkennen und zu umfahren.

Wie vielseitig www.wien.at funktioniert, beweist hier auch die Verlinkung. Wer selbst ein Bauprojekt betreut und im Zuge der Bauarbeiten entsprechende öffentliche Verkehrsflächen benutzen muss, gelangt mittels weniger Klicks auf die passenden Seiten des „Virtuellen Amts": Alle Anträge und Informationen zu Halteverbotszonen, Baustofflagerung oder Fassadensicherungsarbeiten finden sich hier wieder.

1a

1+1a Detailübersicht aktueller Baustellen

KURIER

DIENST: DIGITALER KULTURGÜTERKATASTER: ARCHITEKTUR & KUNSTWERKE IM ÖFFENTLICHEN RAUM

http://www.kulturgut.wien.at

zugriff
14.29

Dass Wien Jahr für Jahr von Millionen Menschen besucht wird, hat mannigfaltige Gründe. Doch einerlei ob die BesucherInnen durch Kulturelles, sportliche Großereignisse, die Musiktradition oder die reichhaltige Geschichte in die Stadt gezogen werden: Angesprochen auf bleibende Eindrücke wird Wiens Architektur von Städtereisenden stets als ganz besonderes Erlebnis genannt.
Dabei sind es nicht nur die berühmten Bauten des imperialen Wien, sakrale Klassiker und kühne moderne Architektur, die für dieses visuelle und atmosphärische Ereignis sorgen: Die Stadt in ihrer baulichen Gesamtheit, mit all der anonymen Architektur abseits von berühmten Architekten wie Otto Wagner, Theophil Hansen, Adolf Loos oder Johann Bernhard Fischer von Erlach, generiert dieses Wien-Gefühl, das TouristInnen in Erinnerung bleibt und Wiens BewohnerInnen längst verinnerlicht haben.

Mit Kulturgut, dem digitalen Kulturgüterkataster der Stadt Wien, wird die Relevanz der Wiener Bausubstanz unterstrichen und ein bewusster Umgang mit Architektur und den Kunstwerken des öffentlichen Raums gepflegt. Dabei erweist sich dieser Service von www.wien.at als virtuelle Parallelwelt, in der man sich angesichts des gebotenen Umfangs wahrlich verlieren kann. Architekturfans kommen hier ebenso auf ihre Kosten wie Geschichtsinteressierte und Kunstaffine oder Menschen, die via Internet lediglich die Stadt erkunden wollen. Denn es gibt in Wien auch abseits des Wohlbekannten einiges zu entdecken.

Die Benutzung des digitalen Kulturgüterkatasters gibt sich dabei übersichtlich und einfach. Um Gebäudeinformationen oder Wissenswertes zu Kunstobjekten im öffentlichen Raum zu erhalten, erfolgt die Suche entweder über den digitalen Stadtplan, der mittels Punktmarkierung wichtige Bauten und Kunstwerke grafisch anzeigt, oder man entscheidet sich für die Objektsuche. Mittels Eingabe der Adresse in die Suchmaske können Gebäudeinformationen bis hin zu Fotomaterial des gesuchten Objektes abgerufen werden.

Die Suche nach Kunstwerken im öffentlichen Raum bietet noch mehr Abstufungen: Die Eingabemaske unterscheidet zwischen dem Namen des Objektes, Typus (Denkmal, Brunnen, Grabmal, Freiplastik etc.), Namen des Künstlers oder der Künstlerin und Bezirk. Somit ist es etwa möglich, mit wenigen Mausklicks eine Auflistung aller Brunnen des dritten Wiener Gemeindebezirks zu erhalten. Und wer sich auf die Spuren der Kreativen begibt, kann alle Werke bestimmter Personen übersichtlich anfordern.

Doch erkunden wir das virtuelle Kunst- und Architektur-Wien anhand von Beispielen: Anton Dominik Fernkorn gilt als einer der bedeutendsten Bildhauer des 19. Jahrhunderts. Das Schaffen des gebürtigen Erfurters hat auch in Wien deutliche Spuren hinterlassen: Seinen Namen in die Objektsuche eingegeben, fördert Fernkorns Wirken in Sekundenschnelle zu Tage: Die Ergebnisseite listet acht Denkmäler und Brunnen, an denen er in Wien mitgearbeitet hat, auf – vom Josef-Ressel-Denkmal am Karlsplatz bis hin zum Volksgartenbrunnen. Doch werfen wir einen genaueren Blick auf das Fernkorn'sche Erzherzog-Karl-Denkmal. In der Ergebnisliste kurz angeklickt, öffnet sich für kunstinteressierte User von www.wien.at eine eigene Unterseite zum Denkmal – mit üppigen Informationen und auch zahlreichem Fotomaterial zum Objekt: Neben dem exakten Standort und einer kurzen biografischen Verortung Erzherzog Karls, als Sieger der Schlacht von Aspern, erfährt man ebenso, dass das Denkmal aus Stein und Bronze gefertigt wurde und den genauen Wortlaut der Inschrift des am Heldenplatz gelegenen Kunstwerks.

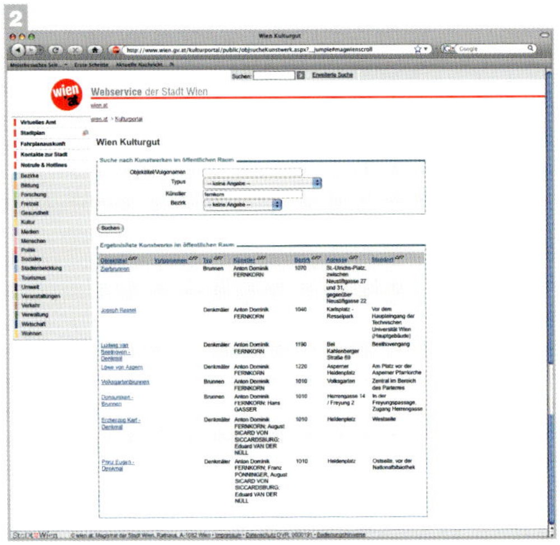

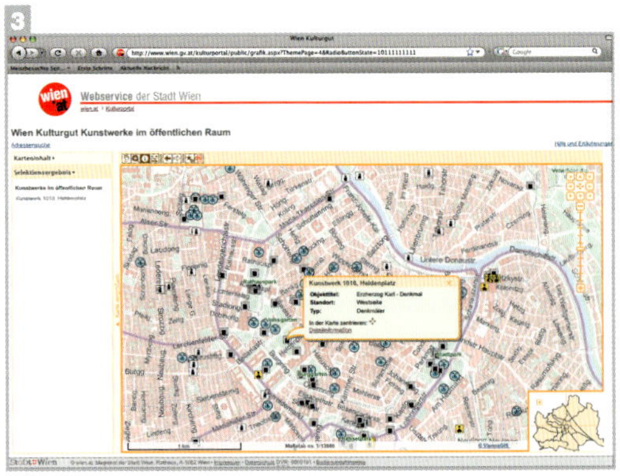

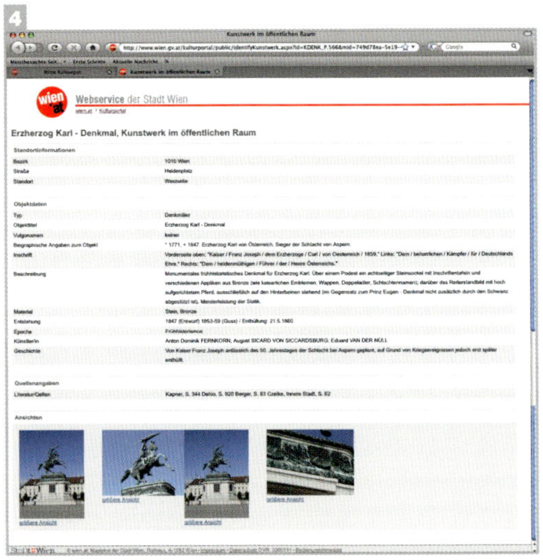

1 Kulturgut Wien: Startseite
2 Detailsuche Kunstwerke im öffentlichen Raum
3 Plansuche der Kulturgüter
4 Detailbeschreibung des Objektes

1
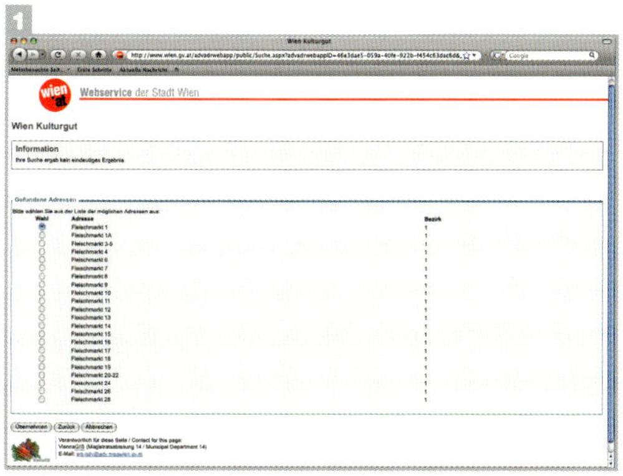

2
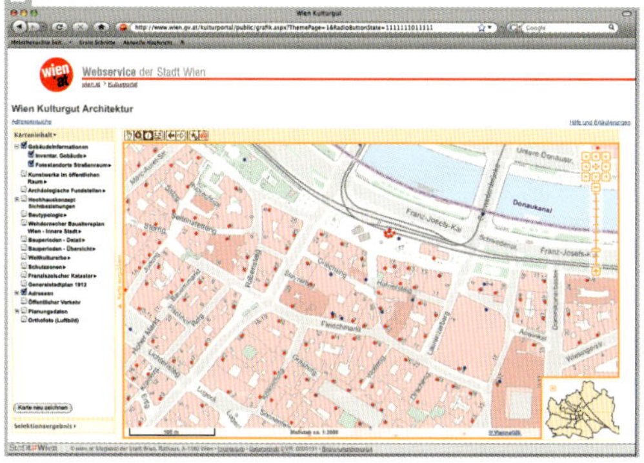

3
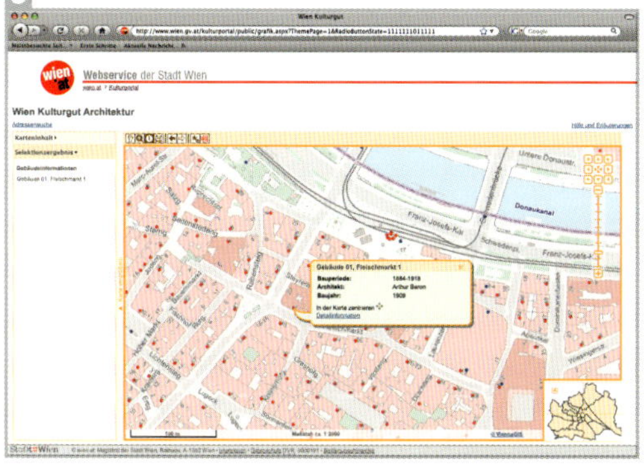

1 Kulturgut Architektur: Adressauswahl **2** Gebäudesuche mittels Kulturgut-Stadtplan **3** Stadtplan mit Kurzinformationen zum Objekt **4** Detailinformationen zum Gebäude

Ebenso verrät der digitale Kulturgüterkataster, dass es sich bei diesem Denkmal um eine Meisterleistung der Statik handelt, da das Reiterstandbild lediglich mit den Hinterbeinen des Pferdes mit dem achtseitigen Steinsockel verbunden ist. Zeitangaben zum Entwurf (1847), Guss (1853 bis 1859) und Enthüllung des Denkmals (21. 5. 1860) fehlen genauso wenig wie die Erläuterung des Umstands, dass Kaiser Franz Joseph das Denkmal anlässlich des 50. Jahrestages der Schlacht von Aspern in Auftrag gab – jedoch aufgrund von Kriegsereignissen die Enthüllung erst verzögert stattfinden konnte.

Doch widmen wir uns den Kulturgut-Architekturfunktionen und wählen in der Stadtplansuche die Kategorie Gebäudeinformationen. Der digitale Plan erscheint nun übersät mit roten und blauen Punkten, die exakt anzeigen, zu welchen Bauten Informationen verfügbar sind. Die Dichte dieser Punktlandschaft signalisiert, dass hier beinahe jedes Wiener Gebäude erfasst ist. Architektonisch Wertvolles findet sich mit dem Anspruch auf Vollständigkeit wieder.

Folgen wir dem Stadtplan, der seinen virtuellen Ausgangspunkt am Stephansplatz hat, die Rotenturmstraße entlang und werfen einen Blick auf das Gebäude an der Ecke zum Fleischmarkt. Ein Klick auf die rote Punktmarkierung lässt einen Kurzinformationskasten erscheinen, der Baujahr (1909), Bauperiode (1884 bis 1918) und den Architekten des Gebäudes (Arthur Baron) preisgibt.

4

Ein weiterer Klick auf den Link Detailinformationen führt zu noch mehr Daten über dieses Bauwerk: Es handelt sich um den so genannten Orendihof, in dem auch die Kammerspiele (ehem. Residenzbühne) beheimatet sind. Identanschriften dieser Adresse (Fleischmarkt 1, Rotenturmstraße 20, Steyrerhof 1) sind ebenso angegeben wie die Art der Nutzung (betrieblich), Bautyp (Mietshaus der Gründerzeit/Eckhaus), Geschoßanzahl (sechs), Zusatzgeschoße (Dachgeschoß, Keller) und der Erhaltungszustand (ensembletypische Parzellenstruktur, erhaltene Fassade). Auch hier lässt sich das Objekt anhand mehrerer Fotos genau begutachten. Dabei macht der digitale Kulturgüterkataster durchaus Lust darauf, weitere Objektforschung zu betreiben: Exakte Quellenangaben zu Vermerken über das jeweilige Gebäude in Fachpublikationen und Nachschlagewerken macht Kulturgut sowohl für FreizeitforscherInnen als auch für professionell Tätige interessant.

SCHALLPEGEL
L= dB

DIENST: LÄRM-onlineINFORMATIONS-SYSTEM

http://www.wien.gv.at/umweltschutz/lois

zugriff
15.02

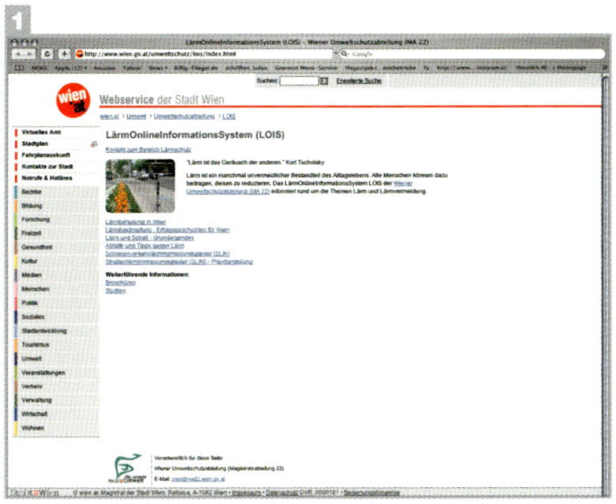

1 Startseite: Lärm-onlineInformationsSystem (LOIS) **2+3** Thematischer Stadtplan: Straßenlärm-immissionskataster. Tages- und Nachtansicht

Auch wenn die Wahrnehmung von Lärm stark mit dem subjektiven Ermessen verbunden ist: Lärm gilt gemeinhin als Ärgernis, als ein Umwelteinfluss, der ebenso zu meiden wie auch zu vermeiden ist. Doch wer in einer großen Stadt lebt, wird zwangsläufig mit einem Grundpegel an Geräuschen konfrontiert. Daran lässt sich wenig ändern – schließlich fordern Transport und Logistik, aber auch zunehmende individuelle und öffentliche Mobilität ihren Preis. Ganz abgesehen von gewerblichem Lärm bis hin zu baulichen Maßnahmen. Da sich dieser Grundpegel nur bedingt steuern lässt, ist es nötig, alternative Ansätze zu verfolgen, um mit die Ursachen und vor allem die Wirkungen von städtischem Lärm bewusst umzugehen. Die Stadt Wien setzt in diesem Fall auf präventive Information und Aufklärung: Mit dem Lärm-onlineInformations-System (kurz: LOIS) bietet die Wiener Umweltschutzabteilung einen Internet-Informationsbereich, der sich dem Thema von vielen Seiten nähert.

So trivial es klingen mag: Lärm ist im Alltag unsichtbar. Doch nicht im virtuellen Raum: Als zentraler Dienst des LOIS gibt der Straßenlärmimmissionskataster (kurz: SLIM) dem Geräuschpegel auf Wiens Verkehrswegen sozusagen ein Gesicht. Um anschaulich zu vermitteln, wie hoch oder niedrig die Geräuschkulisse auf Wiens Straßen tatsächlich ist, funktioniert SLIM als digitaler Stadtplan, der durch ein farblich abgestuftes Leitsystem den jeweiligen Lärmpegel in Dezibel (dB) grafisch widerspiegelt. Somit kann mittels einfacher Adresseingabe die Lautstärke auf jeder beliebigen Wiener Verkehrsfläche im Hand-

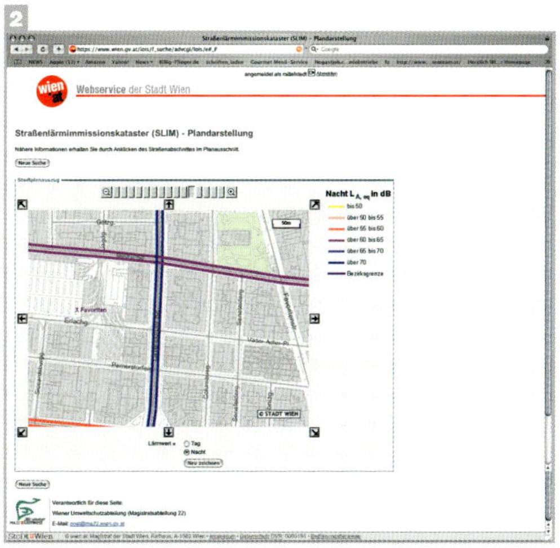

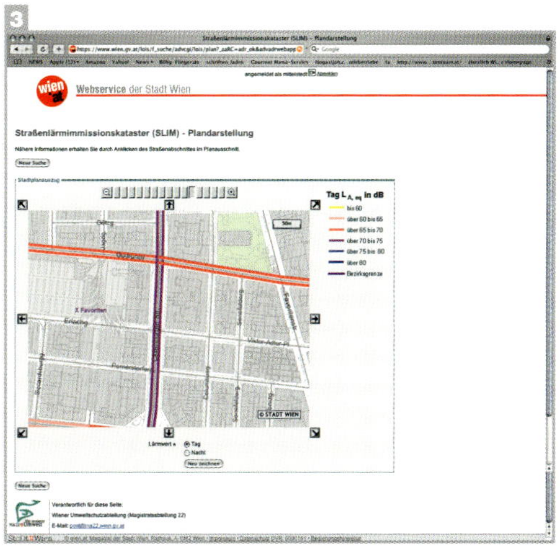

umdrehen eruiert werden. Auch die Tatsache, dass sich die nächtliche Lärmkulisse zu jener untertags teilweise erheblich unterscheidet, wird berücksichtigt. Auf Knopfdruck wechselt der Stadtplan von der Tages- in die Nachtansicht. Egal ob man wissen möchte, ob eine potenzielle neue Wohnung auch die nötige Ruhe bietet oder welche Bezirke im Generellen ärmer an Verkehrsgeräuschen sind: SLIM ist der Basisdienst für lärmbezogene Daten aus dem Wiener Stadtraum. Ähnlich zeigt sich SLIK, der Schienenverkehrslärmimmissionskataster, der quasi als der kleine Bruder von SLIM fungiert. SLIK liefert, in Form einer Übersichtskarte, Informationen bezüglich der Lärmbelästigung durch den Schienenverkehr und markiert dabei jene Bahntrassenabschnitte, die ein höheres Lärmaufkommen als 55 Dezibel aufweisen.

Abseits dieser allgemeinen Daten widmet sich LOIS in ausführlicher Weise der Prävention von Lärm. Ob im Wohnbau, Straßenverkehr, Gastgewerbe, Freizeitsektor oder im Bereich des Industriesektors: Hier werden behördliche Lärmgrenzen ebenso erläutert wie Tipps zur Lärmminderung gegeben. LokalbesitzerInnen etwa erfahren alles über die Installierung einer technischen Lautstärkenobergrenze für Musikanlagen – die so genannte Plombierung. Die als PDF-Download erhältliche Bauakustikfibel gibt praktische Lärmschutztipps im Bereich von Bau- und Sanierungsarbeiten. Aber auch Wissenswertes zu geförderten Schallschutzfenstern oder die Möglichkeit der onlineBestellung von Gratis-Broschüren zum Thema Lärm sind Teil des Lärm-onlineInformations-Systems – um nur wenige Beispiele zu nennen. LOIS kann somit mit minimalem Informationsaufwand für maximale Ruhe sorgen.

Download-Broschüren zum Thema Lärm

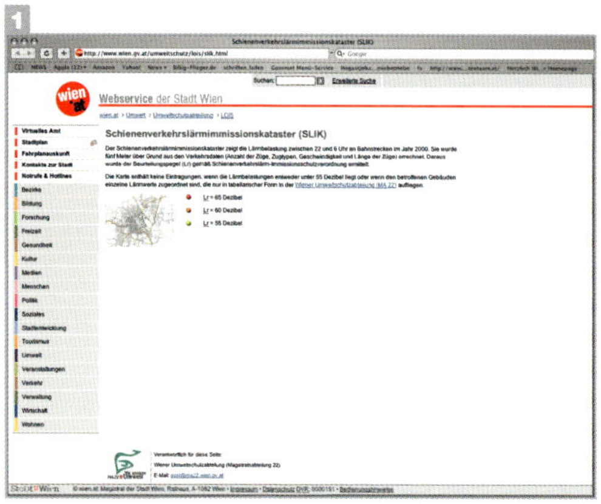

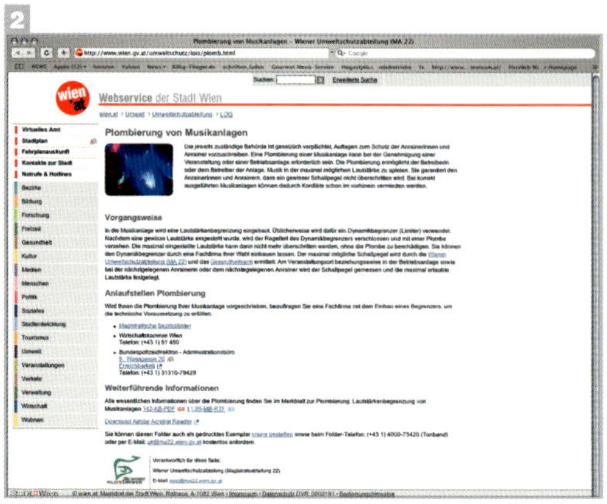

1 Schienenverkehrslärmimmisionskataster (SLIM)
2 Detailinformation zur Plombierung von Musikanlagen

DIENST: STÄDTISCHE BÜCHEREIEN

http://www.buechereien.wien.at

zugriff 15,33

Jenen Stimmen zum Trotz, die einst im Aufkommen des Mediums Internet eine Schmälerung der Buchkultur sahen, erweist sich die Verknüpfung von Buch und World Wide Web als fruchtbare Symbiose. Bemerkenswertes Beispiel hierfür ist die Internetpräsenz der Wiener Städtischen Büchereien. Mit dem onlineService auf www.buechereien.wien.at wurde nicht nur die Suche nach Büchern, CDs, DVDs, Videos, CD-ROMs und Sprachkursen stark vereinfacht – auch die individuelle Verwaltung der entlehnten Medien und die Kommunikation zwischen Büchereien und ihren BenutzerInnen haben eine Qualität erreicht, die eine Entlehnung unbürokratisch und von kurzer Zeitdauer macht. Im Mittelpunkt des Services steht die frei zugängliche Stichwortsuche im onlineKatalog der Städtischen Büchereien. Damit ist der Gesamtbestand von insgesamt mehr als 1,5 Millionen entlehnbaren Medien umfassend abrufbar. Für BenutzerInnen bedeutet dies, dass der Gang in die Bibliothek mit keinem Restrisiko, angesichts der Verfügbarkeit eines gewünschten Titels, verbunden ist.

Der onlineKatalog listet in Sekundenschnelle auf, ob sich das gewünschte Medium prinzipiell im Bestand der Wiener Büchereien befindet. Gleichzeitig erfährt man, welche der insgesamt 39 Bibliothekszweigstellen den Titel führt und ob das Medium zum Zeitpunkt der

cafe restaurant canetti
buechereien wien
StaDt Wien

1

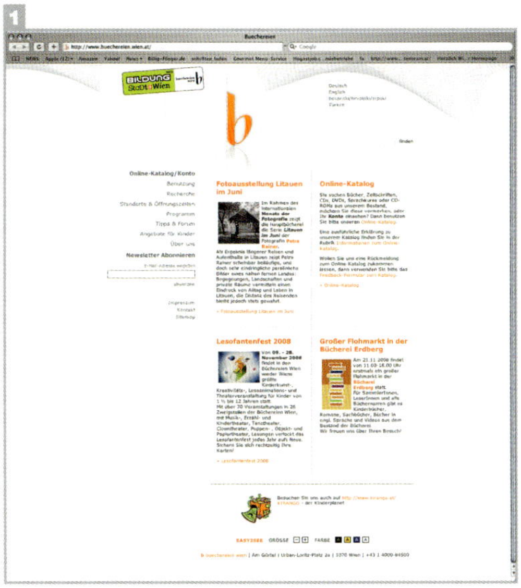

Abfrage dort erhältlich ist. Für den Fall, dass ein gesuchtes Medium bereits entlehnt wurde, kann das Buch oder der Datenträger online vorbestellt werden, um sicherzugehen, den Titel ehestens zu erhalten.

Und obwohl es durchaus seinen Reiz hat, stundenlang in Büchereien zu stöbern, verkürzt dieser onlineDienst auch die Zeit vor Ort: Genaue Angaben zu Standortbereich und Regal gewährleisten eine gezielte Suche: eine perfekte Wechselwirkung zwischen analog und digital.

2

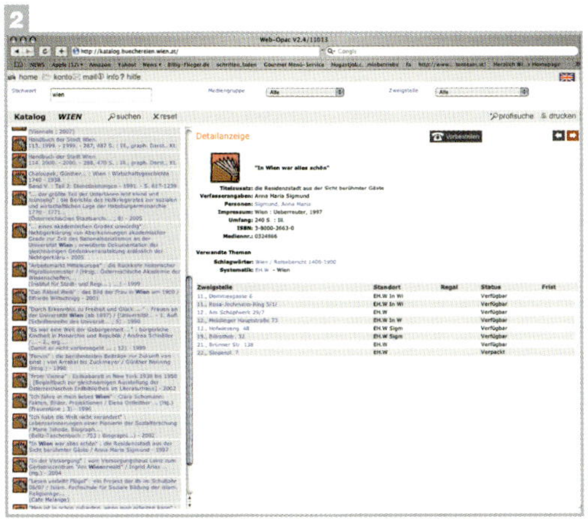

Mit der großzügigen Regelung, dass pro Büchereikarte bis zu 25 Medien gleichzeitig entlehnt werden dürfen, erweist sich das onlineBenutzerInnen-Konto besonders für VielleserInnen als oft gebrauchter Dienst: Wer diesen Service nutzt, überblickt alle persönlichen Entlehnungen bequem von zuhause aus und besitzt die Möglichkeit, die Entlehnung etwaiger, bald fälliger Titel per Mausklick zu verlängern – sofern keine anderweitige Vorbestellung vorliegt. Noch bequemer wird's bei Bekanntgabe der E-Mail-Adresse: Rechtzeitig vor der Fälligkeit der Rückgabe eines Mediums finden BibliotheksbenutzerInnen in ihrer Mailbox eine Benachrichtigung bezüglich ablaufender Fristen.

Doch nicht nur diese individuell zugeschnittenen Funktionen machen www.buechereien.wien.at zu einer beliebten virtuellen Plattform für Wissens- und Unterhaltungsdurstige. Die Wiener Büchereien informieren im Internet laufend über Veranstaltungen, Ausstellungen, Buchneuerscheinungen und bieten dazu fundierte Besprechungen, um Lust auf Neues zu machen. Dabei ist die Benutzung der Homepage keine Frage von perfekten Deutschkenntnissen: Alle wichtigen Inhalte stehen sowohl auf Englisch, Türkisch und Bosnisch/Kroatisch/Serbisch zur Verfügung.

3

4

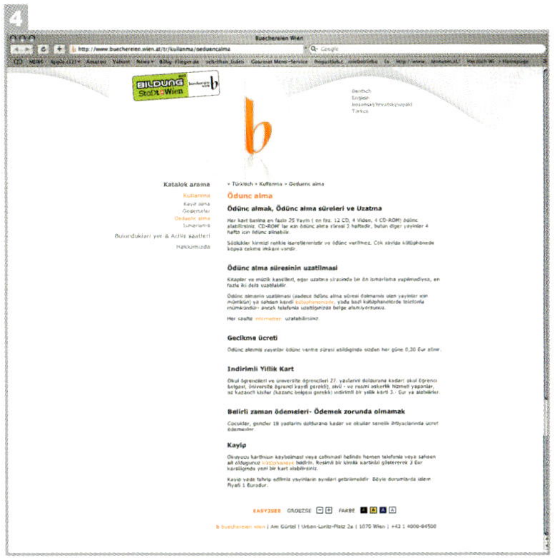

1 Städtische Büchereien: Startseite **2** Ergebnisse der onlineKatalogsuche **3** Veranstaltungsservice der Wiener Büchereien **4** Homepagevariante in türkischer Sprache

6., Kollergerngasse

DIENST: STRASSENNAMENLEXIKON

http://www.wien.gv.at/kultur/strassennamen

zugriff
16.13

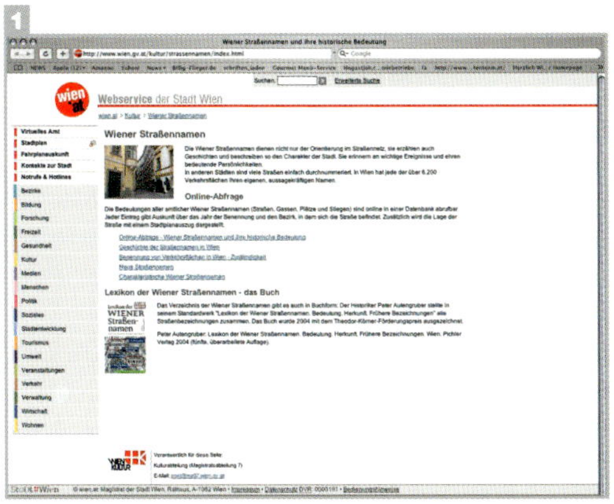

„Where The Streets Have No Name" lautet der Titel eines in den Achtzigerjahren veröffentlichen und in Richtung US-amerikanische Städte blickenden Songs der irischen Popband U2. So verheißungsvoll dieses längst zum Klassiker der Moderne gewordene Lied für Menschen mit Fernweh tönen mag: Straßennamen erleichtern nicht nur den Weg durch die Stadt, sondern sie sorgen auch für Übersicht und Orientierung. Sie besitzen eine identitätsstiftende Komponente, wecken Assoziationen und erzeugen Bilder im Kopf. Gerade im Fall einer so geschichtsträchtigen Metropole wie Wien verraten Straßennamen viel über die Entwicklung und Topografie der Stadt, halten markante geschichtliche Ereignisse im Bewusstsein und würdigen Personen, die Wien geprägt haben. Schließlich ist Wien über Jahrhunderte gewachsen und keine Reißbrettkonstruktion, in deren Natur es nun mal liegt, klingende Straßennamen durch Zahlen zu ersetzen.

So tagtäglich die Konfrontation mit Straßen- und Platzbezeichnungen geschieht, um wenige herrscht Gewissheit über deren Bedeutung oder Herkunft. Das Lexikon der Wiener Straßennamen knüpft genau hier an. Als online-Dienst auf www.wien.at bringt diese Suchfunktion in Sekundenschnelle Licht ins Dunkel und fördert dabei mitunter Skurriles, Unvermutetes und Aufschlussreiches zu Tage:

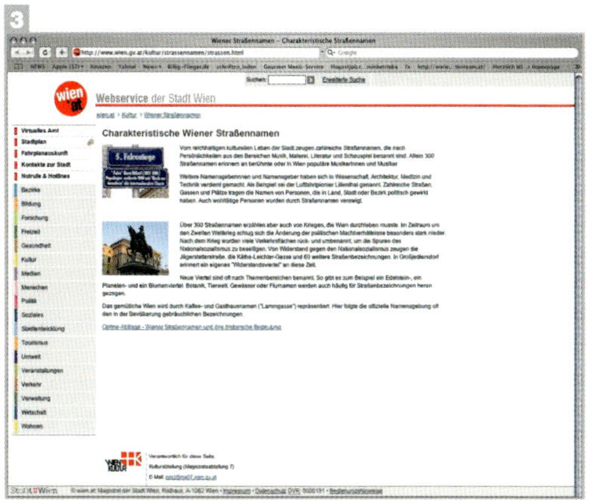

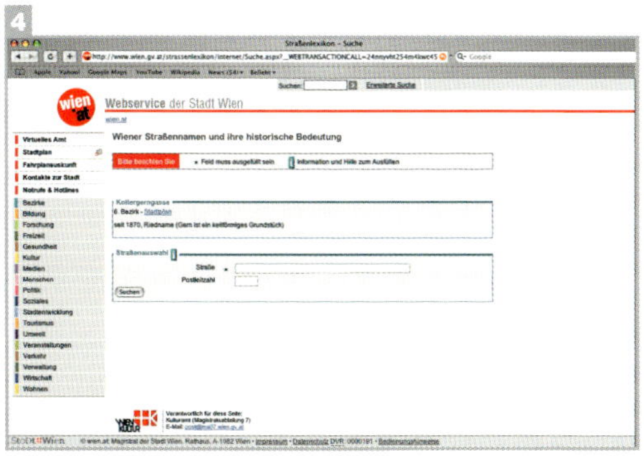

1 Übersichtsseite: Wiener Straßennamen **2** Geschichtlicher Abriss der Wiener Straßennummerierungen und Straßentafeln **3** Detailinformationen: charakteristische Wiener Straßennamen **4** Eingabemaske: Straßennamenlexikon

Wer auf der Mariahilfer Straße auf der Seite des sechsten Bezirks stadtauswärts spaziert, stößt knapp vor dem Hotel Kummer auf die Kollergerngasse. Der Name dieser zum Esterházypark hin leicht abschüssigen Straße, weckt zu Unrecht Assoziationen in Richtung regelmäßig verunglückender FußgängerInnen, wie das Straßennamenlexikon verrät: Seit dem Jahr 1870 in Verwendung, handelt es sich um einen alten Riednamen. Wobei „Gern“ nichts mit Bereitwilligkeit zu tun hat: „Gern“ ist ein alter Ausdruck für ein keilförmiges Grundstück.

Oder werfen wir den Blick in den fünften Bezirk, nach Margareten. Der Einsiedlerplatz und die dazugehörige Einsiedlergasse mögen dem ersten Anschein nach selbsterklärend sein. Das Straßennamenlexikon geht jedoch in die Tiefe: Als im Jahr 1873 Gasse und Platz ihren Namen erhielten, stand weniger das Eremiten-Dasein als genereller Lebensentwurf Pate. Der Name der Straße basiert vielmehr auf dem Einsiedler-Dasein eines gewissen Matthäus Käufler, der ebendort von 1763 bis 1782, als Einsiedler sein Leben verbrachte und zuvor als Kirchendiener in der Nikolsdorfer Kirche tätig gewesen war.

Nur zwei Beispiele bezüglich der mehr als 6.000 Wiener Verkehrsflächen. Doch nicht nur Historisches, wie etwa eine detaillierte Übersicht der optischen Entwicklung der Straßentafeln, findet sich auf der Homepage der Stadt Wien. Ständigen Erweiterungsprozessen unterworfen, benötigt Wien regelmäßig neue Straßennamen. Eine exakte Übersicht zu den aktuellsten diesbezüglichen Gemeinderatsbeschlüssen rundet diesen Service ab.
Wobei entsprechende Links geboten werden, wie BürgerInnen eigene Namensvorschläge für neu errichtete Verkehrsflächen einbringen können. Damit es in Wien gewiss nicht heißt: „Where The Streets Have No Name“.

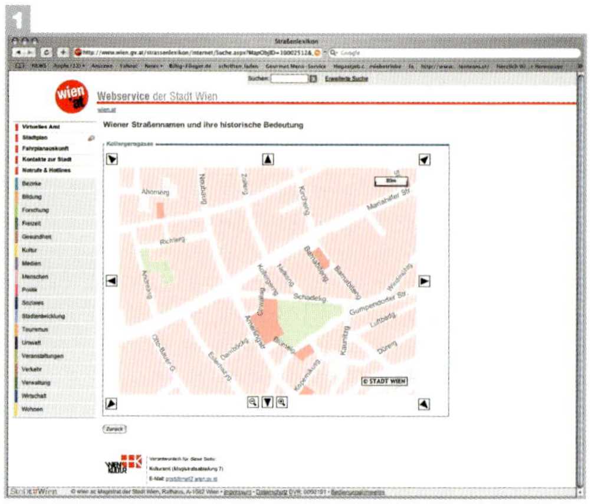

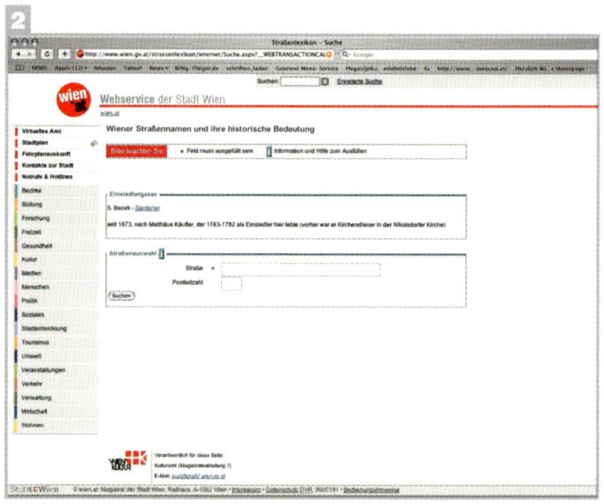

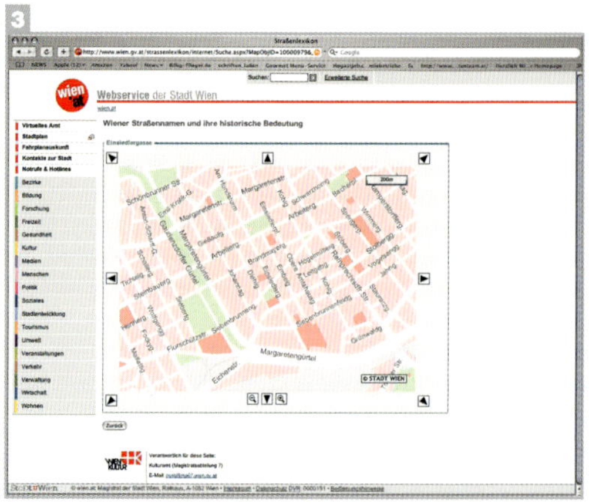

1+3 Verknüpfung des Straßennamenlexikons mit dem onlineStadtplan
2 Lexikonabfrage: Erklärung des Straßennamens

D I E N S T : F A H R P L A N A U S K Ü N F T E

w w w . v e r k e h r . w i e n . a t

z u g r i f f
16.50

Erfolgreiche Homepage-BetreiberInnen wissen es: Die Beliebtheit einer Website misst sich nicht nur an der Güte des Contents. User schätzen ebenso exzellente Verlinkung – sie wollen, bildlich gesprochen, „gut verschickt" werden, um die Möglichkeiten moderner Informationstechnologie voll ausschöpfen zu können. In Fragen urbaner Mobilität abseits des Individualverkehrs sind die Möglichkeiten der Fahrplanauskünfte auf www.wien.at ein diesbezügliches Paradebeispiel. Als einer der meist frequentierten onlineDienste der Stadt Wien werden hier alle Aspekte der öffentlichen Fortbewegung abgedeckt. Egal ob zu Wasser, in der Luft oder auf Schienen und egal ob kurze Strecken innerhalb des Grätzels oder großräumig im internationalen Raum: Die kompakte Verlinkung zu Verkehrsbetrieben wie Flughafen Wien, DDSG, Bundesbahnen oder zu internationalen Buslinien erspart Zeit und Mühe und steigert somit auch die Attraktivität des öffentlichen Verkehrs.

Von besonderer Bedeutung sind dabei die onlineDienste der Wiener Linien. Schließlich benutzen täglich weit mehr als zwei Millionen Fahrgäste Wiens Straßenbahnen, Busse oder U-Bahnen. Auch hier gilt: Je besser die virtuelle Vorbereitung via Internet ist, desto einfacher und schneller geschieht die tatsächliche Fahrt mit den öffentlichen Verkehrsmitteln. Ganz abgesehen davon, dass moderne IT vor allem Menschen mit Handicap wertvolle Dienste für ihren Weg durch den Alltag leistet. Deshalb gehen diese onlineFunktionen weit über die vielfach genutzte Routenplanung, die den schnellsten Weg von Punkt A nach Punkt B errechnet, hinaus.

1
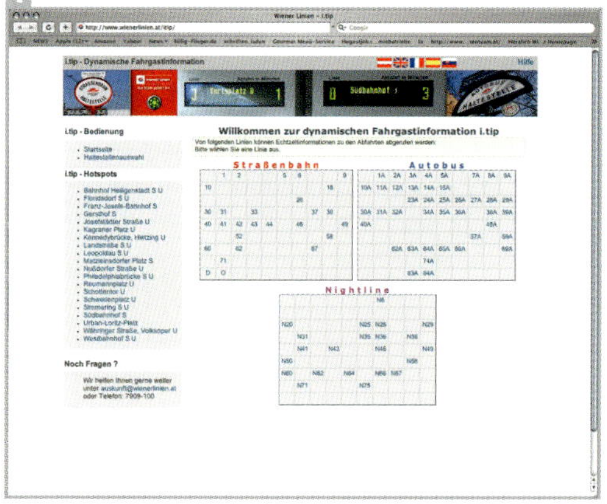

2
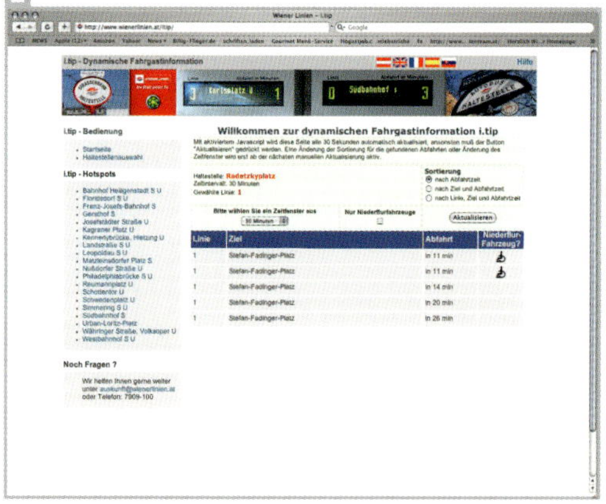

3
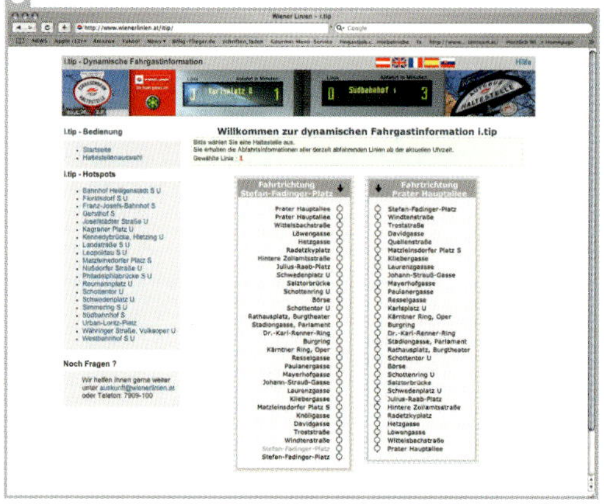

1 Linien-Übersicht der dynamischen Fahrgastinformation i.tip **2** Haltestellenspezifische i.tip-Abfrage **3** Fahrplanübersicht der Haltestellen

4 Eingabemaske Fahrplanauskunft **5** Haltestellenspezifischer Abfahrtsmonitor **6** Liste aktueller Haltestellenverlegungen

4
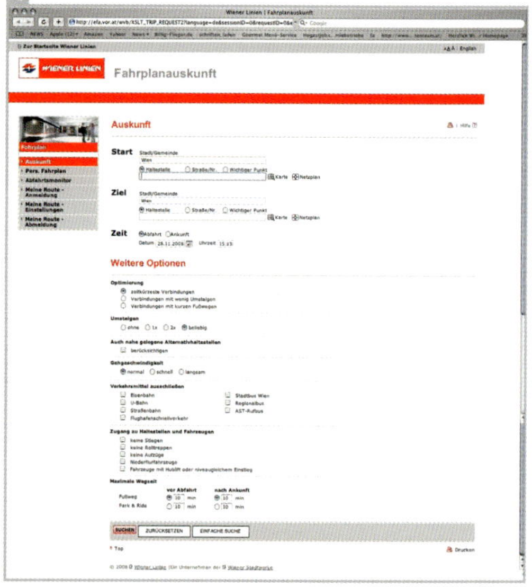

5
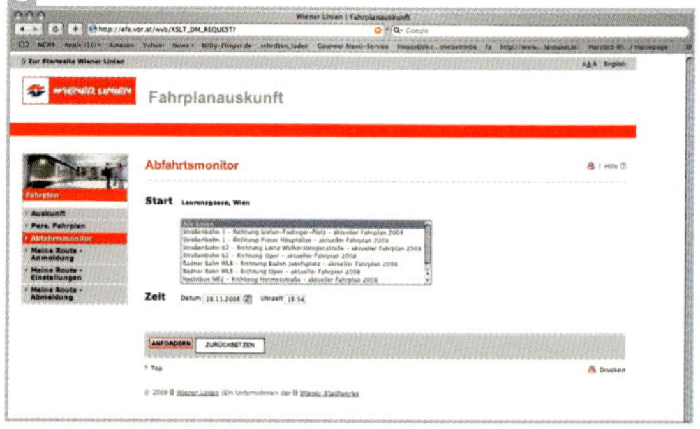

6
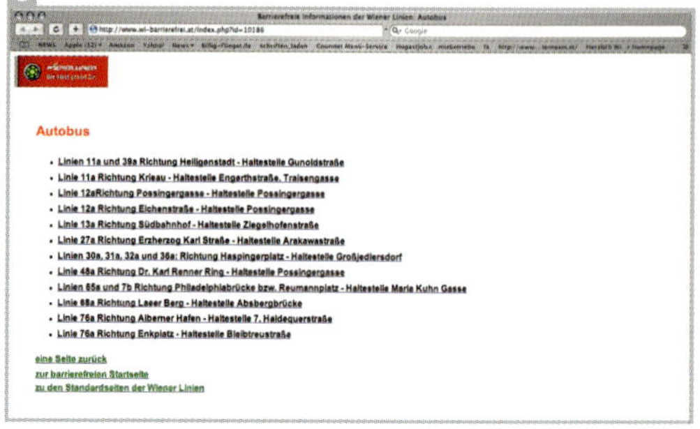

Nicht nur Haltestellendisplays können Abfahrtszeiten entnommen werden: i.tip verrät online wann welches Verkehrsmittel eintrifft

Etwa die dynamische Fahrgastinformation i.tip – die onlineCountdown-Anzeige für jene, die bereits in der Wohnung oder am Arbeitsplatz wissen wollen, wann die nächste Straßenbahn, der nächste Bus oder Nachtbus in die jeweilige Haltestelle einfährt. Dabei erweist sich diese Funktion gerade für RollstuhlfahrerInnen und BürgerInnen mit Kinderwagen als unerlässlicher Service für den städtischen Alltag: Der onlineCountdown verrät nicht nur die Zahl der verbleibenden Minuten bis zum nächsten Verkehrsmittel. In Entsprechung zu den gelb leuchtenden Anzeigetafeln in den Stationen erscheint im Fall des Eintreffens eines Niederflurfahrzeugs in der onlineDarstellung ein Rollstuhlsymbol. Ungewisse Wartezeiten werden somit vermieden.

Dabei garantieren unter dieser URL weitere Web-Services, dass Überraschungen bei Benutzung der Verkehrsmittel der Wiener Linien nahezu ausgeschlossen sind: Neben ständig aktualisierten Meldungen zu Verlängerungen und Kurzführungen bestimmter Linien erhalten User auch Informationen über Umleitungen von Bussen, kurzfristige Haltestellenverlegungen und selbst AnrainerInnen können sich über etwaige nächtliche Lärmbeeinträchtigungen durch Gleisschleifarbeiten vorab informieren. Barrierefreiheit wird auch hier groß geschrieben: Eine spezielle Funktion der Fahrplanauskunft, die grafisch besonders auf Sehbehinderte Rücksicht nimmt, bietet die Möglichkeit, eine Fahrtroute so zu planen, dass Rolltreppen und anderweitige Hindernisse umgangen werden können.

Der onlineTicket-Shop rundet diese Serviceleistungen ab: Alle erhältlichen Ticket-Varianten können im Netz gekauft, bezahlt und zuhause bequem ausgedruckt werden.

http://www.parkplatzboerse.wien.at
http://www.wien.gv.at/verkehr/parken

zugriff
17.19

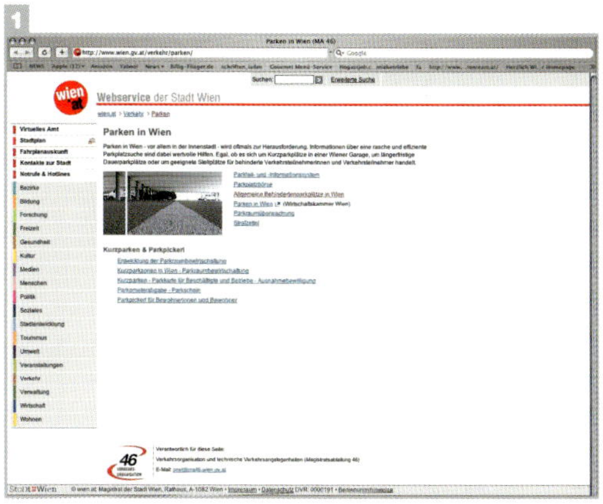

Trotz der vordergründigen Affinität zu Technik und Motorisierung ist das Thema Parken in Wahrheit ein höchst emotionales. Nicht nur in Wien. Selig, wer auf der Suche nach Parkplätzen noch nie die Nerven weggeworfen hat. Vor allem in innerstädtischen Bezirken kann das ständige Kreisen um Häuserblocks durchaus Sorgenfalten hervorrufen. Ein schwieriges logistisches Gebiet, dem die Stadt Wien längst auch mit den Mitteln moderner elektronischer Informationstechnologie entgegenwirkt. Dem Thema Parken mit all seinen Nebenerscheinungen ist deshalb auf www.wien.at entsprechend viel virtueller Raum gewidmet.

Dabei ist es vor allem die elektronische Parkplatzbörse, die geplagten AutofahrerInnen bei ihren Parkraumproblemen Abhilfe schafft. So sehr hier auch der Individualverkehr im Vordergrund stehen mag, umso mehr zielt diese Plattform darauf ab, einen aktiven Beitrag zum Umweltschutz zu leisten. Grundgedanke hinter der Parkplatzbörse ist die effiziente Nutzung der bestehenden Parkräume. Denn vor allem Nacht- und Dauerparkplätze haben den für die Allgemeinheit angenehmen Nebeneffekt, dass für kürzere Wegstrecken das Auto eher stehen gelassen wird und für diese Strecken umso mehr Wiens öffentliche Verkehrsmittel zum Einsatz kommen.

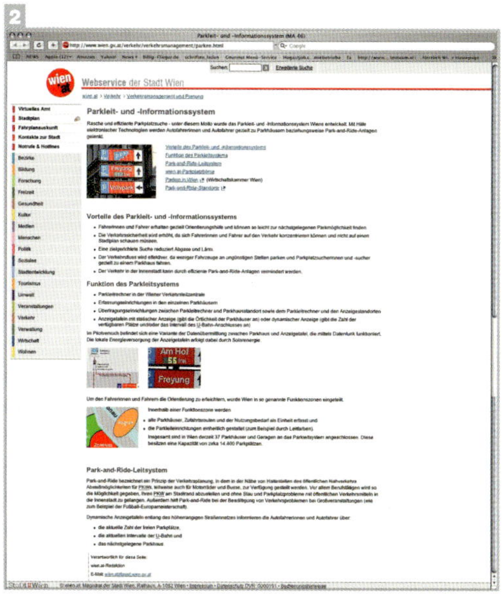

1 Startseite: Parken in Wien
2 Parkleit- und -Informationssystem Wien: Erläuterungen

Die Parkplatzbörse unterscheidet zwei Kategorien: Die Suche nach Dauerparkplätzen und nach Kurzparkplätzen. Wobei im Fall der Dauerparkplätze schnell ersichtlich wird, dass hier mit einer fünfstelligen Zahl an vorhandenen Parkplätzen ein bemerkenswertes Kontingent herrscht. Die Suche erfolgt dabei prinzipiell nach Bezirken. Verfeinert wird die Abfrage durch die Festlegung einer Obergrenze für den zu zahlenden Monatstarif, einer Stellplatztype (ob PKW, LKW, Motorrad oder Bus) und der Beschaffenheit der Garage (Tiefgarage, freier Stellplatz, Parkhaus, mechanische Garage etc.). Ebenso besteht die Möglichkeit, nur nach bewachten Abstellgelegenheiten zu suchen. Die Ergebnisliste weist in der Folge alle in Frage kommenden Garagen inklusive Adresse und Kontaktdaten der BetreiberInnen aus. Einem diesbezüglichen Vertragsabschluss steht somit nichts mehr im Weg.

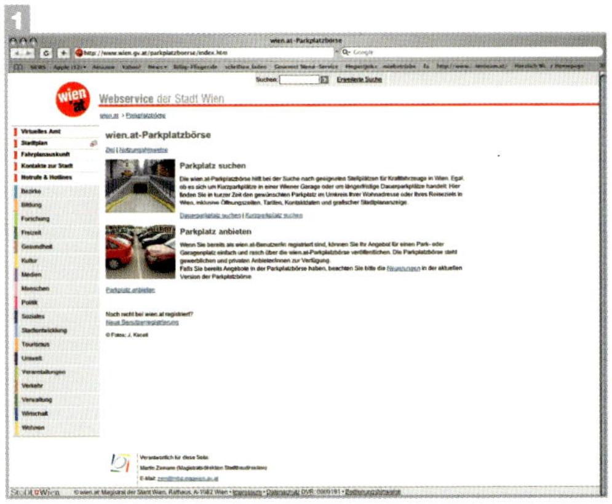

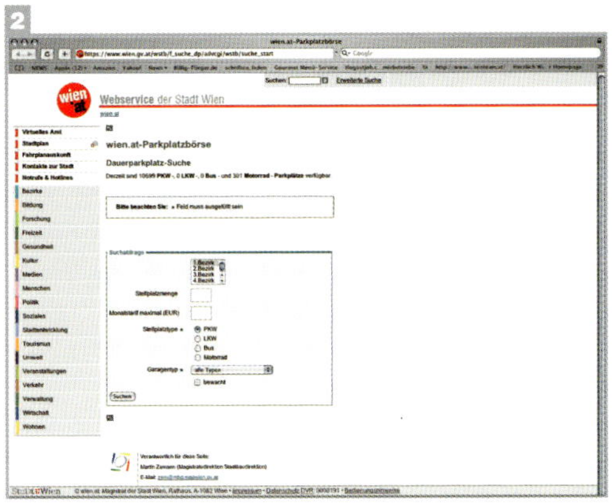

In ähnlich schnellen Schritten geschieht die Suche nach Kurzparkplätzen. Entweder bezirksspezifisch oder unter Eingabe der mit dem Fahrzeug angepeilten Adresse kann mit dieser Funktion sehr kurzfristig eine Vielzahl an Stellplätzen ausfindig gemacht werden. Denn sofern Parkhäuser und Parkgaragen dieses System unterstützen, kann bereits zuhause, am Arbeitsplatz oder via internetfähigem Handy der Webpage entnommen werden, welche Garagen wie viele freie Parkplätze beherbergen. Die Darstellung zeigt sich dabei sehr übersichtlich: Grüne Punktmarkierungen signalisieren (unter gleichzeitiger Nennung der exakten Zahl der freien Plätze), dass mehr als zehn Prozent der Stellplätze einer Garage noch frei sind. Rote Markierungen bedeuten, dass sich das verfügbare Kontingent dem Ende zuneigt, aber mit etwas Glück durchaus noch Chancen auf Stellplätze bestehen. Ein einzigartiger Service, der nicht nur in Österreich seinesgleichen sucht. AnbieterInnen von Stellplätzen – egal ob professionelle GaragenbetreiberInnen oder Private – können diesen Bereich der Homepage der Stadt Wien übrigens dazu nutzen, ihre Kontingente mitzuteilen.

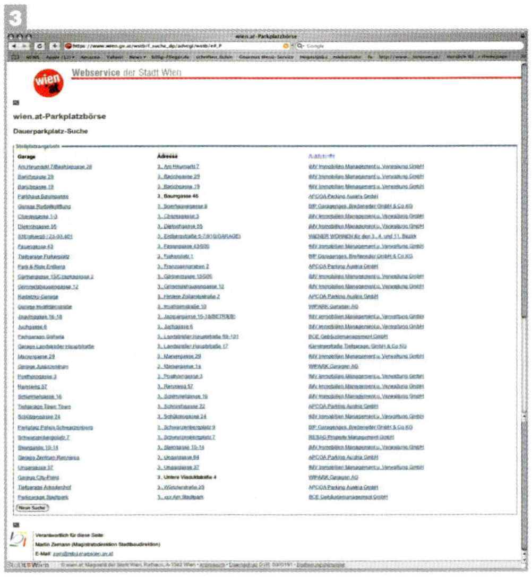

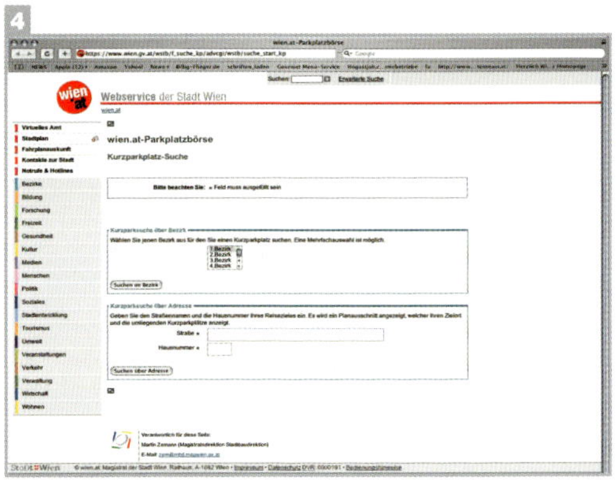

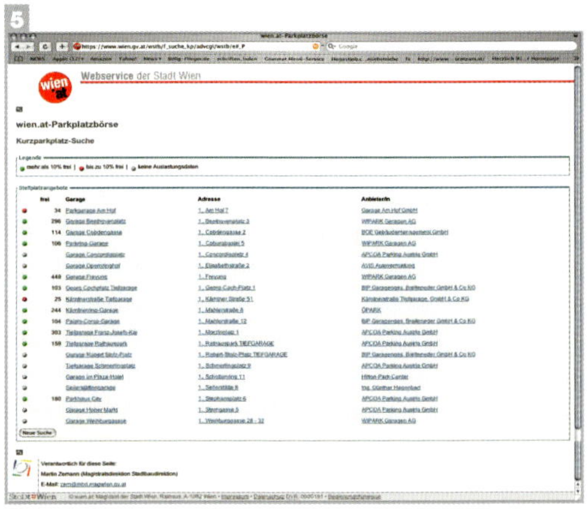

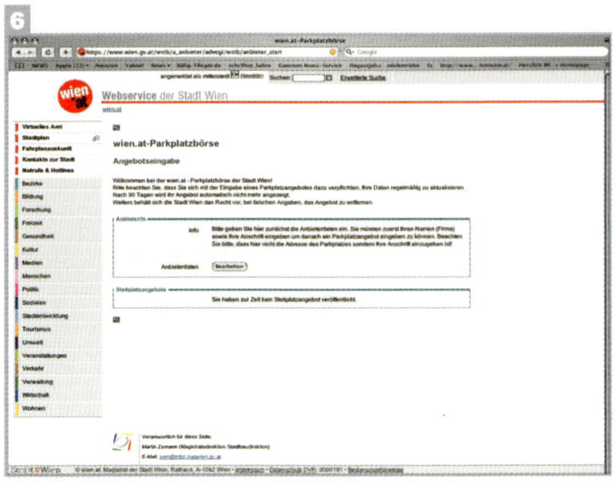

1 Wiener Parkplatzbörse: Übersicht **2** Eingabemaske der onlineDauerparkplatzsuche **3** Auflistung der Wiener Garagen mit freien Dauerparkplätzen **4** Eingabemaske der onlineKurzparkplatzsuche **5** Ergebnisliste der freien Kurzparkplätze **6** onlineFormular für Stellplatzanbieter

Mo.-Fr. (werkt.) v. 9-18 h
ausgen. Fahrzeuge
der Botschaft der
Republik Cote d'Ivoire
Anfang
Ende

A
W 82
WIEN

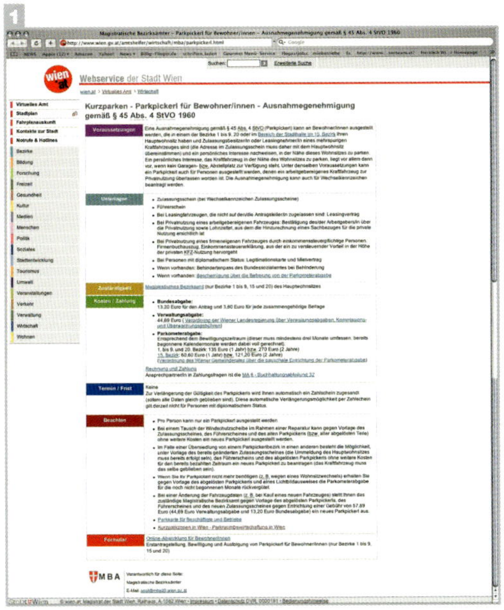
Webservice der Stadt Wien

Kurzparken - Parkpickerl für Bewohner/innen - Ausnahmegenehmigung gemäß § 45 Abs. 4 StVO 1960

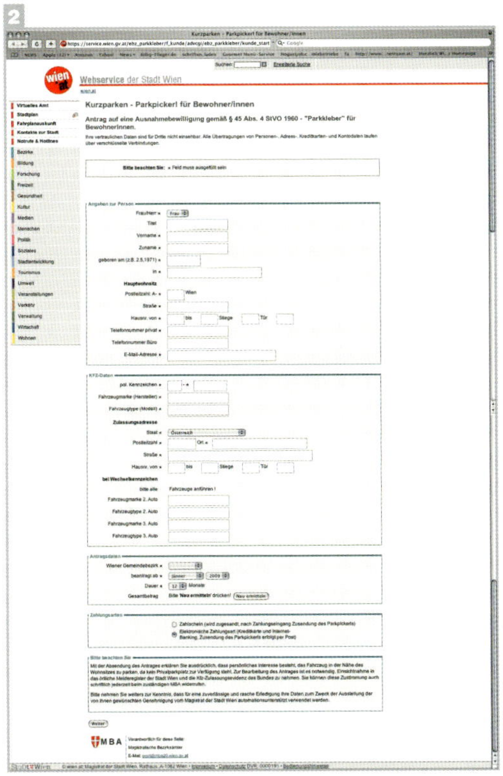
Webservice der Stadt Wien

Kurzparken - Parkpickerl für Bewohner/innen

Doch das ist längst nicht alles, was www.wien.at in Hinsicht auf das Thema Parken zu bieten hat: Vor allem für motorisierte Wien-BesucherInnen steht eine Fülle an allgemeinen Informationen zum Thema Kurzparkzonen bereit. Schließlich ist es im öffentlichen Raum nicht sofort ersichtlich, wo und vor allem für welchen Zeitraum Kurzparkzonen gelten. Vorab eingeholte Informationen können hier das eine oder andere Strafmandat verhindern. Dass die Art und Weise der Bezahlung dieser Parkbereiche im internationalen Vergleich sehr divergieren, macht es hier auch nötig, prinzipielle Vertriebsstellen für Parkscheine mitzuteilen. Schließlich ist nicht allen Auto fahrenden NichtraucherInnen geläufig, dass in Wien Parkscheine längst auch an Zigarettenautomaten erhältlich sind. Eine exakte Auflistung aller diesbezüglich ausgestatteten Automaten kann auf www.wien.at bezirksbezogen abgerufen werden.

Und auch das Virtuelle Amt schaltet sich ein, wenn es ums Parken geht: Etwa im Fall von betrieblichen Ausnahmebewilligungen für Kurzparkzonen sind die Antragsformulare als PDF erhältlich. BewohnerInnen von Bezirken mit bestehender Kurzparkzonen-Regelung können das ganzjährig gültige Parkpickerl mittels onlineFormular bequem bestellen und in der Folge elektronisch bezahlen. Wer die Parkometerabgabe (Parkscheingebühr) für einen bestimmten Zeitraum im Voraus bezahlen möchte, kann diesen Antrag auf pauschale Abwicklung ebenfalls mittels onlineFormular abwickeln – aber auch verlängern und bei Änderung der KFZ-Daten umschreiben. Das Unangenehme zuletzt: Was zu tun ist, wenn das Auto am legendären Parkplatz der Abschleppgruppe der MA 48 in Simmering landet, weiß das Virtuelle Amt selbstverständlich auch.

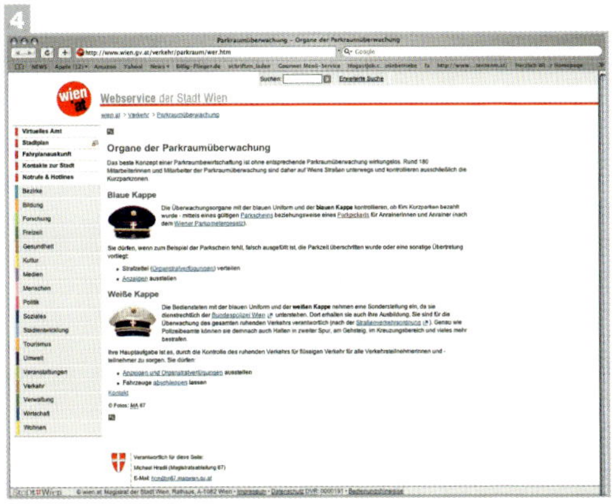
Webservice der Stadt Wien

Organe der Parkraumüberwachung

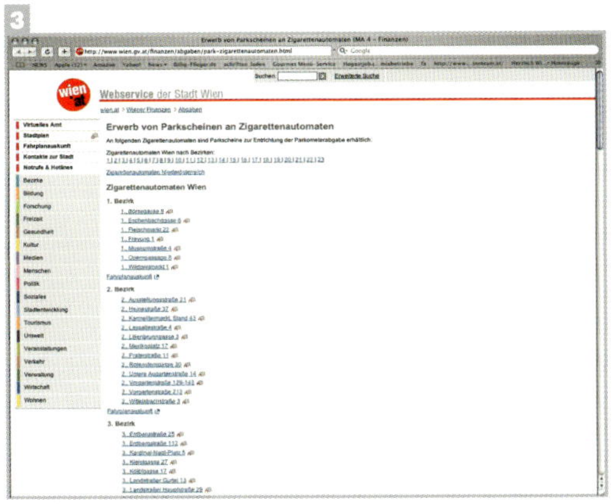
Webservice der Stadt Wien

Erwerb von Parkscheinen an Zigarettenautomaten

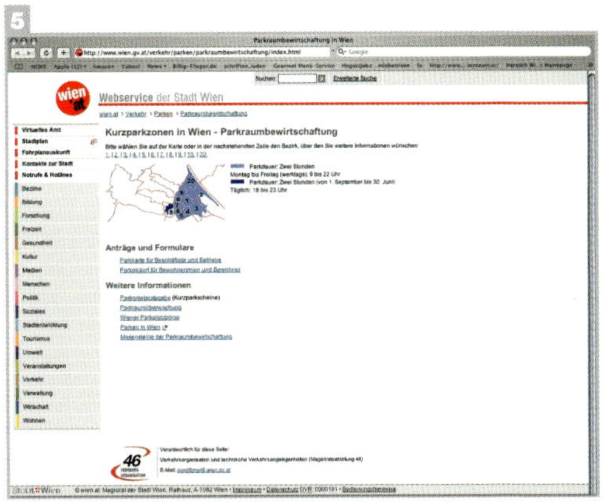
Webservice der Stadt Wien

Kurzparkzonen in Wien - Parkraumbewirtschaftung

1 Detailinformationen des Virtuellen Amts zum Parkpickerl **2** onlineFormular: Parkpickerl-Antrag **3** Liste aller Zigarettenautomaten mit Parkscheinfunktion **4** Detailinformation: Organe der Parkraumüberwachung **5** Übersicht: Kurzparkzonen in Wien

DIENST: VERANSTALTUNGSDATENBANK

http://www.wien.gv.at/vadb/internet

zugriff
18.01

1
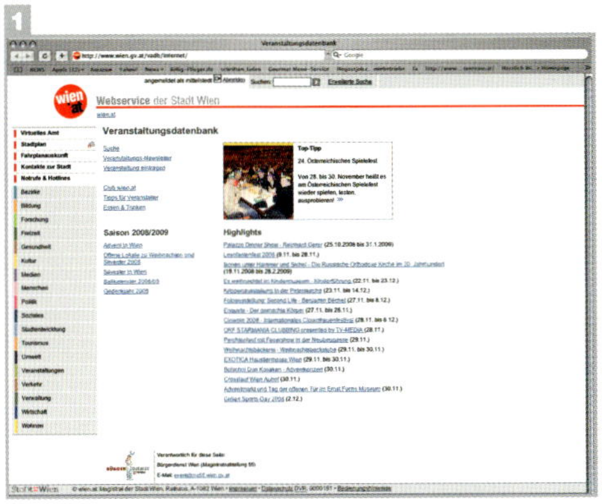

1 Wiener Veranstaltungsdatenbank: Startseite **2** Eingabemaske für die Veranstaltungssuche **3** Ergebnisliste der gesuchten Veranstaltungen

Adäquate Freizeitunterhaltung ist in Wien definitiv keine Frage des Angebots: Vielmehr entscheidet das persönliche Zeitkontingent darüber, ob und wie viel Unterhaltung im individuellen Fall passieren soll. Das wird allerspätestens dann offensichtlich, wenn ein Blick auf die Veranstaltungsdatenbank von www.wien.at geworfen wird.

Im World Wide Web mögen viele Plattformen ähnlich gelagerte Termin-Dienste anbieten – doch gibt sich das Gros dieser Webpages auf spezifische Unterhaltungsinteressen zugeschnitten. Die Veranstaltungsdatenbank der Stadt Wien kennt keine inhaltlichen Grenzen. Alles, was in der Stadt passiert, ist Thema. Wobei alle aufgefordert sind, ihre Termine über www.wien.at zu kommunizieren.

2
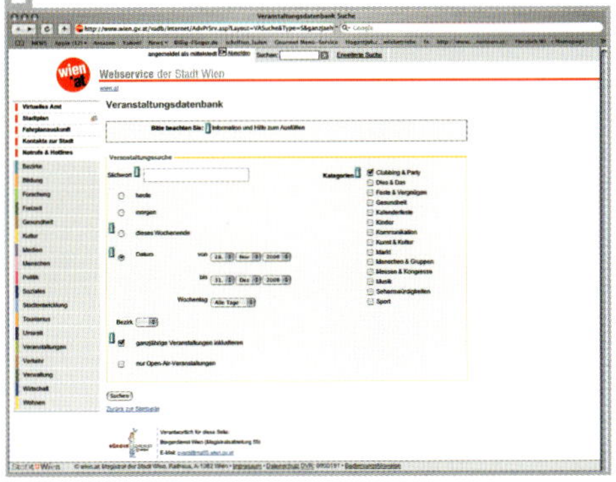

Dass diese Fülle an Informationen in die richtige Bahn gelenkt wird, dafür sorgt eine vielfach gegliederte Suchmaske. Dabei können aus 14 Hauptkategorien (wie Sport, Kunst & Kultur, Messen & Kongresse, Clubbing & Party, Kinder etc.) ein oder mehrere Interessensfelder ausgewählt werden. Wobei sich der Großteil der Hauptkategorien in Unterkategorien aufspalten lässt: Etwa in diverse Sportarten oder im Fall des Konzertangebots in musikalische Genres. Ist das inhaltliche Interessensgebiet definiert, geht es darum, den zeitlichen Rahmen der geplanten Aktivität abzustecken. Hier erlaubt die Suchmaske sowohl die Definition bestimmter Einzeltage, aber auch längerer Zeiträume, die sich wiederum auf gewisse Wochentage beschränken lassen. Auch geografische Einschränkungen innerhalb des Stadtgebiets sind möglich, indem die Suche auf den gewünschten Wiener Gemeindebezirk limitiert wird.

3
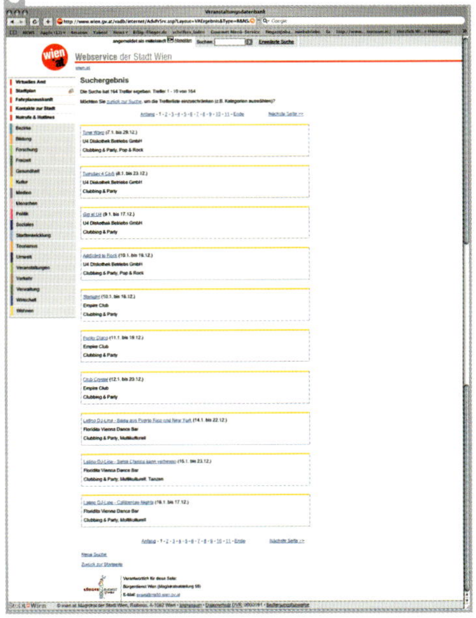

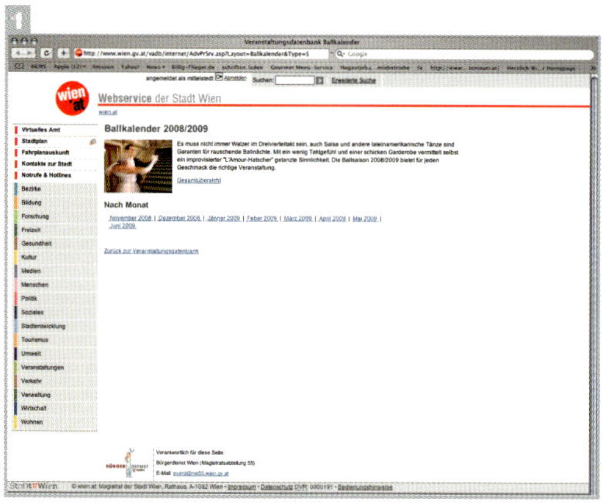

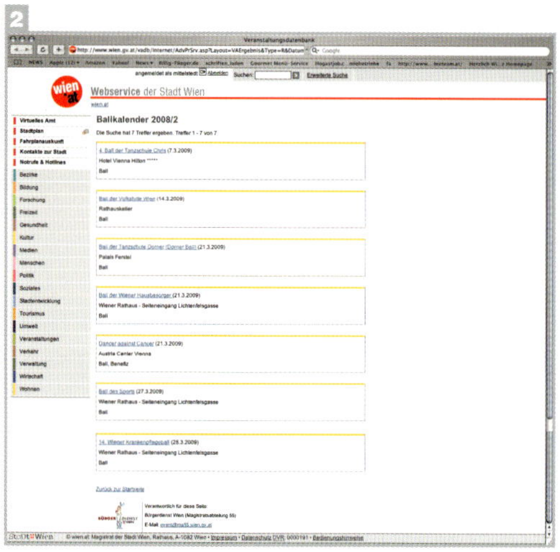

1 Jahreszeitliche Sonderseite: Wiener Ballkalender **2** Ergebnisliste Ballkalender **3+4** onlineFormular zum Eintrag von Veranstaltungen in die Datenbank

Mit dieser Vielzahl an wählbaren Parametern werden Termine sehr spezifisch zu Tage gefördert: Etwa alle Vernissagen im 7. Bezirk, die an den kommenden beiden Donnerstagen stattfinden. Oder alle in Wien veranstalteten HipHop- und Soulkonzerte der nächsten vier Wochenenden. Unterhaltungsdefizite gehören somit ebenso der Vergangenheit an wie das mühsame Durchforsten klein gedruckter Zeitungsspalten.

Neben diesem Suchservice nimmt die Veranstaltungsdatenbank bedacht auf jahreszeitliche Ereignisse. Überhaupt in der Ballsaison: Mit dem Ballkalender besteht eine eigene Unterseite, die geordnet nach Monaten die schier unglaubliche Zahl an solch gelagerten Tanzveranstaltungen auflistet. Vom Opernball bis zum Ball der Wiener Fleischer. Dass die Adventszeit vermehrt mit Rummel zu tun hat, zeigt sich auf einer weiteren Unterseite: Um in der kalten Jahreszeit die nächstgelegene Punschhütte oder diverse Weihnachtsmärkte ausfindig zu machen, sind nur wenige Mausklicks nötig. Im Frühling liegt der Fokus auf den in Wien ebenso zahlreich vorhandenen Ostermärkten.

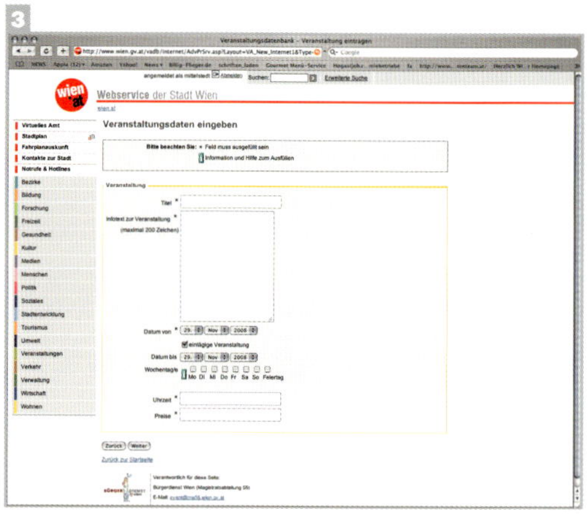

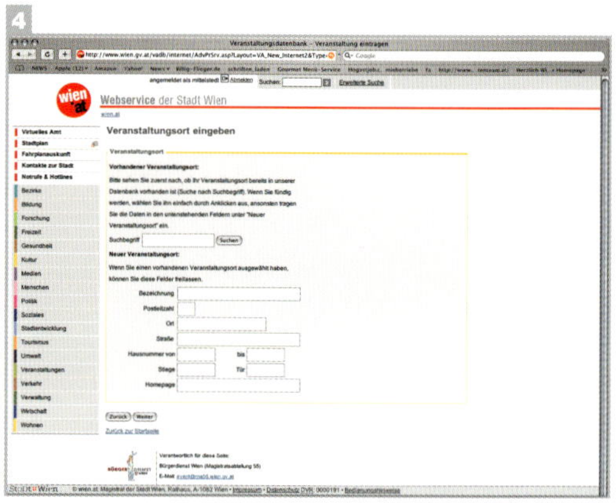

Doch auch Hungrige bedient die Veranstaltungsdatenbank: In der Kategorie Essen & Trinken herrscht rege Verlinkung zu den wichtigsten Internet-Lokalführern. Menschen mit Hang zur Nachhaltigkeit können aus einer Vielzahl an Download-Broschüren zu umweltfreundlichen Gaststätten wählen: egal ob umweltfreundliche Heurigenbetriebe, Kaffeehäuser oder Hotels.

Dass es mitunter schwierig ist, am 24. Dezember geöffnete Lokale zu finden, fließt auf diesen Seiten ebenfalls mit ein: Gegliedert nach Bezirken oder in alphabetischer Reihenfolge werden an diesem Abend geöffnete Gaststätten aufgelistet. Dasselbe gilt für den Silvesterabend und für den Muttertag im Mai.

Für VeranstalterInnen und LokalbetreiberInnen ist es dabei ein Leichtes, Eingang in die Veranstaltungsdatenbank zu finden: Um der Redaktion von www.wien.at Daten und Termine zu übermitteln, muss lediglich eine vierstufige Eingabemaske ausgefüllt werden. Dabei reicht die Bekanntgabe von Eck- und Kontaktdaten zur jeweiligen Veranstaltung vollkommen aus, um das Vorhaben auf diesem virtuellen Weg zu kommunizieren. Nach einer redaktionellen Prüfung durch das Team von www.wien.at ist der Termin für alle Unterhaltungswilligen online einsehbar.

Auch an kulinarische Eventualitäten wird im Rahmen der Veranstaltungsdatenbank gedacht: Etwa geöffnete Lokale zu Weihnachten, Silvester oder am Muttertag

Erstberatung

http://www.wien.gv.at/amtshelfer/wirtschaft/veranstaltung.htm

zugriff
19.12

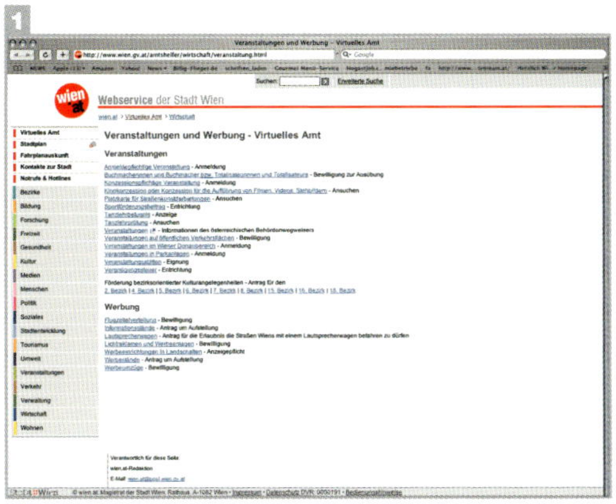

1 Veranstaltungen und Werbung: Startseite
2 Übersicht aller anmeldepflichtigen und konzessionspflichtigen Veranstaltungen
3 onlineAnmeldeformular für Veranstaltungen von Einzelpersonen

Ob kommerzielle GroßveranstalterInnen, kulturbeflissene kleine Vereine oder StraßenkünstlerInnen der allein unterhaltenden Sorte: Die Struktur hinter Wiens üppigem Veranstaltungsangebot ist ebenso vielfältig veranlagt wie die inhaltliche Ausrichtung des Gebotenen. Die Dienste des Virtuellen Amts tun dabei ihr Übriges: Der Weg von der prinzipiellen Idee bis zur Austragung einer Veranstaltung soll kein Spießrutenlauf zwischen den behördlichen Instanzen sein. Wichtige organisatorische Schritte werden auch in diesem Sektor längst online abgewickelt. Und dem Umstand entsprechend, dass es sich hier um ein sehr vielfältig gegliedertes Behördengebiet handelt, führt das Virtuelle Amt sehr strukturiert und verständlich durch die Fülle an bestehenden Richtlinien. Schließlich soll Wien auch in Zukunft höchst lebendig bleiben.

Die erste entscheidende Frage, die sich potenziellen OrganisatorInnen stellt, ist jene, ob die Art der Veranstaltung nur anmelde- oder auch konzessionspflichtig ist. Eine Auflistung von A wie Ausstellung bis Z wie Zirkus schafft hier Gewissheit. Sofern das Vorhaben keiner eigenen Konzession bedarf und die benötigten Unterlagen, wie etwa ein Vereinsregisterauszug, vorhanden sind, kann die Veranstaltung umgehend mittels onlineFormular angemeldet werden. Das gilt vor allem für Konzerte und anderweitige Musikdarbietungen. Besteht Konzessionspflicht, wie im Kinobereich oder

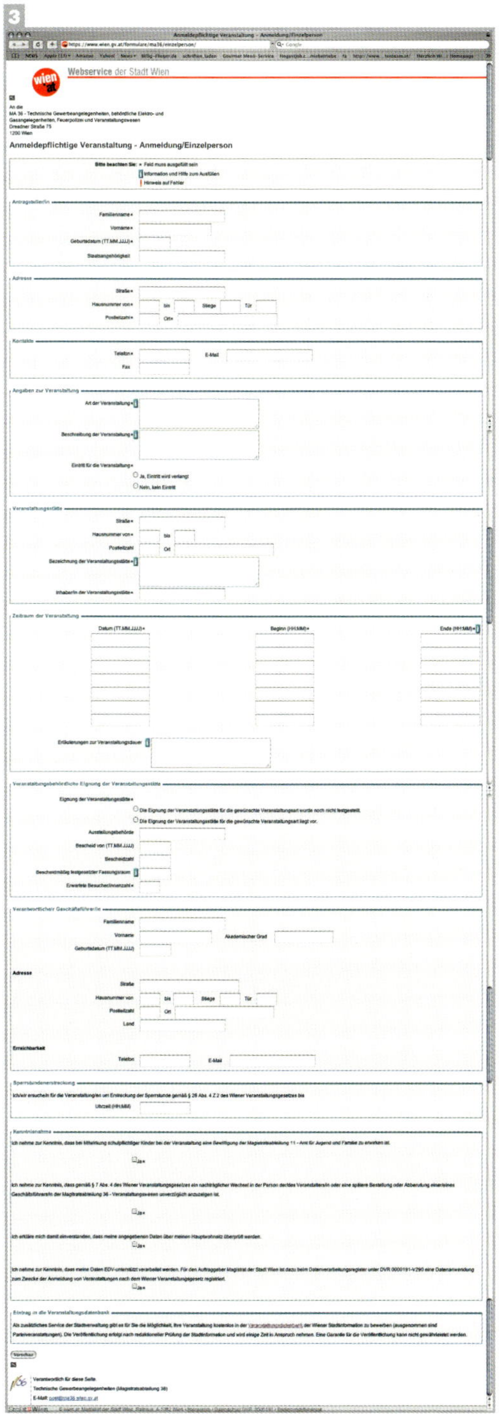

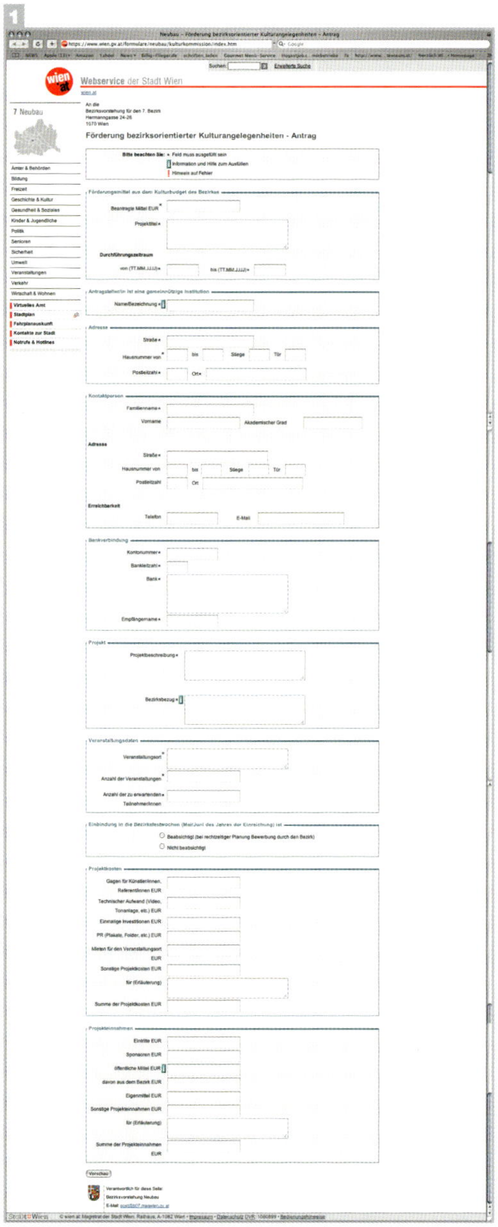
Webservice der Stadt Wien
Förderung bezirksorientierter Kulturangelegenheiten - Antrag

für die generelle Aufführung von Filmen, Videos und Stehbildern, kann das Ansuchen auf eine diesbezügliche Konzession in diesem Bereich des Virtuellen Amts in die Wege geleitet werden. Ein Klick genügt, um die benötigten Formulare als PDF zu erhalten.

Wobei die Bandbreite der Dienste bemerkenswert ist: Der offizielle Weg zur Tanzlehrprüfung wird hier ebenso beschrieben wie Organisatorisches für das Ansuchen um eine Platzkarte für Straßenkunstdarbietungen. Wer seine berufliche Zukunft in der Abwicklung von Wettgeschäften sieht, wird über die behördlichen

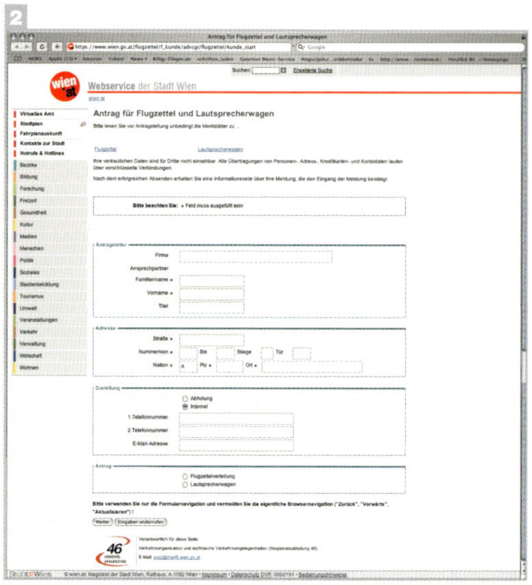
Webservice der Stadt Wien
Antrag für Flugzettel und Lautsprecherwagen

1 onlineAntrag zur Kultursubvention **2** onlineAntrag für Flugzettel und Lautsprecherwagen **3+4** Detailinformationen des Virtuellen Amts zu Veranstaltungen und Werbung

3

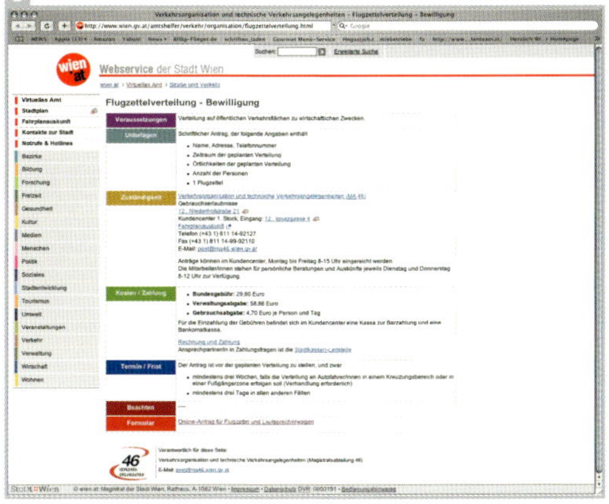

4

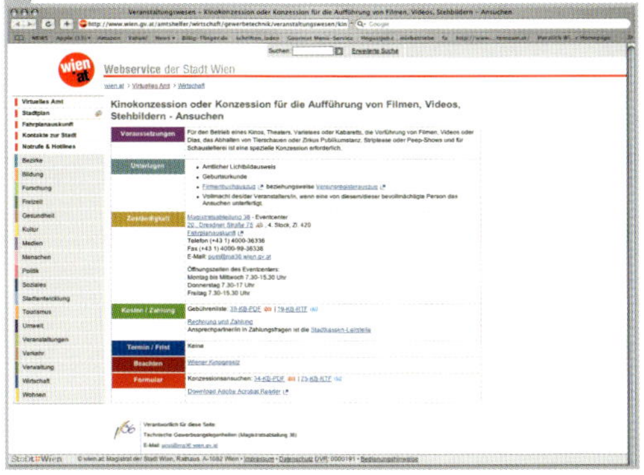

Notwendigkeiten einer buchmacherischen Tätigkeit informiert. Auch für die Anmeldung zur Vergnügungssteuer hält das Virtuelle Amt alle nötigen Unterlagen als PDF-Download bereit.

Dass es ein Anliegen ist, Wien auch abseits des Zentrums mit viel Leben zu erfüllen, zeigt die Möglichkeit des onlineAnsuchens für Kultursubventionen in ausgewählten Bezirken. Mit dieser Funktion können Konzepte der anberaumten Projekte sehr konkret virtuell kommuniziert werden. Sogar an eine erste Kosten- und Einnahmenkalkulation wurde bei dieser Eingabemaske gedacht.

Erfolgen alle Genehmigungen und ist für Budgets gesorgt, stellt sich nur noch die Frage, wie die Öffentlichkeit von den diversen veranstalterischen Vorhaben erfährt. Deshalb erfolgt der Zugriff zum behördlichen Bereich zum Thema Werbung ebenfalls über diese Übersichtsseite. Wegweiser zum Antragsprozedere bezüglich Informationsständen, Werbeumzügen, Lichtreklame, aber auch Musteranträge für „Werbeeinrichtungen in Landschaften" stehen hier zur Verfügung. Geht es um eine Flugzettelverteilung oder die Genehmigung eines Lautsprecherwagens, kann die Bewilligung besonders rasch mit einem weiteren onlineFormular beantragt werden. Gefeiert, getanzt und genossen wird dann freilich weniger virtuell, sondern in guter alter zwischenmenschlicher Manier.

AMTSHAUS

DIENST: BEZIRKE

http://www.bezirke.wien.at

zugriff
19.54

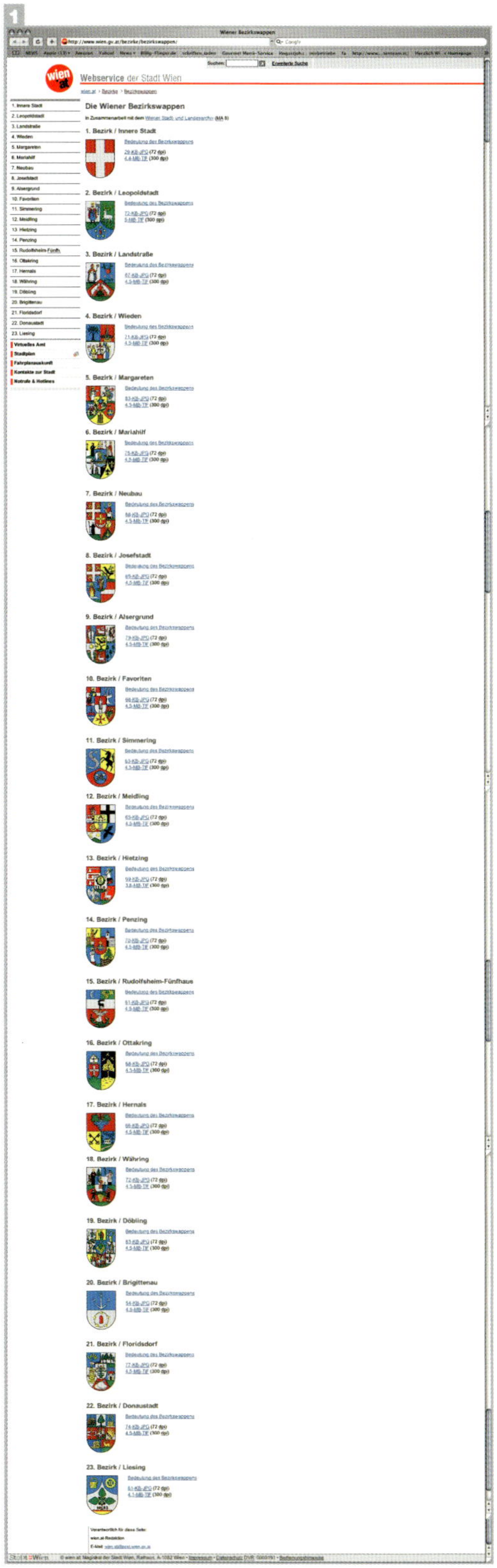

In einer oberflächlichen Außenbetrachtung erscheint Wien als geschlossenes Ganzes – bedingt durch althergebrachte Klischee-Bilder: vom Dialekt über die gern strapazierte Gemütlichkeit bis hin zu ästhetischen Relikten der Monarchie. Bei genauerer Betrachtung ergibt sich jedoch eine Fülle an Charakteristika, die weniger für ganz Wien stehen, sondern deren Ursprung ein bezirksspezifischer ist: Angefangen beim Meidlinger L über fernsehbedingte Mundl- oder Kaisermühlen-Klischees hin zu jüngeren Phänomenen wie schicke urbane In-Menschen, die sich bevorzugt in der Naschmarktgegend tummeln. Ganz zu schweigen von der in Döbling beheimateten Heurigenkultur.

Wien ist zwar mehr als die Summe seiner Teile, doch prägt die Aufteilung in 23 Bezirke die Stadt und damit auch die Menschen ganz wesentlich. Denn die Wiener Bezirke besitzen durchaus eine identitätsstiftende Komponente. Dem trägt das virtuelle Wien durch bezirksspezifische Unterseiten Rechnung. Damit lässt sich für Neo-WienerInnen nicht nur die Stadt ausgezeichnet kennen lernen – jeder Bezirk erzählt hier seine Geschichte und liefert interessante Basisdaten zu Struktur und Eigenheiten.

1 Übersicht: Wiener Bezirkswappen

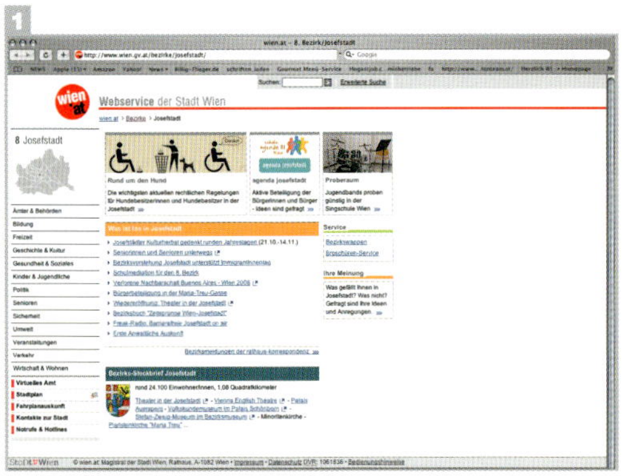

Der Tatsache entsprechend, dass trotz der virtuellen Zentralisierung durch das Virtuelle Amt viele behördliche Dinge auf Bezirksebene geregelt werden, geschieht hier auch eine kompakte Zusammenfassung von bezirksrelevanten Ämtern & Behörden. Überhaupt steht die Infrastruktur des jeweiligen Grätzels stark im Vordergrund: Seien es Freizeiteinrichtungen, Bildungseinrichtungen, Beratungsstellen oder Verkehrsinformationen. Hier wird allen Lebenslagen entsprochen. Wer auf der Suche nach einer nahe gelegenen ärztlichen Praxis oder geöffneten Apotheke ist, findet auf diesen Unterseiten ebenso rasch Informationen wie im Fall von Bezirkspolitischem: Alle Kontakte zur Bezirksvorstehung und -vertretung sowie zu Bezirkskommissionen und den politischen Parteien stehen zum Abruf bereit. Große Transparenz signalisiert aber auch die Möglichkeit des Downloads von Sitzungsprotokollen und Budgets aus den Bezirken. Für am Grätzelgeschehen besonders interessierte Menschen werden die Termine für Bezirksvertretungssitzungen und Bürgersprechstunden ausgiebig kommuniziert. Vielleicht rührt daher der durchaus liebevoll zu deutende Spruch „Wien ist ein Dorf“.

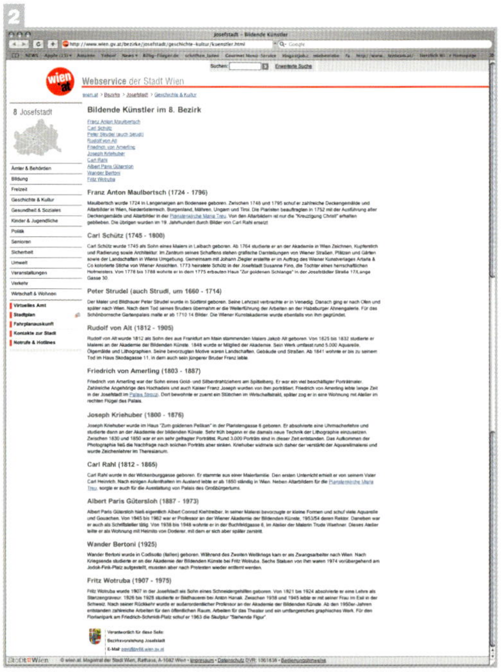

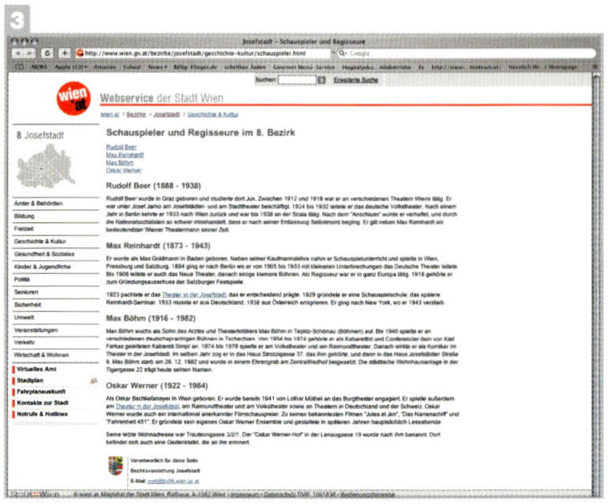

1 Bezirksinformationen: Übersicht **2+3** Detailinformationen zu Geschichte, Kultur und Persönlichkeiten der Wiener Bezirke

JOSEFSTADT

DIENST: WIENER WOHNEN

http://www.wohnen.wien.at

Wolfgang Ambros hat ihn einst besungen, Kino und Fernsehen nutzen ihn ausgiebig als Schauplatz und ArchitekturhistorikerInnen haben in vielen Fällen ihre helle Freude damit: Die Wiener Gemeindebauten sind mehr als reine Orte des Wohnens. Der Gemeindebau ist längst allgemeines Kulturgut, und nicht nur Wiens BewohnerInnen, sondern Menschen in ganz Österreich ein Begriff. Schließlich erzählen diese Bauten mitunter ein Stück heimischer Geschichte, waren Zeugen und Produkt massiver sozialer Umbrüche und generierten dabei auch Identität: Denn es ist kein Zufall, dass die monumentale Schaufront der Gemeindebauten des Margaretengürtels einst den Beinamen „Ringstraße des Proletariats" erhielt.

1

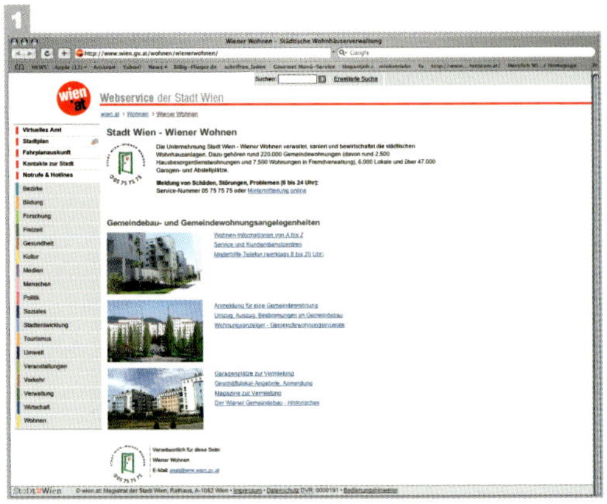

2

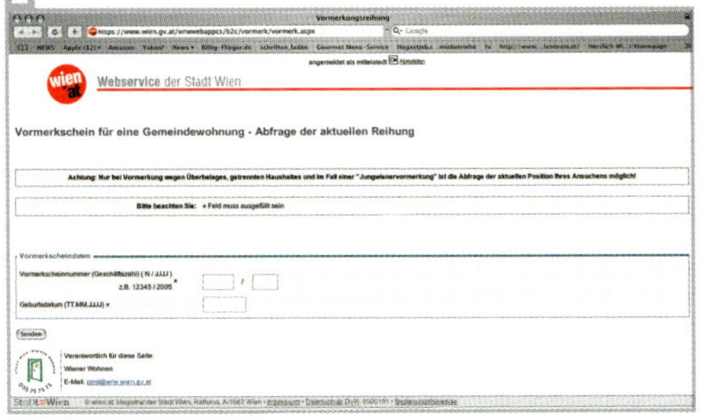

Dabei entstehen neben den geschichtsbehafteten Architekturklassikern wie Karl-Marx-Hof, Reumannhof oder Metzleinstaler Hof laufend neue Bauten, um in zeitgenössischer Bauweise dem steigenden Wohnungsbedarf zu entsprechen. Mehr als 220.000 Wohnungen befinden sich im Eigentum der Gemeinde Wien – eine Relation auf dem Wohnungsmarkt, die in europäischen Metropolen ihresgleichen sucht. Nachvollziehbar, dass die Verwaltung, Bewirtschaftung und Sanierung eine enorme organisatorische Herausforderung darstellen. Seit dem Jahr 2002 unter dem Namen „Wiener Wohnen" als stadteigenes Unternehmen geführt, setzt man in diesem Sektor ebenfalls auf das Internet, um Logistisches schneller, direkter und effizienter abzuwickeln.

Da im Gemeindebauwesen eine soziale Komponente mitschwingt, ist die Nutzung einer Gemeindewohnung mit diversen Auflagen, wie Höhe des Einkommens oder Hauptwohnsitz in Wien, verknüpft. War dieses Antragsprozedere früher mit dem persönlichen Gang zu entsprechenden Kundendienstzentren verbunden, so lässt sich nun auch eine Gemeindewohnung via Internet beantragen. Ein onlineFormular in acht Schritten sorgt dafür, dass der Weg zum kostengünstigen Wohnen virtuell begangen werden kann. Da die unterschiedlichen Bausituationen nicht nur Wohnraum mit sich bringen, sondern auch Geschäftslokale und Garagenplätze, können diese Objekte ebenso mit einem standardisierten onlineFormular des Virtuellen Amts beantragt werden.

Wer somit bei Wiener Wohnen vorgemerkt ist, kann den Status seiner Anmeldung übrigens jederzeit unter Bekanntgabe der individuellen

3

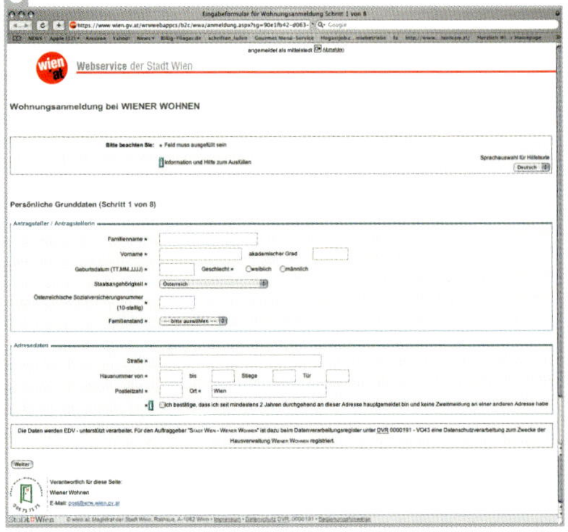

4

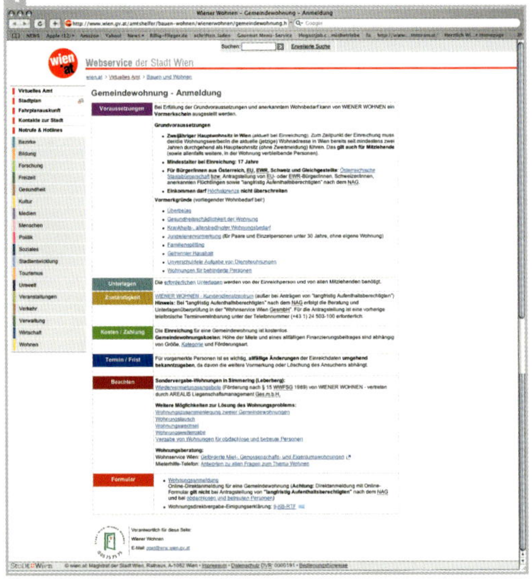

1 Service-Übersicht: Wiener Wohnen **2+3** onlineWohnungsanmeldung bei Wiener Wohnen **4** Detailinformationen zu Voraussetzungen für eine Gemeindewohnung

KARL MARX-HOF

1 Liste der aktuellen Wohnungsangebote
2+3 Erläuterungen und onlineFormular zur Mietermitteilung

Daten online abrufen und dadurch den Zeitraum bis zum ersten Wohnungsangebot gut einschätzen: eine der ältesten und bewährtesten Funktionen des Virtuellen Amts.

Doch auch alteingesessene GemeindebaubewohnerInnen profitieren von den onlineFunktionen rund ums Wiener Wohnen: Die Möglichkeit, dass MieterInnen ihre Wohnungen untereinander tauschen können, macht www.wien.at auch zur Plattform für diesbezügliche Inserate.

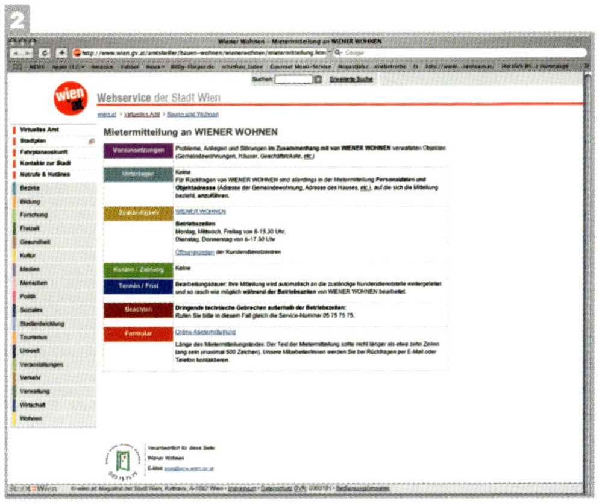

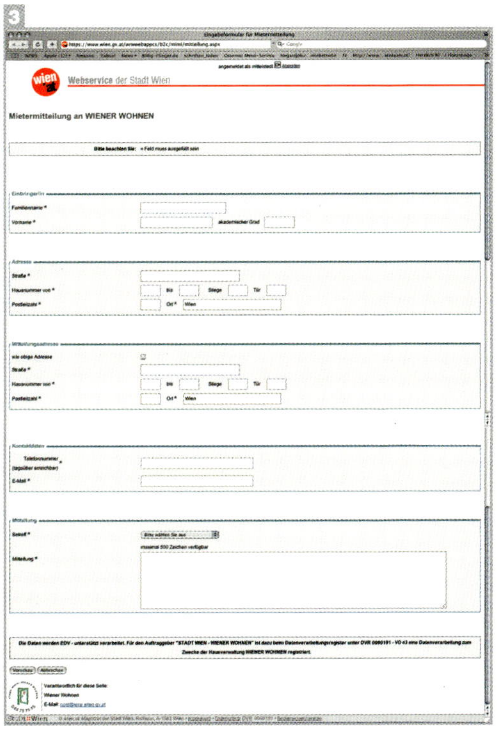

Im monatlichen Intervall erscheint auf den Service-Seiten zu Wiener Wohnen eine aktualisierte Liste dieser prinzipiell zum Tausch bereitstehenden Wohnungen – individuell zu ordnen nach Region und Art der jeweiligen Förderung. Dass bei Schäden, Störungen und Problemen nicht mehr zwangsläufig zum Telefonhörer gegriffen werden muss, um unter der Service-Nummer von Wiener Wohnen Meldung zu erstatten, dafür sorgt ein weiteres onlineFormular: Diese schriftliche Mietermitteilung unter Angabe der Kontaktdaten und des konkreten Anliegens ist zwar nicht unbedingt dazu geeignet, akute technische Gebrechen zu kommunizieren, jedoch ein probates Mittel, um ungezwungen und mit der nötigen Ruhe Probleme anzusprechen. Schließlich sind es oft Kleinigkeiten, die in kumulierter Form individuelle Beeinträchtigungen hervorrufen.

Doch die Homepage der Stadt Wien kümmert sich keinesfalls nur um die MieterInnen der stadteigenen Wohnungen. Im allgemeinen Bereich von www.wohnen.wien.at werden Service und Soziales groß geschrieben: Allgemeine Mieten- und Grundstücksinformationen sind hier ebenso Thema wie Wohnraumfinanzierung, diverse Förderungsmodelle und Mietzinsbeihilfen. Aber auch grundlegende Fragen bei geplanten Sanierungen von einzelnen Wohnungen oder ganzen Zinshäusern finden hier virtuellen Raum. An soziale Härtefälle ist selbstverständlich auch gedacht: Egal ob es um Maßnahmen im Fall von Obdachlosigkeit oder den Bedarf von Wohnmöglichkeiten in Krisensituationen geht – entsprechende Kontakte zu zuständigen Institutionen sollen somit die ersten Schritte aus der Krise erheblich erleichtern.

Mosaik aus den Sechzigerjahren: Wiens Zukunft war immer schon Thema – selbst als Schmuck an Hauswänden

http://www.wien.gv.at/stadtentwicklung/forschung

zugriff
21.07

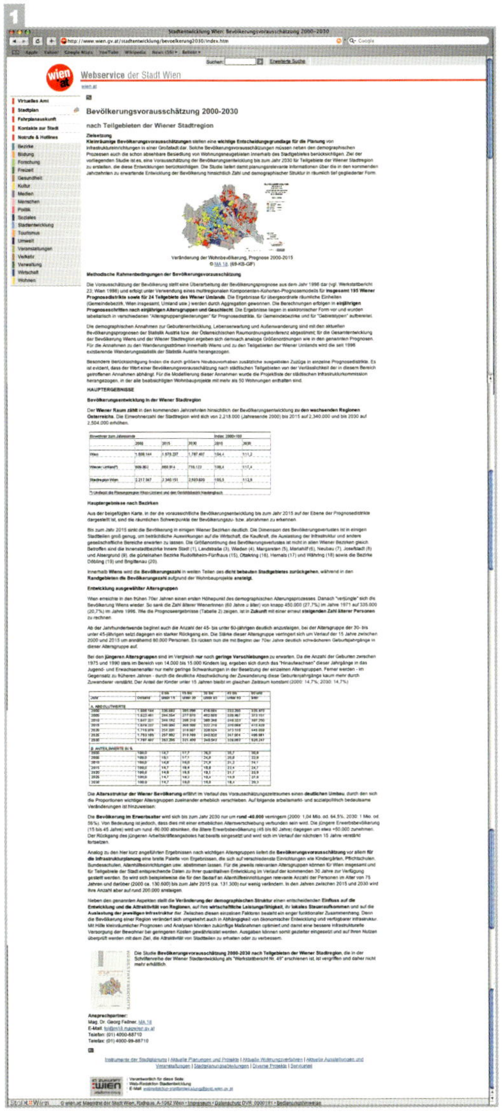

Urbane Zukunft passiert nicht von alleine. Eine gezielte Steuerung der städtischen Entwicklung ist erst dann gegeben, wenn allgemeine Trends früh erkannt und dementsprechend in strukturelle Bahnen gelenkt werden. Dazu bedarf es einer Vielzahl an Forschungsansätzen. Seien es gesellschaftliche oder räumliche Entwicklungen: Um weiterhin hohe Lebensqualität und internationale Standards zu gewährleisten, wird in Wien auf vielen Ebenen gemessen, gezählt, analysiert und interpretiert. Der Bereich Stadtforschung und Raumanalysen von www.wien.at kommuniziert dabei Daten, Erkenntnisse und Prognosen und sorgt somit für interessante Einblicke in Wiens Zukunft: von PassantInnenzählungen bis hin zu demografischen Daten.

Vor allem im Bereich Bevölkerung und Soziales zeigt sich, dass die Veränderung der Stadtstruktur nicht willkürlich passiert, sondern dass hier auf zukünftige Entwicklungen Rücksicht genommen wird. Etwa die bis zum Jahr 2030 reichende Bevölkerungsvorausschätzung dient als Grundlage für die Erschließung neuer Wohngebiete und struktureller Maßnahmen in bestehenden Stadtteilen. Ein Fundus für alle HobbystatistikerInnen und Zukunftsinteressierte.

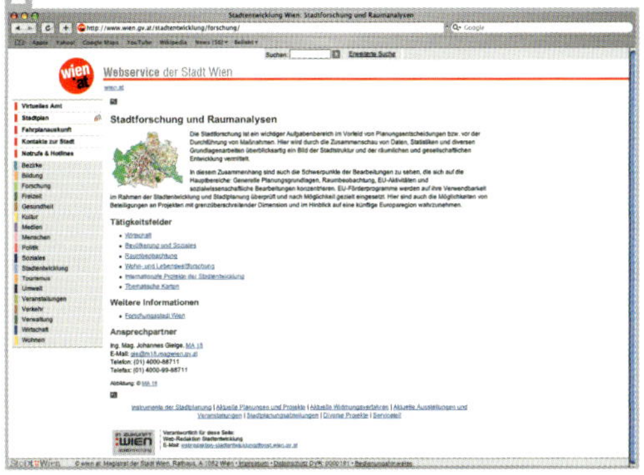

1 Bevölkerungsvorausschätzung bis 2030: Fakten und Zahlen **2** Stadtforschung und Raumanalysen: Übersichtsseite

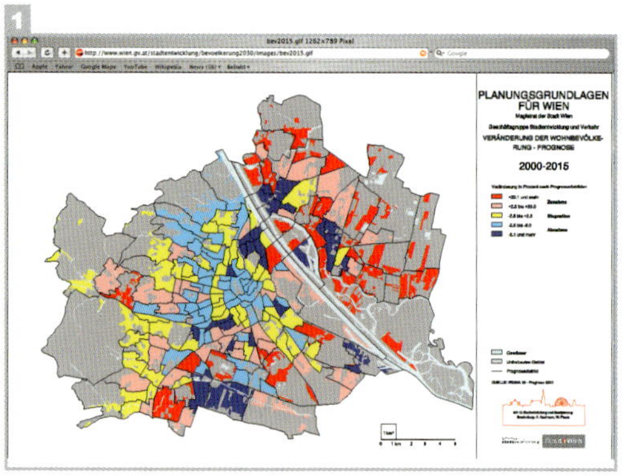

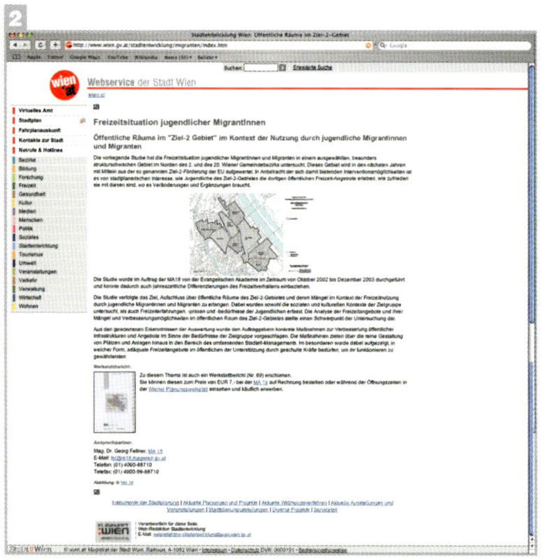

Aber auch so manches Vorurteil wird auf diesen Seiten widerlegt. Die letzte Großstudie zu Leben und Lebensqualität in Wien lässt unschwer erkennen, dass es sich beim berühmten „Raunzen der Wiener“ um bloße Ästhetik handelt. Diese Statistik, die Themen wie Wohnen, Umwelt, Verkehr, Sicherheit, Partizipation und Freizeitangebote umfasst, besagt, dass Wiens Bevölkerung durchaus mit großer Zufriedenheit durch den städtischen Alltag geht. Ausnahmen bestätigen bekanntlich die Regel.

Dass in den kommenden Jahren und Jahrzehnten einschneidende demografische Veränderungen, vor allem hin zu einer signifikanten Proportionsverschiebung in Richtung Zunahme der älteren Bevölkerungsschichten, bevorstehen, ist hinlänglich bekannt. Wie die Stadt Wien in Zukunft darauf reagiert und welche genauen Maßnahmen diesbezüglich getroffen werden, kann ebenfalls den Seiten der Stadtforschung entnommen werden: Mit sALTo wurde ein Pilotprojekt ins Leben gerufen, das dieser demografischen Entwicklung unter Berücksichtigung urbaner Umstände nachgeht. „Gut und selbstbestimmt älter werden im Stadtteil“ lautet dabei der grundlegende Gedanke. Dieses bereits mit dem „European Public Sector Award“ ausgezeichnete Projekt gilt als Paradebeispiel der Verschränkung der Arbeitsfelder Stadtentwicklung und Gesundheitsförderung. Zahlen und Fakten sowie der sALTo-Endbericht als PDF-Download geben hier in virtueller Form einen Vorgeschmack auf zukünftige urbane Herausforderungen.

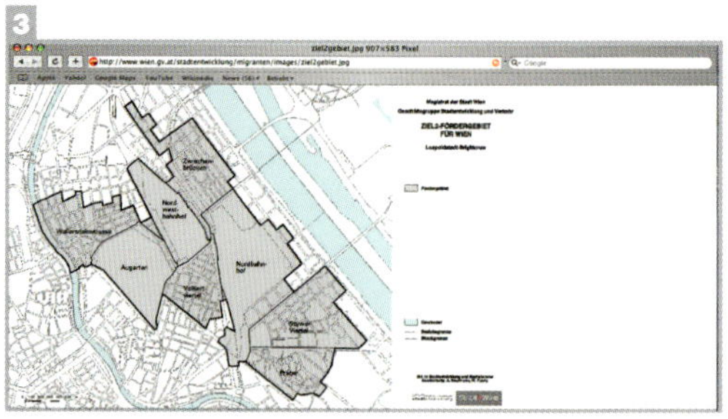

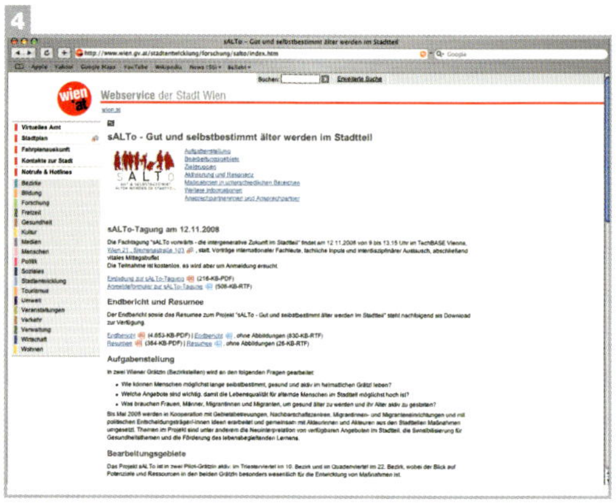

1 Bevölkerungsprognose als Planungsgrundlage **2+3** Studie zur Freizeitsituation jugendlicher MigrantInnen **4** Studienergebnisse: „Gut und selbstbestimmt älter werden im Stadtteil“

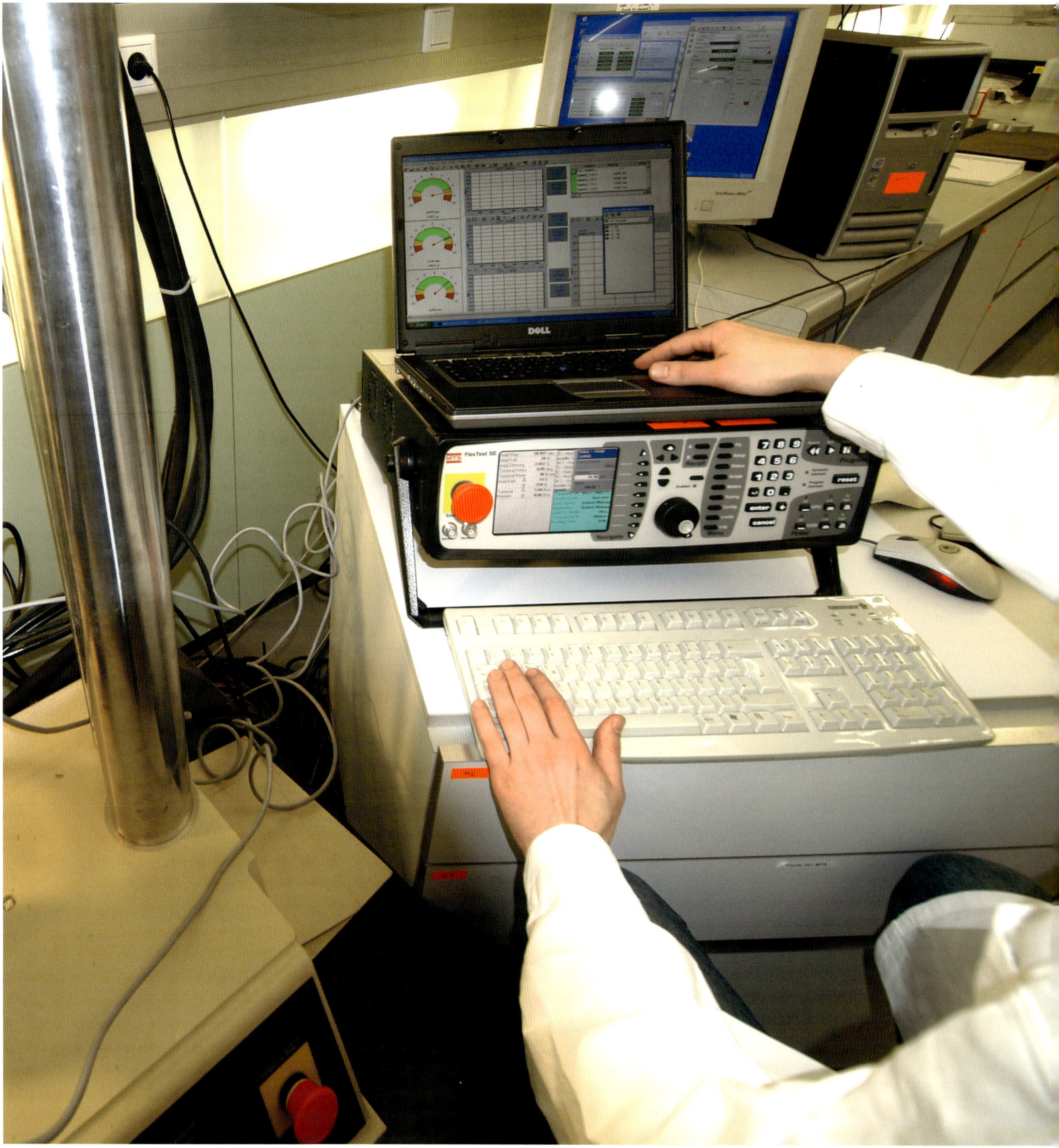
DELL
MTS
FlexTest SE
reset
enter
cancel

1

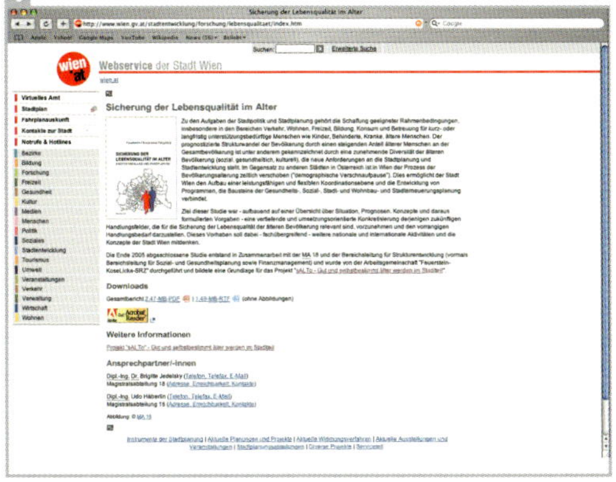

2

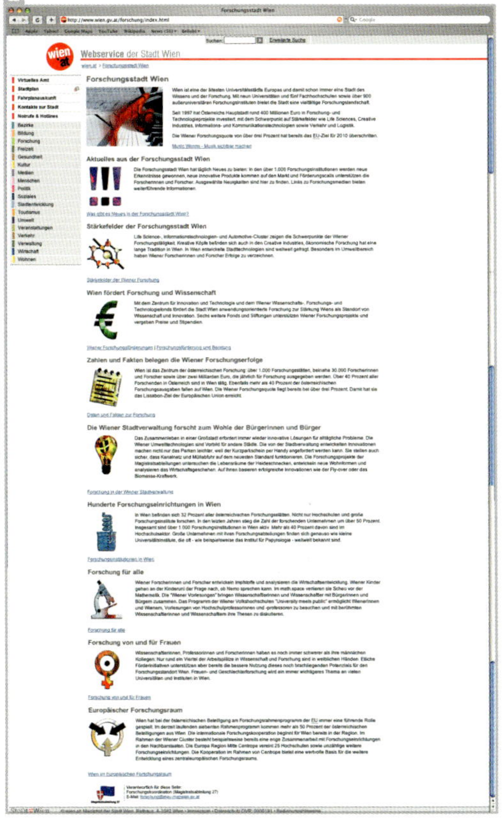

Doch die Forschungsseiten von www.wien.at beschäftigen sich nicht nur mit wissenschaftlichen Erkenntnissen und Zukunftsszenarien der eigenen Stadt. Forschung im Allgemeinen ist hier ebenfalls zentrales Thema. Schließlich unterstützt die Stadt Wien als Zentrum der österreichischen Forschung unzählige wissenschaftliche Projekte mit Fördermitteln. Ganz egal ob in den Bereichen Wirtschaft, Mathematik, Life Sciences, Mobilität, Kreativindustrie und natürlich Informations- und Kommunikationstechnologie. Denn ein starker Forschungssektor bringt die generelle Aufwertung eines jeden Standorts mit sich.

Wer einen schnellen und guten Überblick über die Forschungsstadt Wien erhalten möchte, tut dies am besten unter www.forschung.wien.at. Hier finden sich nicht nur alle Förderungsinstitutionen, Fonds und Stiftungen kompakt zusammengefasst wieder. Dieser virtuelle Bereich führt auch durch sämtliche Wiener Forschungsinstitutionen: seien es Universitäten, Fachhochschulen oder Forschungsinitiativen privatwirtschaftlicher Natur – geordnet entweder nach thematischen oder strukturellen Aspekten. Mit Informations-Schwerpunkten wie Forschung & Frauen sowie Wien im europäischen Forschungskontext wird die volle Bandbreite an wichtigen Initiativen vorgestellt. Dabei wird Neugierde ebenso geweckt wie befriedigt. Schließlich ist Forschung ein Thema, das über Umwege alle betrifft.

3

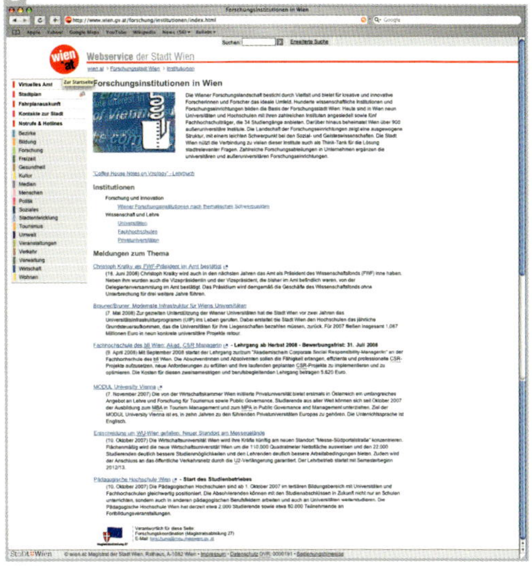

4

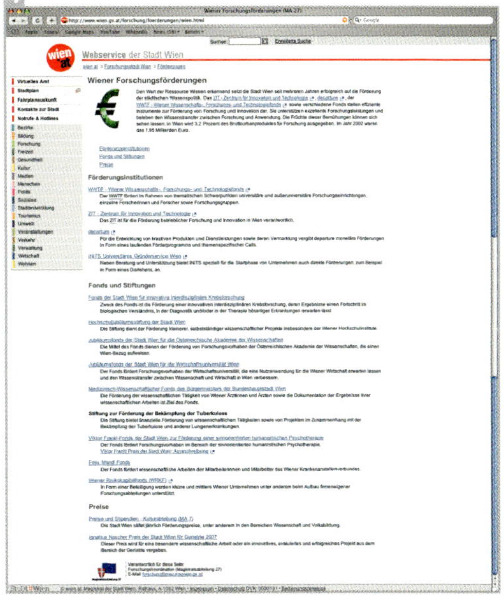

1 Sicherung der Lebensqualität im Alter: Gesamtbericht als Download **2** Forschungsstadt Wien: Übersicht der Teilbereiche **3** Übersicht aller Wiener Forschungsinstitutionen **4** Detailinformation: Wiener Forschungsförderungen

EUROPÄISCHE UNION
REPUBLIK ÖSTERREICH
Reise Pass verlängern!
wien.at

http://www.wien.gv.at/amtshelfer/dokumente/ausweise.html

zugriff
22.02

Selbst bei noch so gewissenhafter Vorbereitung auf Auslandsreisen wird an das Notwendigste gern zuletzt gedacht: Die Gültigkeit des Reisepasses. Um die Wartezeit in den Passabteilungen der Magistratischen Bezirksämter so kurz wie möglich zu halten, setzt das Virtuelle Amt auf onlineTerminreservierung. Reisewillige mit dem Hang zu großer Organisation können sich im Rahmen dieses Services sogar bis zu vier Wochen im Vorhinein einen Termin für die Beantragung eines neuen Reisepasses sichern. Kurzfristigster Zeitpunkt für eine Reservierung ist zwei Tage vor dem gewünschten Datum.

Das Prozedere folgt der klassischen Struktur der E-Government-Dienste: Nach der Auswahl eines oder mehrerer Bezirksämter zeigt sich ein onlineKalender mit den freien Terminen der kommenden Tage und Wochen. Sind die genaue Uhrzeit und der Tag gewählt, genügt die Eingabe der persönlichen Daten, um terminlich vorgemerkt zu sein. Wobei es besonders bei der Beantragung des Reisepasses angebracht ist, den dazu gebotenen Informationsbereich ausführlich zu nutzen, damit etwa der Nachtrag eines erworbenen akademischen Titels nicht vergessen wird. Immerhin besitzen Pässe eine Gültigkeit von zehn Jahren.

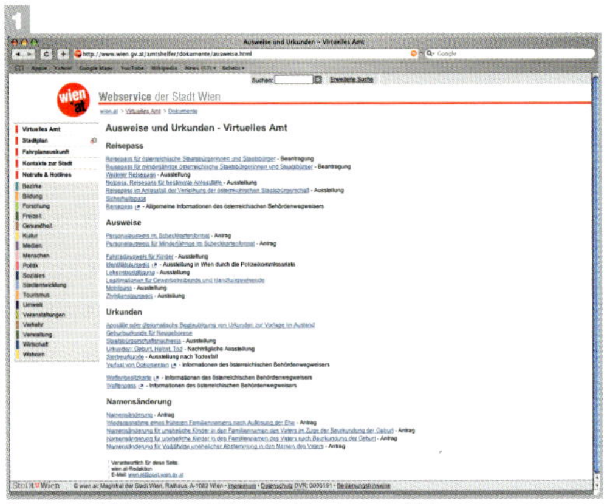

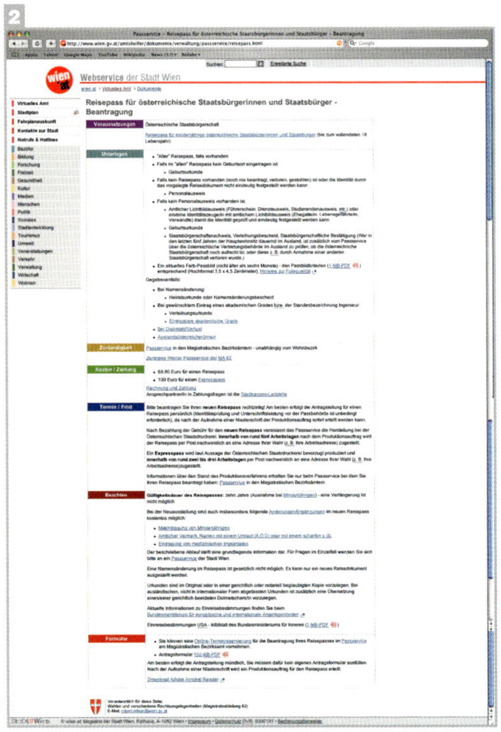

Neben dem für das Virtuelle Amt selbstverständlichen Unterlagen-Service wird hier auf vielen Ebenen besonders ins Detail gegangen: Mit einem ausführlichen PDF zum Thema Passbildkriterien oder Wissenswertes zur Eintragung von medizinischen Implantaten bleibt keine Frage zu diesem behördlichen Bereich unbeantwortet.

Dabei beschränkt sich diese Art von Termin–Service nicht nur auf Reisepässe: Auf dem selben Weg können auch Termine für die Beantragung von Personalausweisen im Scheckkartenformat reserviert werden. E-Government-Dienste zur Beantragung unzähliger Urkunden, aber auch Formulare für Namensänderungen unterschiedlichster Natur, ergänzen diesen Teilbereich von www.wien.at.

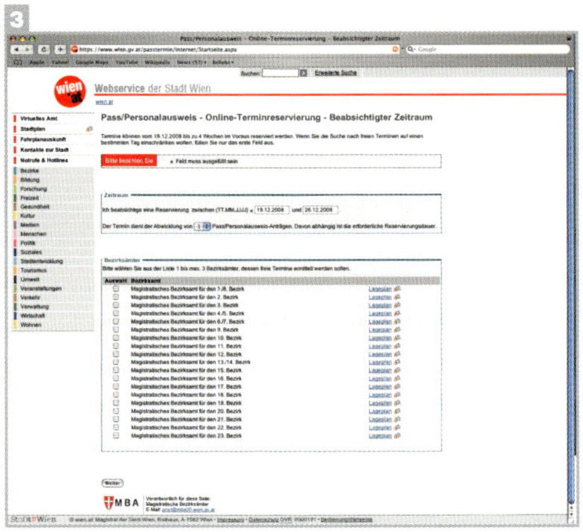

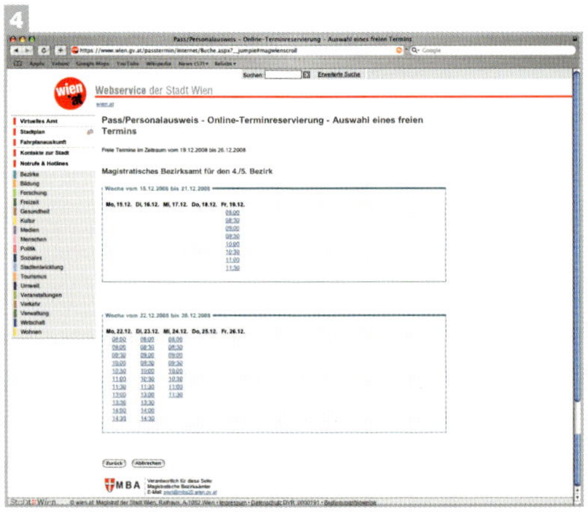

1 Virtuelles Amt: Ausweise und Urkunden **2** Detailinformationen: Voraussetzungen und Unterlagen **3** Pass/Personalausweis: Wahl des beabsichtigten Reservierungszeitraums – Wahl des Bezirksamts **4** onlineTermin-Reservierungsmaske

http://www.wien.gv.at/amtshelfer/umwelt/bauvorhaben.html

zugriff
22.23

Flächen-Mehrzweckkarte und Orthofoto haben es bereits gezeigt: Wiens Stadtgebiet ist wesentlich grüner, als man durch die Wahrnehmung aus der Straßenperspektive meinen möchte. Nicht nur in Innenhöfen versteckt sich so manche urbane Oase – vor allem Wiens Dachlandschaft wird von Jahr zu Jahr grüner und damit die Stadt umso lebenswerter. Um diesen erfreulichen Trend beizubehalten, setzt die Stadt Wien auf die Förderung verschiedener Begrünungsmaßnahmen. Das Virtuelle Amt steht hier beiseite, um das Antragsprozedere so bürgerInnenfreundlich wie möglich zu gestalten. Etwa im Fall der Dachbegrünung wird Wissenswertes zu den Voraussetzungen und der Berechnung der Förderung geboten. Wer ahnt, dass sich die Fördersumme für Dachgärten nach der Höhe der durchwurzelbaren Aufbaudicke bemisst? Das entsprechende Antragsformular wird als Download bereitgestellt. Ebensolche Hilfe wird für die Förderung von Innenhofbegrünungen geboten. Bei Fragen, die sich nicht durch diesen Servicebereich beantworten lassen, stehen alle wichtigen Kontaktdaten zum dafür zuständigen Stadtgartenamt zur Verfügung.

1

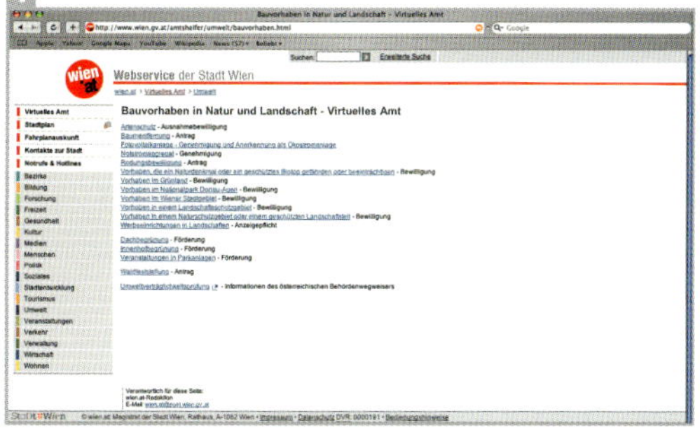

2

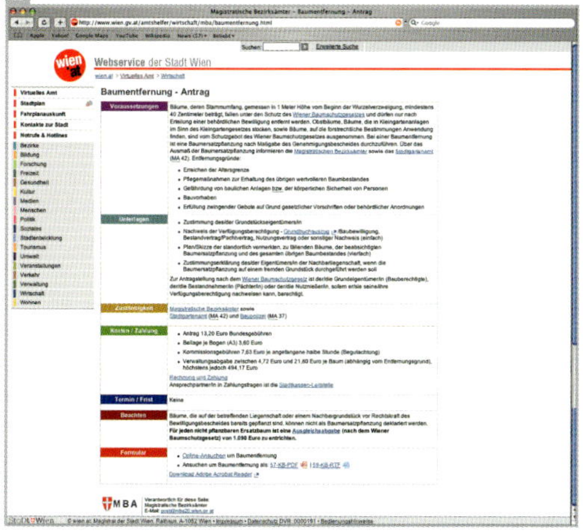

3

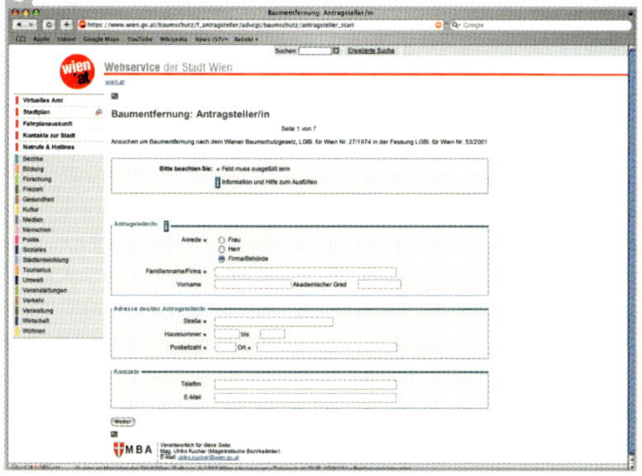

Nur zwei von vielen Diensten, die das Virtuelle Amt in Sachen Natur und Landschaft zu bieten hat: Falls im Zuge von Bauvorhaben oder bei etwaiger Gefährdung der Umgebung die Notwendigkeit besteht, Bäume zu entfernen, kann dieser Antrag mit einem onlineFormular gestellt werden. Was eine erhebliche Erleichterung des Behördenwegs mit sich bringt – schließlich stellt gerade dieser Bereich aus Gründen eines effizienten Natur- und Umweltschutzes ein sehr komplexes Gefüge an Regelungen dar. Die fälligen Gebühren und Abgaben für die Entfernung von Bäumen können in der Folge auf elektronischem Weg bezahlt werden.

Da Ökostromanlagen und Notstromaggregate ebenso behördlicher Genehmigungen und Bewilligungen bedürfen, finden sich auch diesbezügliche Formulare im Umweltbereich des Virtuellen Amts. Und einerlei ob bauliche Vorhaben im Grünland, ein Naturdenkmal betreffend oder sonstige gärtnerische oder forstwirtschaftliche Vorhaben: Kein behördlich geregelter Natur- und Umweltbereich, der nicht im virtuellen Raum von www.wien.at als E-Government-Anwendung zu finden ist.

4

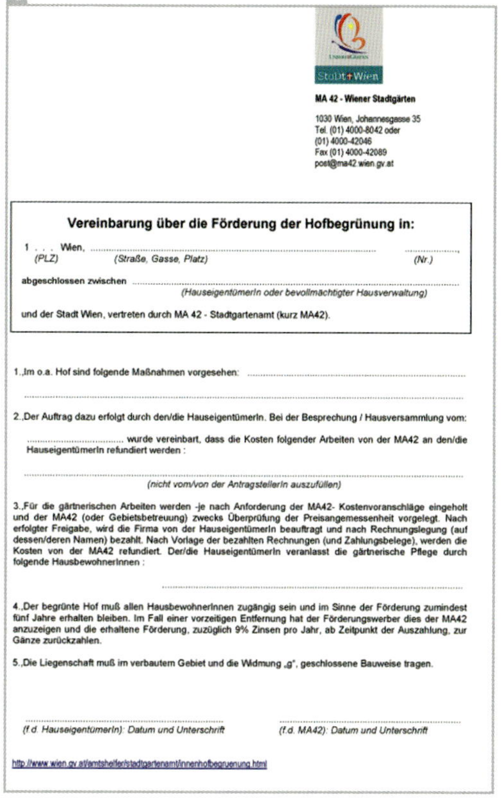

MA 42 - Wiener Stadtgärten

1030 Wien, Johannesgasse 35
Tel. (01) 4000-8042 oder
(01) 4000-42046
Fax (01) 4000-42089
post@ma42.wien.gv.at

Vereinbarung über die Förderung der Hofbegrünung in:

1 . . . Wien, ...,
(PLZ) (Straße, Gasse, Platz) (Nr.)

abgeschlossen zwischen ....
(HauseigentümerIn oder bevollmächtigter Hausverwaltung)

und der Stadt Wien, vertreten durch MA 42 - Stadtgartenamt (kurz MA42).

1.,Im o.a. Hof sind folgende Maßnahmen vorgesehen: ....

....

2.,Der Auftrag dazu erfolgt durch den/die HauseigentümerIn. Bei der Besprechung / Hausversammlung vom:

.... wurde vereinbart, dass die Kosten folgender Arbeiten von der MA42 an den/die HauseigentümerIn refundiert werden :

....
(nicht vom/von der AntragstellerIn auszufüllen)

3.,Für die gärtnerischen Arbeiten werden -je nach Anforderung der MA42- Kostenvoranschläge eingeholt und der MA42 (oder Gebietsbetreuung) zwecks Überprüfung der Preisangemessenheit vorgelegt. Nach erfolgter Freigabe, wird die Firma von der HauseigentümerIn beauftragt und nach Rechnungslegung (auf dessen/deren Namen) bezahlt. Nach Vorlage der bezahlten Rechnungen (und Zahlungsbelege), werden die Kosten von der MA42 refundiert. Der/die HauseigentümerIn veranlasst die gärtnerische Pflege durch folgende HausbewohnerInnen :

....

4.,Der begrünte Hof muß allen HausbewohnerInnen zugängig sein und im Sinne der Förderung zumindest fünf Jahre erhalten bleiben. Im Fall einer vorzeitigen Entfernung hat der Förderungswerber dies der MA42 anzuzeigen und die erhaltene Förderung, zuzüglich 9% Zinsen pro Jahr, ab Zeitpunkt der Auszahlung, zur Gänze zurückzahlen.

5.,Die Liegenschaft muß im verbautem Gebiet und die Widmung „g", geschlossene Bauweise tragen.

....
(f.d. HauseigentümerIn): Datum und Unterschrift (f.d. MA42): Datum und Unterschrift

http://www.wien.gv.at/amtshelfer/stadtgartenamt/innenhofbegruenung.html

5

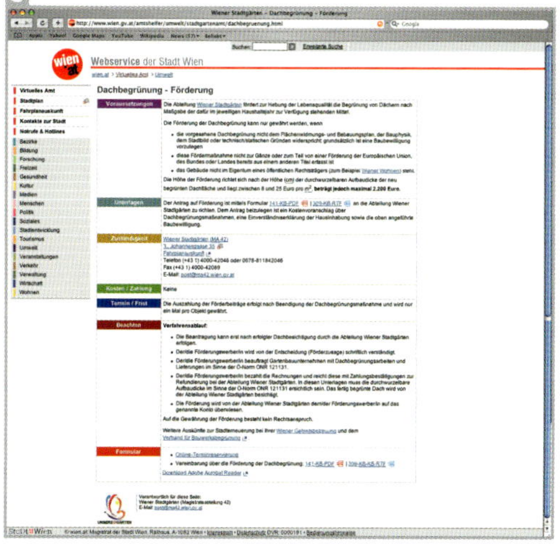

1 Begrünung und Bauvorhaben in der Natur: Übersichtsseite des Virtuellen Amts **2+3** Detailinformationen und onlineFormular zur Baumentfernung **4** Download-Formular: Förderung der Dachbegrünung **5** Virtuelles Amt: Detailinformation zu Begrünungsförderungen

http://www.wien.gv.at/umwelt/parks/hundezonen.html

zugriff
23.09

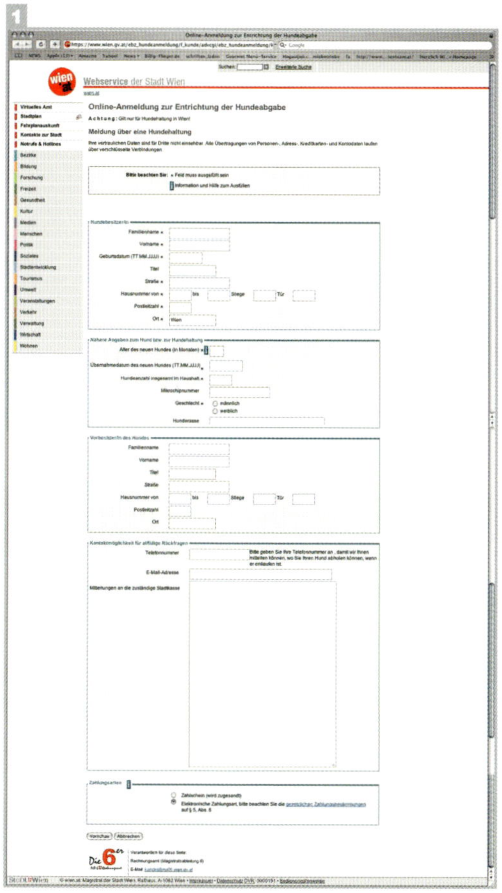

Diese Services zeigen es besonders gut: www.wien.at kann durchaus als digitales Abbild der vielfältigen Notwendigkeiten des alltäglichen Lebens betrachtet werden. Das weit reichende Aufgabengebiet des Virtuellen Amts beinhaltet auch behördliche Angelegenheiten, mit denen nicht alle BürgerInnen zwangsläufig konfrontiert sind, die jedoch große Teile der Bevölkerung betreffen. Dabei kommt es sogar vor, dass sich www.wien.at ausgesprochen animalisch gibt: Dem Thema Hund ist eine Vielzahl an Services gewidmet. Nicht nur um HundehalterInnen Behördliches zu erleichtern, sondern auch, um das städtische Miteinander von Menschen und Vierbeinern erheblich zu verbessern.

Die erste Handlung von Neo-HundebesitzerInnen besteht darin, das Tier gemäß der Rechtslage offiziell anzumelden, um die vorgeschriebene Hundeabgabe abführen zu können. Vorausgesetzt, das Tier ist älter als drei Monate. Der früher nötige Weg zum Magistrat kann jedoch vermieden werden, indem die Hundeanmeldung online erfolgt. Eine Tätigkeit von wenigen Minuten, die keine Unterlagen erfordert. Lediglich die Bekanntgabe der persönlichen Daten, die von etwaigen VorbesitzerInnen und grundlegende Angaben zum Hund, ist notwendig, um den Vierbeiner offiziell „einzubürgern". Der umgekehrte Weg – die Abmeldung eines Hundes – bereitet ebenso keine Mühe wie eine Änderung der Wohnanschrift der HundebesitzerInnen. Auch hier sind alle Formulare online verfügbar.

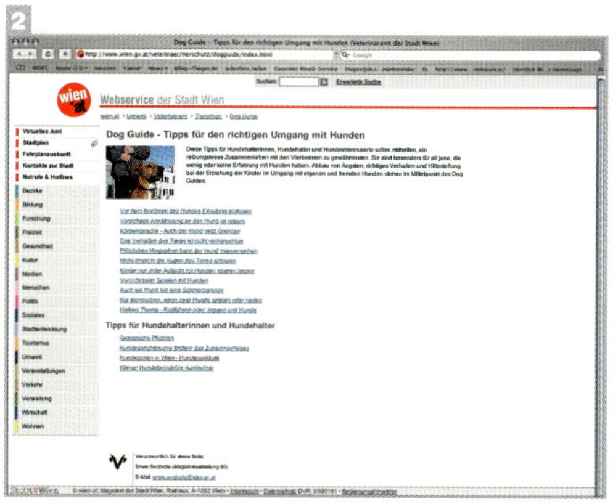

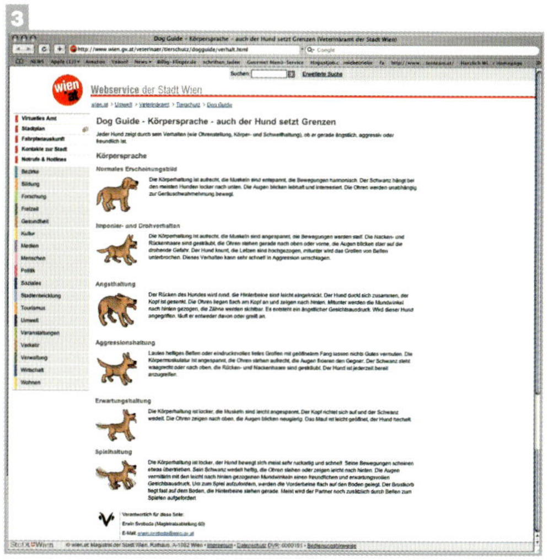

1 Formular: onlineAnmeldung zur Entrichtung der Hundeabgabe **2** Übersichtsseite Dog Guide **3** Wissenswertes zur Körpersprache der Hunde

Nach der Anmeldung profitieren Hunde und ihre HalterInnen weiterhin vom virtuellen Angebot der Stadt. Hat das Tier ein Alter von sechs Monaten erreicht, besteht die Möglichkeit, den so genannten Hundeführschein zu erwerben. Die im Jahr 2005 eingeführte, nicht verpflichtende Prüfung für HundebesitzerInnen dient dem Zweck eines besseren Miteinanders von Mensch und Hund. Dabei ist das Augenmerk auf viele Aspekte gerichtet: Der Hundeführschein bringt vielfältiges Wissen zum Thema Hund und Großstadt mit sich – von Stressfaktoren über die Körpersprache des Hundes bis hin zu Regeln des sozialen Verhaltens. www.wien.at stellt alle nötigen Prüfungsmaterialen, wie Handbuch oder Fragenkatalog, als Gratis-Download zur Verfügung. Wobei der nur wenige Mausklicks entfernt liegende „Dog Guide“ ebenfalls eine gute und vor allem übersichtliche Informationsquelle für den urbanen Alltag mit Vierbeinern darstellt.

Sind Hund und HalterIn entsprechend geschult, steht einem ausgiebigen Spaziergang nichts mehr im Wege. Der Gang an die frische Luft muss keineswegs unvorbereitet geschehen: Die Seite „Hundezonen in Wien“ listet alle Hundezonen in Wiener Parks, geordnet nach Bezirken, auf. Dabei wird mit Detailinformationen nicht gespart. Die genaue Quadratmeterzahl der Zone ist hier ebenso ausgewiesen wie etwaige vorhandene Einzäunungen des Parkabschnitts oder extra eingerichtete Tränken für Hunde.

2
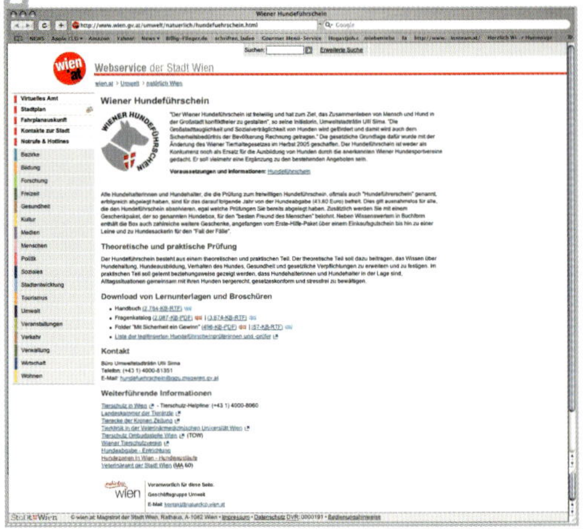

1
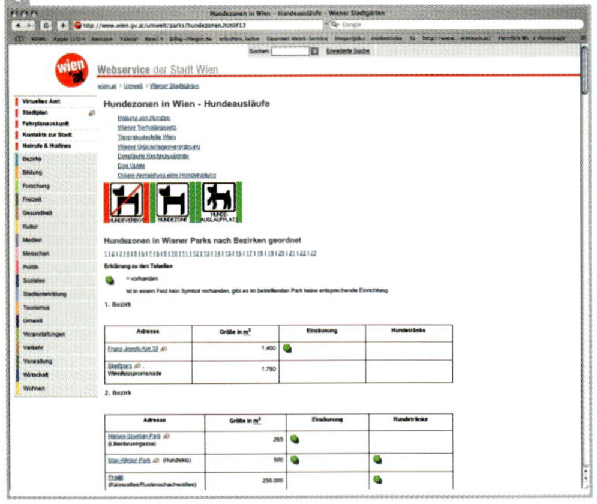

1 Alle Wiener Hundezonen auf einen Blick **2** Unterseite zum Hundeführschein

http://www.museen.wien.at

zugriff
23.23

MQ
MuseumsQuartie
Wien
MuseumsQuartier
www.mqw.at

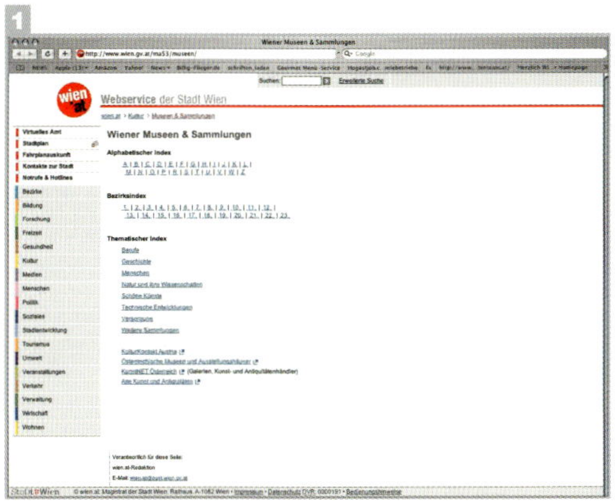

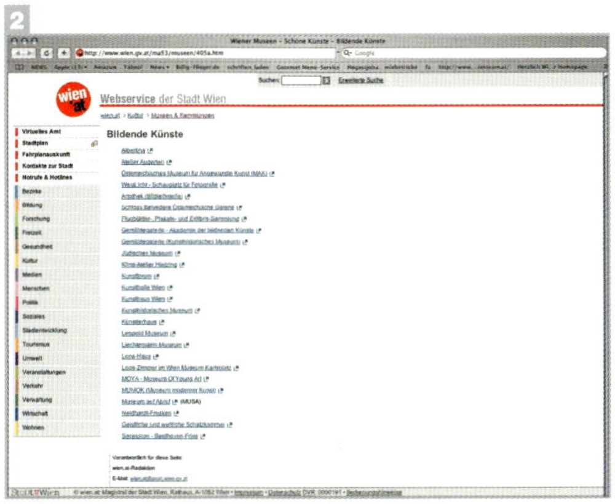

Wenig erstaunlich, dass sich unter dem Suchbegriff „Wiener Museen“ bis zu 14.000 Einträge in einschlägigen Internetsuchmaschinen finden. Nicht nur deshalb, weil Wien als Kulturstadt eine dahingehende touristische Vermarktung genießt: Auch die bloße Anzahl der Wiener Museen und Sammlungen ist in Relation zu ähnlich großen europäischen Städten eine enorme. Aktionen wie die längst traditionelle „Lange Nacht der Museen“ tun dabei ihr Übriges, um das öffentliche Bewusstsein gegenüber diesen Stätten der Kunst und Kultur zu schärfen.

Nun finden sich einzelne Museen zwar mühelos im World Wide Web. Wer allerdings die Welt der Wiener Museen besonders intensiv kennen lernen möchte, kommt nicht daran vorbei, www.wien.at als Suchwerkzeug zu benutzen. Mit einer üppigen Liste von mehr als 300 Museen und Sammlungen liefert keine andere Website eine umfangreichere Darstellung der Wiener Museumslandschaft. Abgesehen davon lassen sich die Häuser nach mehreren Parametern ordnen. Dass beinahe jeder Eintrag direkt mit der offiziellen Homepage der jeweiligen musealen Institution verknüpft ist, versteht sich und erlaubt damit ein vertieftes Eintauchen in teils skurril-bizarre Sammlungen.

1 Startseite: Museums-Services **2+3** Alphabetischer und thematischer Museumsindex **4** Detailansicht: Phono Museum

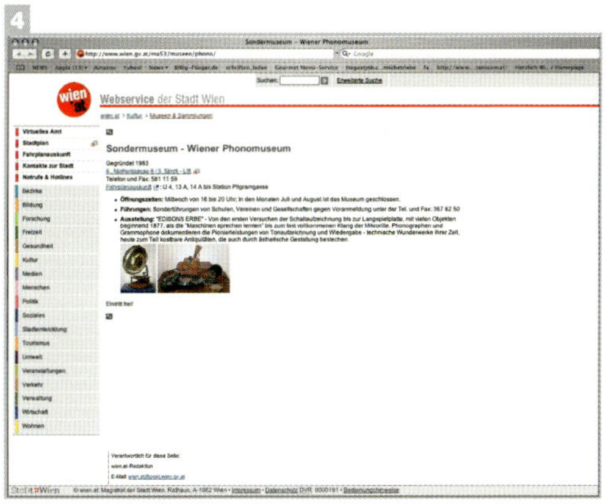

Jene, die nach Museen in ihrer unmittelbaren Umgebung suchen, sind gut beraten, den Bezirksindex zu verwenden. Und sie werden bemerken, dass selbst Bezirke, die nicht unbedingt als Hochburgen des kulturellen Wien gelten, Erstaunliches zu bieten haben. In Wien Margareten stößt man etwa auf das Österreichische Gesellschafts- und Wirtschaftsmuseum, das in den Zwanzigerjahren des 20. Jahrhunderts von Otto Neurath, dem Erfinder der Bildstatistik (Isotype), gegründet wurde. Oder ein Blick in den 21. Bezirk, nach Floridsdorf, gibt bereits einen Vorgeschmack auf die Fülle an skurrilen Wiener Museen. Hier befindet sich das Museum für Beschirrung und Besattelung, Hufbeschlag und Veterinärorthopädie.

Die Suche mit dem alphabetischen Index fördert noch mehr Bizarres zu Tage: etwa das Zahnärztliche Museum am Alsergrund, das Fälschermuseum in der Löwengasse, das Mariahilfer Phonomuseum oder das „Dritte Mann“-Museum auf der Wieden. Wesentlich handfester verläuft das Aufspüren von Museumsbetrieben mittels des thematischen Index. Hier kann nach Themenkomplexen wie Menschen, Berufe, Versorgung, technische Entwicklungen etc. gesucht werden.

MÜLLER

http://www.friedhoefe.wien.at

zugriff
00.12

Sterbefälle mögen in erster Linie als zutiefst traurige Ereignisse gelten, deren Bewältigung niemandem leichtfällt. Doch Verwandte und Angehörige sind dabei zwangsläufig auch mit organisatorischen Tätigkeiten konfrontiert, deren Erledigung in Anbetracht der Umstände eine besondere Herausforderung darstellt. Und auch wenn der Tod ein Tabuthema ist, zählt es zur Aufgabe von www.wien.at, Sterbefälle im virtuellen Raum zum Thema zu machen, um auch hier behördliche Notwendigkeiten und den Zugang zu Informationen so einfach wie möglich zu halten. Aber auch die Vielzahl an bemerkenswerten Friedhöfen im Wiener Stadtgebiet spiegelt sich in diesem online-Angebot in Form von besonderen Services, wie etwa der Grabstellensuche, wider. Schließlich besagt allein schon so manches Klischee, dass Wien und die Morbidität ein ganz besonderes Paar sind.

Wichtigster Wegweiser bei Todesfällen ist das Virtuelle Amt: Hier werden präzise Informationen zu den erforderlichen ersten Schritten bei Sterbefällen gegeben. Beginnend mit der Sterbeurkunde, den dafür nötigen Voraussetzungen, Unterlagen, Zuständigkeiten, Terminen und Fristen, erstreckt sich die Info-Bandbreite bis hin zu externen Links in Fragen von Erbschaftsangelegenheiten. Da die Nutzung eines Grabs im Normalfall zeitlich begrenzt ist, besteht seit dem Jahr 2002 die Möglichkeit, die Verlängerung des Grabnutzungsrechts mit einem online-Antrag abzuwickeln. Wie auf www.wien.at üblich, mittels eines standardisierten Formulars, das keine neuen Fragen aufwirft, sondern mit vorgegebenen, allgemein verständlichen Optionen arbeitet.

Neben diesen – für jedermann wichtigen – behördlichen Schritten bietet sich auf www.wien.at auch eine Fülle an individuell zu nutzenden Informationen: Etwa bei Fragen zur Art der Bestattung oder welcher der 46 städtischen Wiener Friedhöfe als letzte Ruhestätte dienen soll. Die Arten von Grabstellen – ob Familiengrab, einfaches Grab, Gruft oder gar ein Mausoleum – werden ebenso erläutert wie Wissenswertes zu Grabgestaltung und Grabpflege.

Als besonders herausragender onlineDienst zum Thema Friedhöfe und Sterbefälle zeigt sich die virtuelle Grabstellensuche: Ebenfalls seit dem Jahr 2006 angeboten, reicht die Eingabe des Familiennamens aus, um eine gewisse Grabstelle ausfindig zu machen. Besonders im Fall des Wiener Zentralfriedhofs, der zu den größten Europas zählt, ein immens praktischer Dienst. Dabei kann die Suche auch auf bestimmte Wiener Friedhöfe beschränkt oder das Bestattungsjahr als zusätzlicher Parameter eingefügt werden. Wer nach Gräbern Prominenter sucht, findet mittels der Eingabe des Künstlernamens die gewünschte Ruhestätte. Sei es Heinrich „Heinz" Conrads oder Johann „Falco" Hölzel. Das Datum der Bestattung und die Dauer des Grabnutzungsrechts sind ebenso Bestandteil der Grabstellensuche. Dass dieser einzigartige Web-Service nicht nur von Angehörigen und FriedhofstouristInnen genutzt wird, zeigt ein Streifzug durch diverse Internetforen: Nicht nur österreichische Hobby-GenealogInnen haben diesen Dienst der Stadt Wien längst als Recherche-Werkzeug erkannt.

1

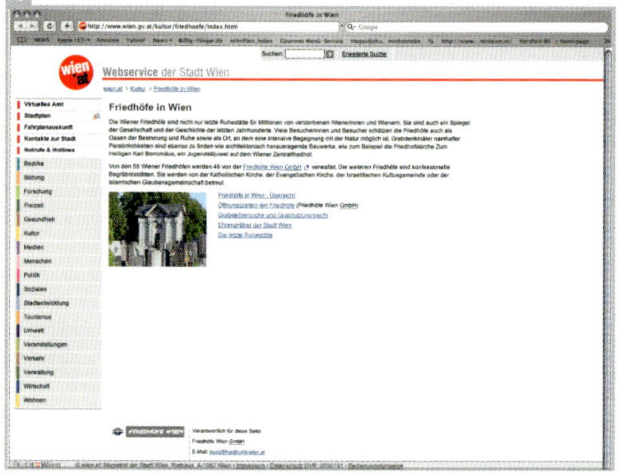

2

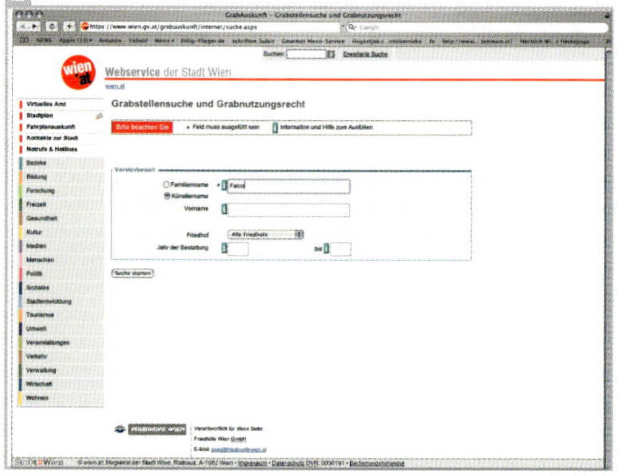

3

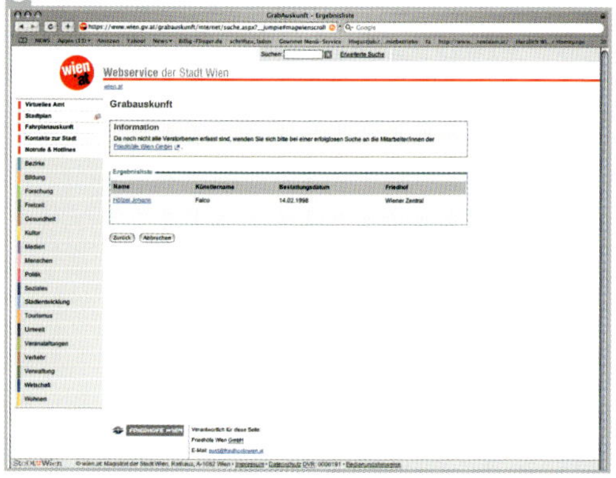

4

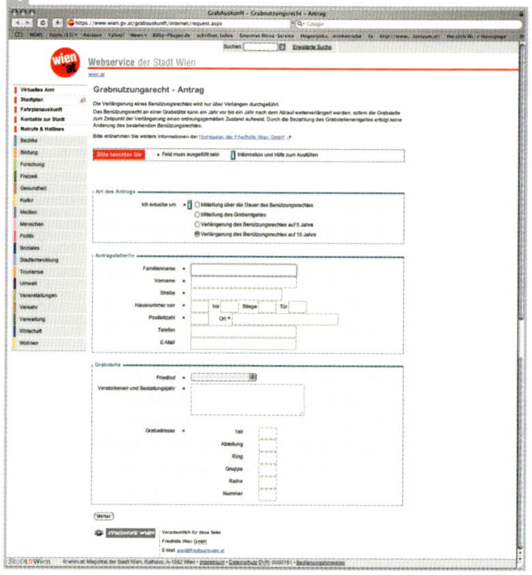

5

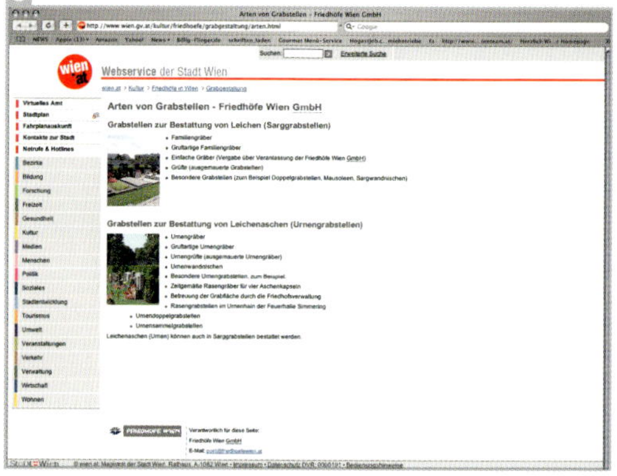

1 Übersichtsseite: Friedhöfe in Wien **2+3** Eingabemaske und Ergebnis der onlineGrabstellensuche **4** onlineFormular zur Verlängerung des Grabnutzungsrechts **5** Informationen zu den Arten von Grabstellen

http://www.wien.gv.at/stadtentwicklung/ubahn

Dass die U-Bahn das beliebteste städtische Fortbewegungsmittel ist, stellt kein Geheimnis dar. Ebenso deutlich zeigt sich, dass das Wiener U-Bahn-Netz seit der Eröffnung des ersten Teilabschnitts im Jahr 1978 ständig erneuert und erweitert wird. Damit soll nicht nur dem steigenden Mobilitätsbedürfnis Rechnung getragen werden – der U-Bahn-Bau dient auch als Instrument für städtebauliche Entwicklungen: Infrastruktur wertet Stadtteile auf, indem diese „psychologisch" näher ins Zentrum rücken und dadurch eine Vielzahl an positiven Impulsen erfahren. Von gesteigerter Attraktivität der Immobilien bis hin zur Verringerung des Individualverkehrs.

Auch in Zukunft wird das Streckennetz wesentlich wachsen. Wer bereits heute wissen möchte, wohin die Wiener U-Bahn morgen fährt, wirft am besten einen Blick auf die Internetseiten zur generellen U-Bahn-Planung. Um den Anspruch auf eine vollständige Darstellung des unterirdischen Schienenverkehrs zu erfüllen, finden sich hier Anschauungs- und Informationsmaterialen zum bestehenden Streckennetz – bis hin zu Erklärungen von urbanen Kuriositäten, wie die längst zur Legende gewordene, nie gebaute Linie U5. Im

1

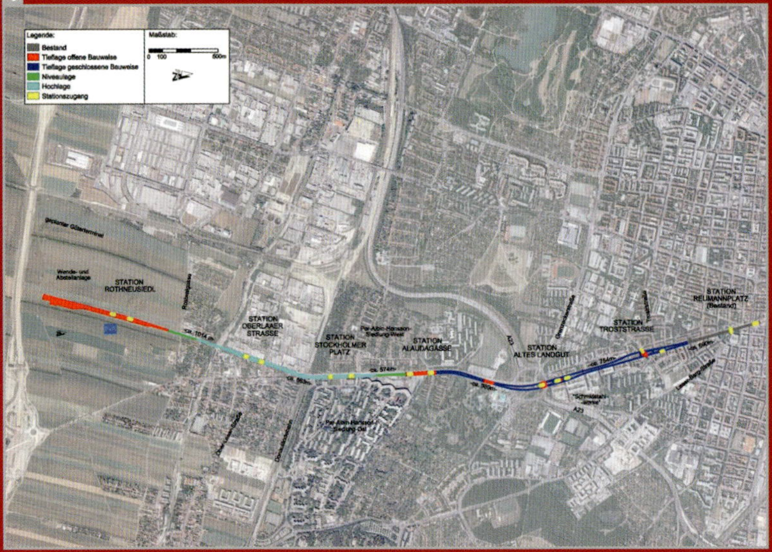

2

3

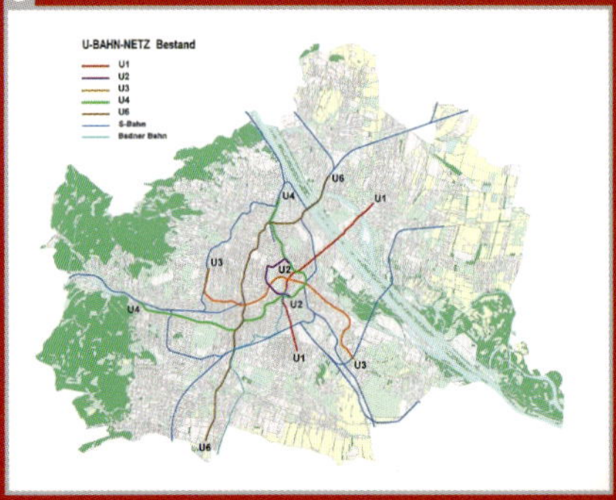

4

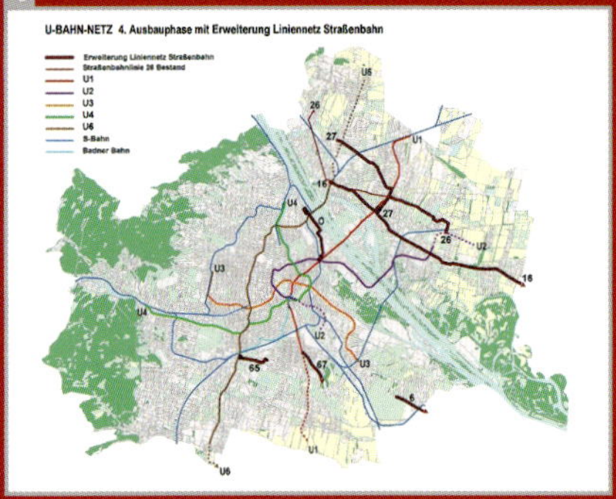

5

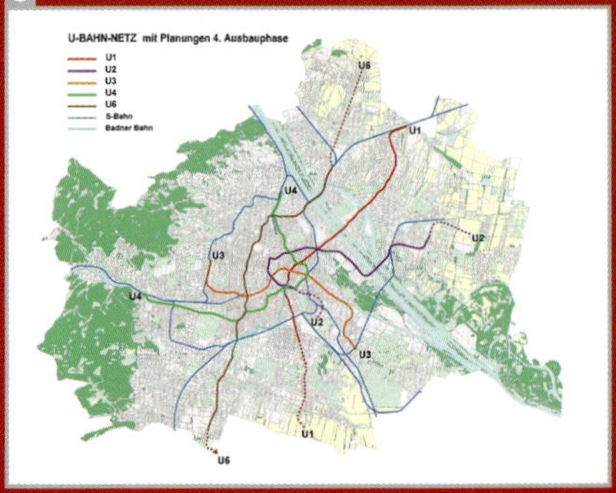

1 Orthofoto mit geplanter U-Bahn-Trasse
2 Ständige Transformation des Netzplans
3+4+5 Ausbauphasen der Wiener U-Bahn

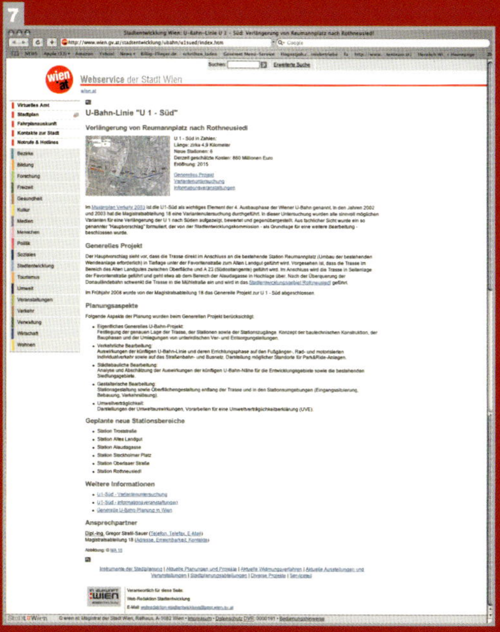

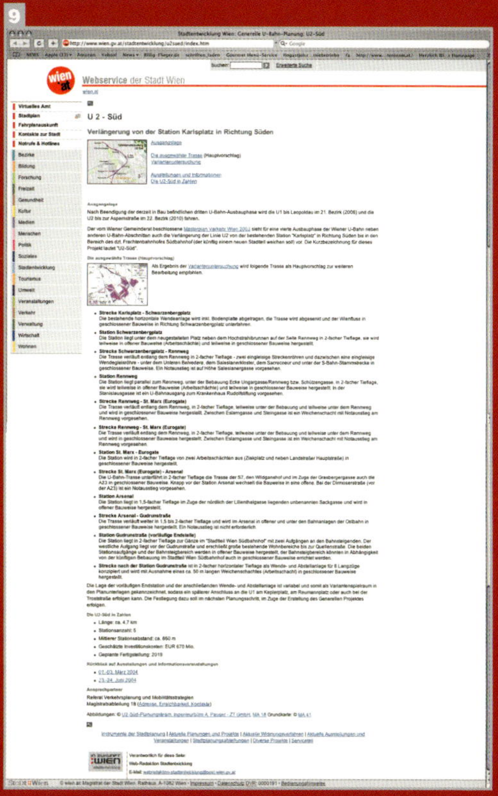

6 Generelle Infoseite zum U-Bahn-Ausbau
7 Generelle Projektbeschreibung U1-Süd
8 Variantenuntersuchung zur U2-Süd
9 Generelle Projektbeschreibung U2-Süd

Vordergrund steht jedoch die Planungs- und Entwicklungsarbeit: Dabei geht es vor allem um größtmögliche Transparenz bezüglich der geplanten Erschließungsprojekte. AnrainerInnen sollen nicht vor vollendete Tatsachen gestellt werden – sie haben die Möglichkeit der Partizipation. Anschauliches Beispiel ist die Verlängerung der bestehenden U1 vom Reumannplatz nach Rothneusiedl, deren Fertigstellung für das Jahr 2015 anberaumt ist.

Beginnend mit der Erläuterung aller Planungsaspekte von Umweltverträglichkeit über Verkehrsauswirkungen bis hin zu städtebaulichen und gestalterischen Aspekten, können diesem Bereich von www.wien.at auch die Namen und die Lage der geplanten neuen Stationsbereiche entnommen werden. Spätestens auf der Unterseite „Variantenuntersuchung" wird deutlich, welche Komplexität der U-Bahn-Bau in sich birgt. Nicht nur angesichts der Vielzahl an involvierten Akteuren wie Magistrat, Bezirk, Wiener Linien oder Fachdienststellen: Hauptvarianten werden ebenso detailreich erläutert wie etwaige Untervarianten zur Diskussion gestellt, um im Jahr 2015 ein bestmögliches Ergebnis zu präsentieren.

DIENST: DIGITALER KULTURGÜTERKATASTER: STADTARCHÄOLOGIE & STADTGESCHICHTE

http://www.kulturgut.wien.at

Nicht nur Wien, wie es ist, mit all der architektonischen Bandbreite und all den im öffentlichen Raum zu findenden Kunstwerken, gilt es auf www.wien.at virtuell zu entdecken (siehe Kapitel 9). Kulturgut, der digitale Kulturgüterkataster, dreht mit den Funktionen Stadtarchäologie und Stadtgeschichte das Rad der Zeit zurück und macht dabei Dinge sichtbar, die selbst noch so aufmerksamen StadtflaneurInnen verborgen bleiben – oder deren Entdeckuung bisher mit zeitintensiver Archivrecherche verbunden war. Denn angesichts der bis in die Römerzeit zurückreichenden Siedlungsgeschichte gilt in vielerlei Hinsicht, dass sich erst durch die Kenntnis der Vergangenheit das Wien der Gegenwart entsprechend erklärt. Sei es die städtebauliche Struktur des ersten Wiener Gemeindebezirks oder der Verlauf heute prominenter Ausfallstraßen. Hochauflösende historische Karten, bis zurück ins 16. Jahrhundert, sind dabei zentraler Bestandteil dieses Bereichs des digitalen Kulturgüterkatasters. Doch auch bis ins Detail beschriebene archäologische Funde und multifunktionale Stadtpläne liefern außergewöhnliche urbane Aspekte: Eine digitale Entdeckungsreise, die Neugierde ebenso befriedigt wie weckt und womöglich dafür sorgt, dass der Besuch von www.wien.at die subjektive Wahrnehmung der Stadt nachhaltig verändert. Doch erkunden wir das historische Wien in der digitalen Praxis.

Ähnlich der onlineSuche nach Kunstwerken im öffentlichen Raum gibt sich die Funktionsweise des Bereichs der Stadtarchäologie. Mittels der Objektsuche können archäologische Funde im Wiener Stadtgebiet anhand unterschiedlicher Parameter gesucht werden: nach Befundart (Grabbefund, Siedlungsbefund, Fossilfund ...), Datierung des Fundes (von Frühzeit bis Neuzeit), historischen Siedlungsbereichen (unterscheidet die Teilbereiche der römischen Siedlungstätigkeit: Legionslager, Gräberfeld, Zivilstadt ...) und in Hinsicht auf Wiens Topografie mit der bezirksbezogenen Suche.

Die individuelle Verknüpfung dieser vier Eingabefelder ermöglicht dabei eine präzise Abfrage nach persönlichen Interessensfeldern: Mittels weniger Mausklicks lassen sich so etwa alle mittelalterlichen Grabbefunde in Wien Landstraße eruieren. Eine Auflistung aller römerzeitlichen Siedlungsbefunde in Favoriten ist genauso möglich wie die onlineAbfrage aller jemals in Wien gemachten Fossilfunde. Hier sind kaum Grenzen gesetzt. Die direkte Verlinkung zu Detailinformationen bezüglich der archäologischen Objekte sorgt in Windeseile für zusätzliche Erkenntnisse.

Neben dieser objektbezogenen Abfrage lädt die Suche mittels digitalem Stadtplan ein, archäologische Funde und deren Fundstellen kennen zu lernen. Die Funktion aktiviert, erscheinen grafische Markierungen und verwandelt vor allem den Bereich von Wien Innere Stadt in ein Meer von roten und blauen, aber auch einigen grünen und braunen Quadraten und Punkten. Die farbliche Abstufung dient der Einordnung in geschichtliche Perioden: Frühzeit, Römerzeit, Mittelalter oder Neuzeit.

Klicken wir etwa auf eine Markierung im Bereich der Tuchlauben: Wir erfahren in einem Kurzinfo-Kasten, dass hier einst ein Fund der Kategorie Einzel- und Streufund in Form einer Lanzenspitze zum Vorschein kam. Ein weiterer Klick führt zu Detailinformationen: Die Lanzenspitze stammt aus der späten Bronzezeit und wurde im Jahr 1919 bei Grabungen im Keller des Gebäudes Steindlgasse 2 entdeckt. Hinweise auf Erwähnungen dieser Lanzenspitze in der Fachliteratur ergänzen den Eintrag. Oder bewegen wir den Mauszeiger in die Schönlaterngasse 15: Der digitale Kulturgüterkataster verrät, dass im Zuge von Kanalbauarbeiten am 18. August des Jahres 1902 ein römischer Steinplattensarg entdeckt wurde – nebst einer sieben Meter tiefen Grube,

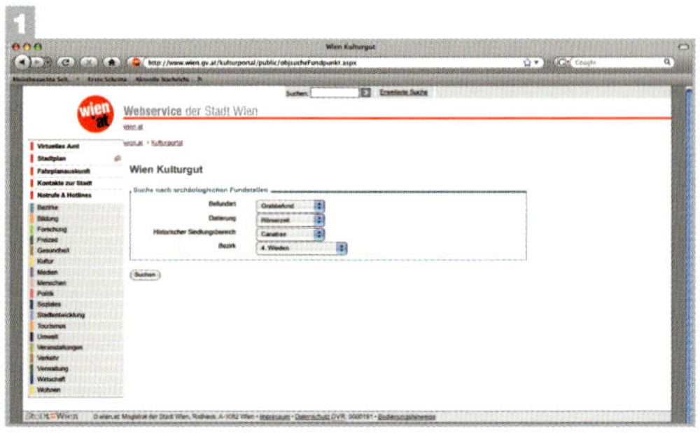

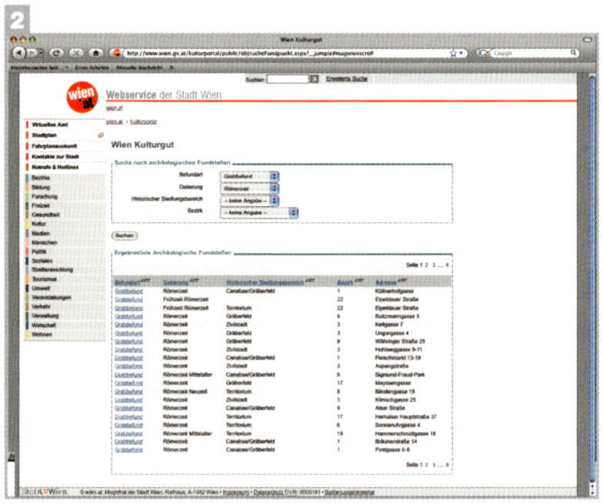

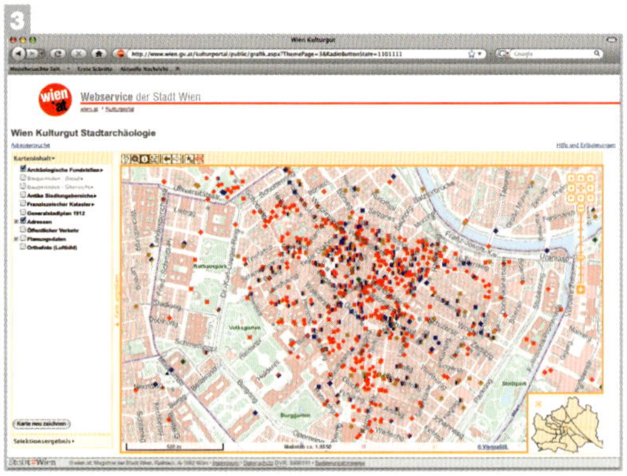

1 Suchmaske: Archäologische Funde **2** Auflistung archäologischer Funde nach individuellen Parametern **3** Auf Knopfdruck werden am Stadtplan archäologische Fundstellen sichtbar

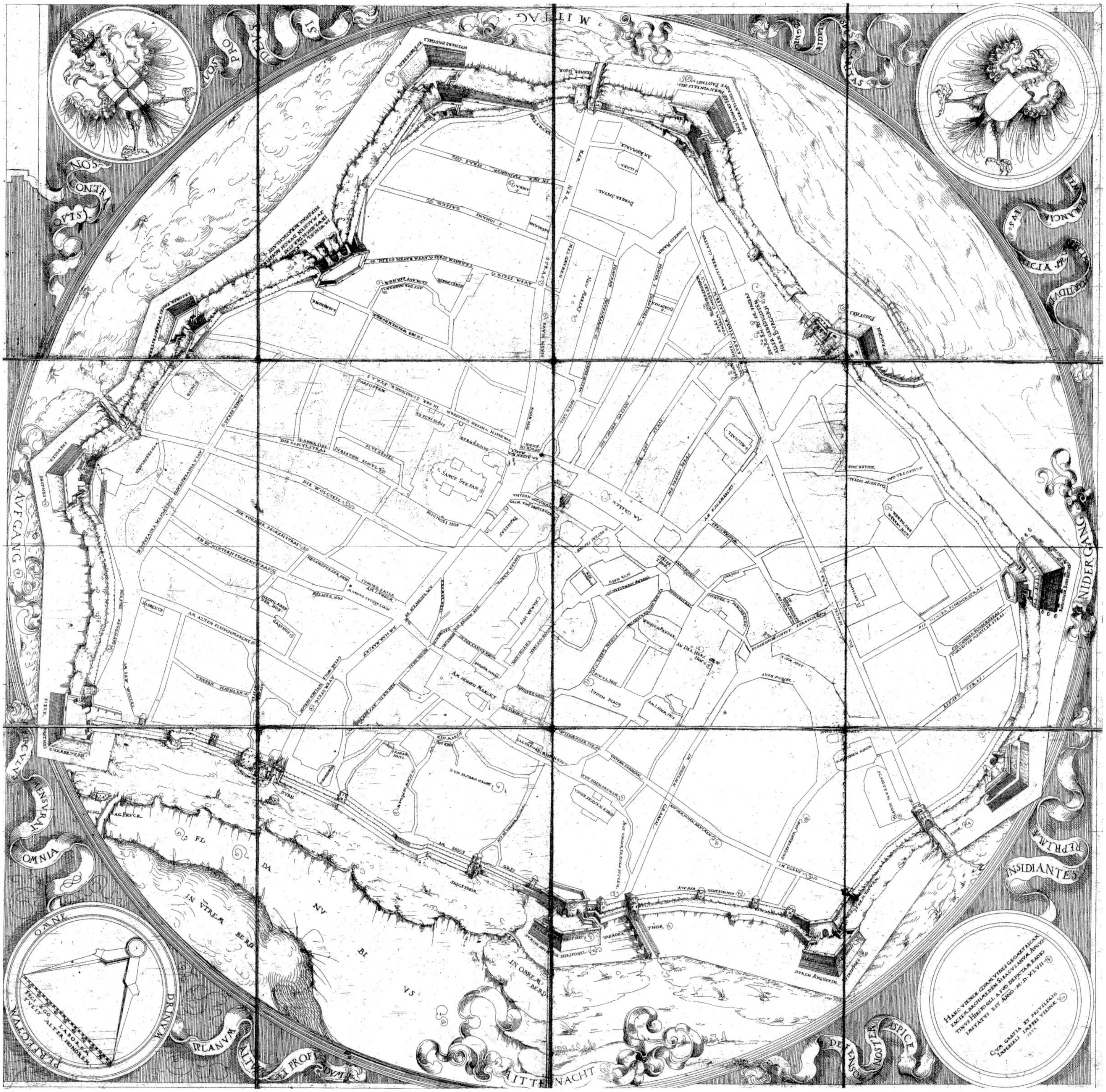

Grundrissplan der Stadt Wien aus 1547. Gefertigt vom berühmten Nürnberger Künstler, Geometer und Kartografen Augustin Hirschvogel

die mit Keramik gefüllt war. Doch auch bauhistorische Untersuchungen wie jene aus der Sonnenfelsgasse 15 aus dem Jahr 2002, die besagt, dass das Hauptportal bereits aus dem dritten Viertel des 16. Jahrhunderts stammt, finden Erwähnung. Unvermutetes bis Skurriles darf dabei ebenso an die Oberfläche treten: Ein kurzer Abstecher nach Wien Simmering verrät, dass an der Hausnummer Simmeringer Hauptstraße 36–40 vor 110 Jahren ein Fossilfund in Form eines Mammutzahns gemacht wurde.

Dass die immense Kumulierung an Fundstellen im Bereich der Inneren Stadt bei Weitem kein Zufall ist, erschließt sich spätestens dann, wenn der Menüpunkt „Antike Siedlungs-

Wien Innere Stadt nach 1830: Carl Graf Vasquez erstellte im 19. Jahrhundert Pläne aller Wiener Polizeibezirke innerhalb des Linienwalls. Hochauflösend zu bewundern auf www.wien.at

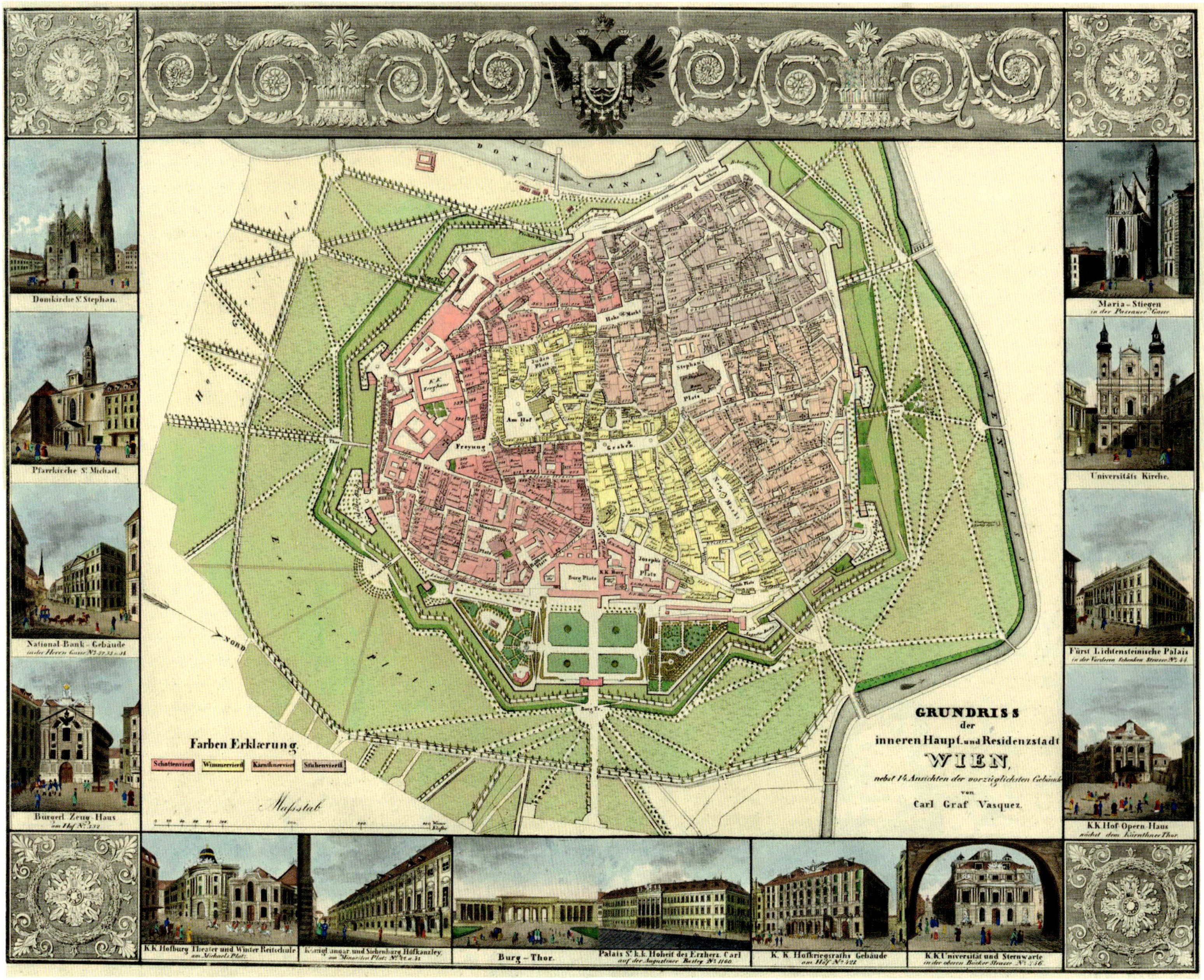

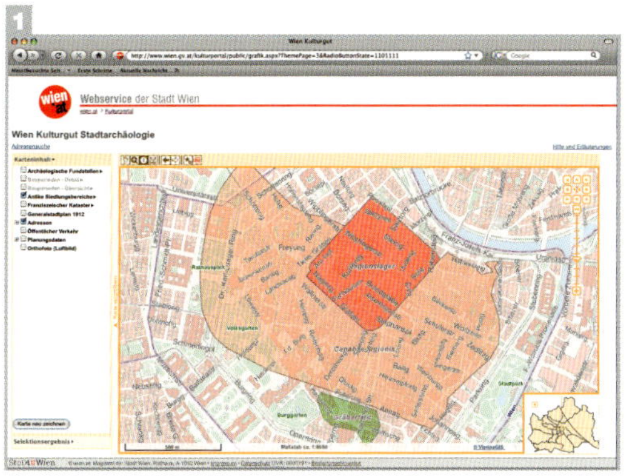

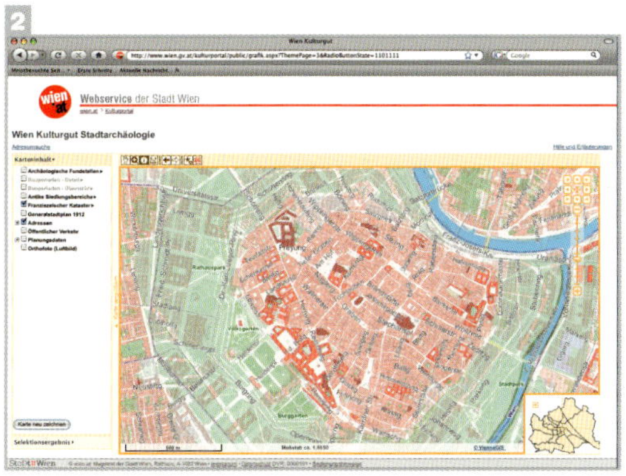

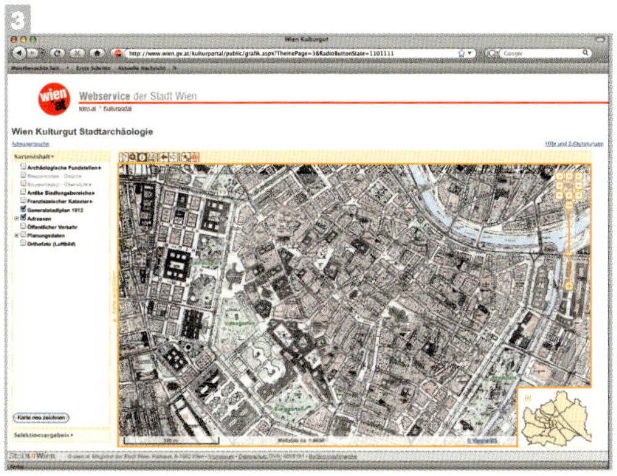

bereiche“ in der linken Menüleiste zur Anwendung kommt: Wir sehen nun, grafisch klar gekennzeichnet, wo genau die Grenze des einstigen römischen Legionslagers Vindobona ihren Verlauf nahm beziehungsweise auf welchen Flächen die zivile römische Ansiedlung – das Lagerdorf – und die römischen Gräberfelder gelegen waren. Was so manche unerwartete Erkenntnis mit sich bringt: Wie viele BesucherInnen des Musikvereinssaals vermuten schon, dass sie auf dem Gelände eines ehemaligen römischen Friedhofs den Klängen der Wiener Philharmoniker lauschen?

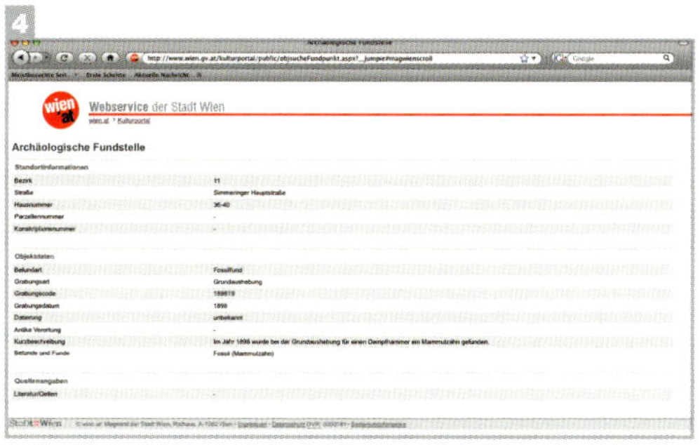

1 Historischer Grundriss des einstigen Legionslagers Vindobona mit Gräberfeldern
2 Franziszeischer Kataster
3 Generalstadtplan von 1912
4 Informationen zu einem archäologischen Fund

Doch nicht nur die Wiener Stadtstruktur der Römerzeit lässt sich virtuell darstellen: Mit dem nach Zungenbrecher klingenden „Franziszeischen Kataster“, dem ersten vollständigen österreichischen Liegenschaftskataster, geht die Reise ins 19. Jahrhundert.

Der „Franziszeische Kataster“ für Wien entstand in den Jahren 1817 bis 1824 und ist ebenso fester Bestandteil von Kulturgut wie der knapp 100 Jahre später entstandene Generalstadtplan von 1912. Noch nie war es müheloser, den städtebaulichen Transformationsprozess Wiens visuell zu erfahren.

Und noch eine ganz besondere Kategorie mit einer Fülle an optischen Schmankerln hat Kulturgut zu bieten: Im Bereich Stadtgeschichte finden sich insgesamt acht historische Karten Wiens. Hochauflösend digitalisiert, stammt die älteste davon aus dem Jahr 1547, die jüngste ist auf das Jahr 1830 datiert. Auch hier lädt die Fülle an städtebaulichen Informationen ein, den Wandel Wiens im Laufe der Jahrhunderte zu verfolgen. Dabei sind diese Karten nicht nur historisch, sondern auch künstlerisch wertvoll: Immerhin wurden diese von wichtigen Ingenieuren und Festungsbauern ihrer Zeit gefertigt, die teilweise sogar planerisch an der Erweiterung Wiens beteiligt waren. Aber etwa auch der bedeutende Nürnberger Künstler, Kartograf und Geometer Augustin Hirschvogel hat Wien, wie es einst war, grafisch verewigt.

CASI
KARTENVERKAUF
1/2 STUNDE VOR
DER VORSTELLUNG
CASINO

DIENST: DREHGENEHMIGUNGEN

http://www.wien.gv.at/pid/filmbuero

zugriff 02.09

Die brachiale Verfolgungsjagd in der U-Bahn-Baustelle Karlsplatz zwischen Burt Lancaster und Alain Delon zählt zu den spektakulärsten Beispielen – zu sehen im Siebzigerjahre-Geheimdienst-Thriller „Scorpio, der Killer". Wien besitzt als Schauplatz für Filmproduktionen eine lange Tradition. Angefangen bei am Laaer Berg gedrehten Stummfilmklassikern über „Der dritte Mann" bis hin zu Richard Linklaters „Before Sunrise" und einer unzählbaren Menge an Produktionen fürs Fernsehen: Die Bandbreite an Wien-Filmen ist seit jeher beachtlich.

Um den Drehort Wien weiterhin attraktiv zu halten, ist es auch Aufgabe der Stadt Wien, für entsprechende Strukturen zu sorgen. Als Teil der MA 53 ist das Wiener Filmbüro damit betraut, Filmschaffenden bei der Auswahl von Orten und Kulissen für Dreharbeiten Unterstützung zu leisten. Jährlich werden mehr als 400 Film- und Fernsehprojekte mit Wiener Schauplätzen abgewickelt. Hochgerechnet bedeutet das pro Jahr mehr als 2.000 Filmmotive mit cineastischem Lokalkolorit. Da eine Vielzahl der begehrten Wien-Motive in den Bereich der Wiener Stadtverwaltung fallen, ist es notwendig, für solche Orte offizielle Drehgenehmigungen einzuholen.
Dabei können Filmschaffende die Seiten von www.wien.at nutzen, um erste organisatorische Schritte zu erledigen.

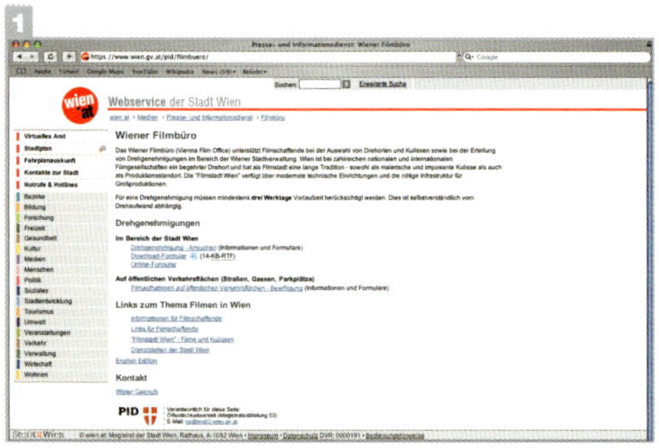

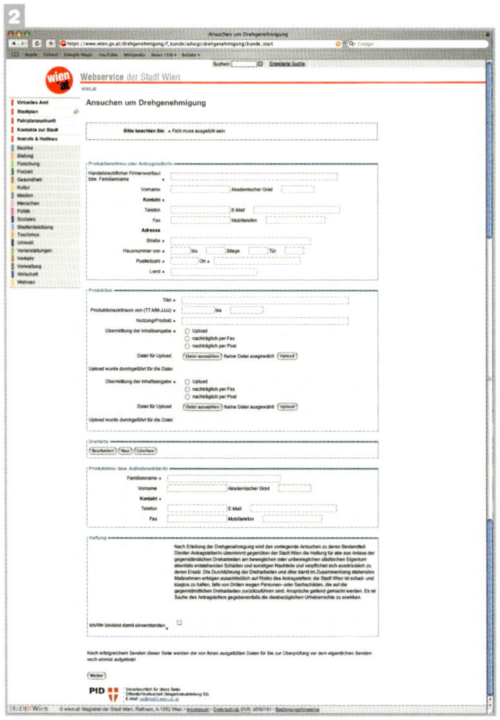

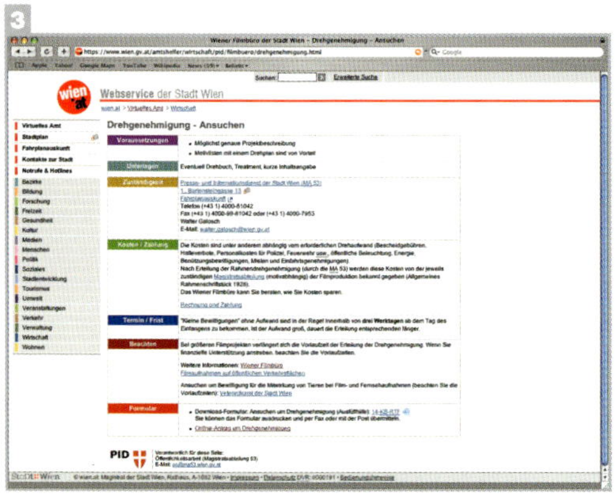

Das Wiener Filmbüro hilft bei der Erteilung von Drehgenehmigungen im Bereich der Wiener Stadtverwaltung. Herrscht Gewissheit über die strukturelle Beschaffenheit der Kulisse, dient ein onlineFormular dazu, auf dem schnellsten Weg das Ansuchen für eine Drehgenehmigung zu stellen. Bei kleineren Film-Produktionen reichen drei Tage an Vorlaufzeit. Aufwändigere filmische Vorhaben verlangen längerfristige Planungsarbeiten, wobei exakte Projektbeschreibungen und Motivlisten von Vorteil sind, um eine rasche Abwicklung zu garantieren. Vor allem, wenn die Notwendigkeit besteht, Einstellungen auf öffentlichen Verkehrsflächen (wie z. B. Straßen, Gehsteige, Parkplätze) zu drehen: Hierfür bietet die Wiener Stadtverwaltung gesonderte Download-Formulare der Magistratsabteilung 46, damit man Straßen- oder Gehsteigsperren zeitgerecht bewilligt bekommt. Schließlich sind solche Vorhaben mit der Durchführung von Ortsverhandlungen verbunden.

Diese cineastischen Services sind nicht nur an heimische Filmschaffende gerichtet – wie die Verfügbarkeit dieser Informationen und Formulare in englischer Sprache beweisen. Auch für internationale Drehteams soll es heißen: „Wien – Klappe, die erste“.

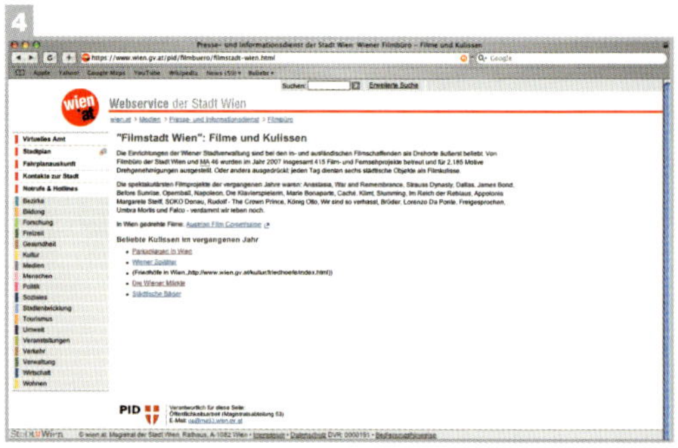

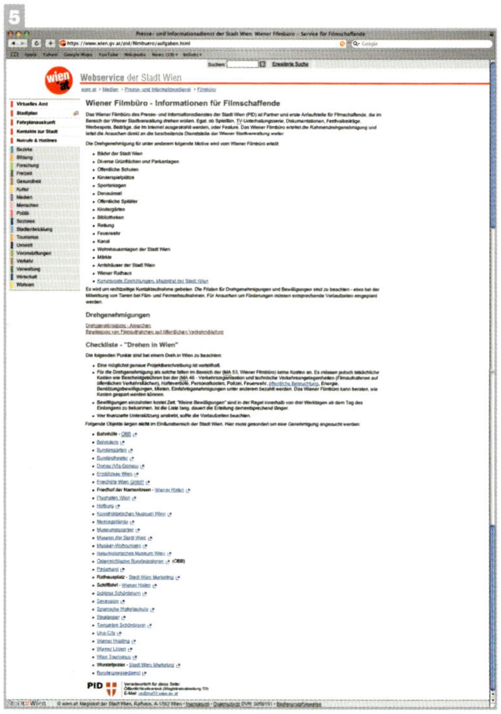

1 Übersichtsseite: Services des Wiener Filmbüros **2** onlineFormular: Drehgenehmigung **3** Detailinformationen des Virtuellen Amts zum Ansuchen um Drehgenehmigungen **4** Übersicht: Filme und Kulissen **5** Auflistung genehmigungspflichtiger Wiener Drehorte

DIENST: INTERKULTURELLE KUNST & KULTURFÖRDERUNGEN

http://www.wien.gv.at/amtshelfer/kultur/kunst.html

1
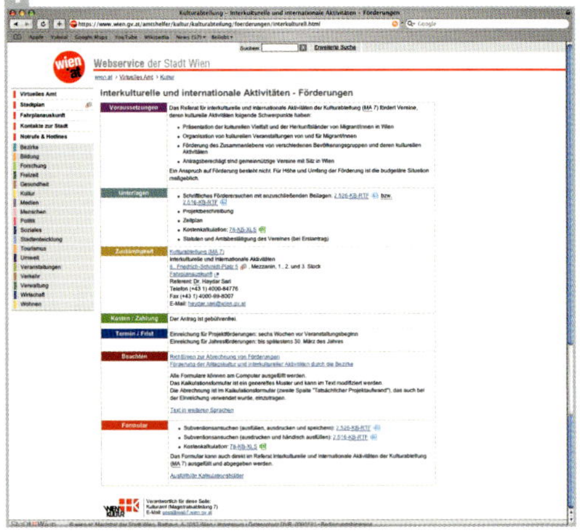

2
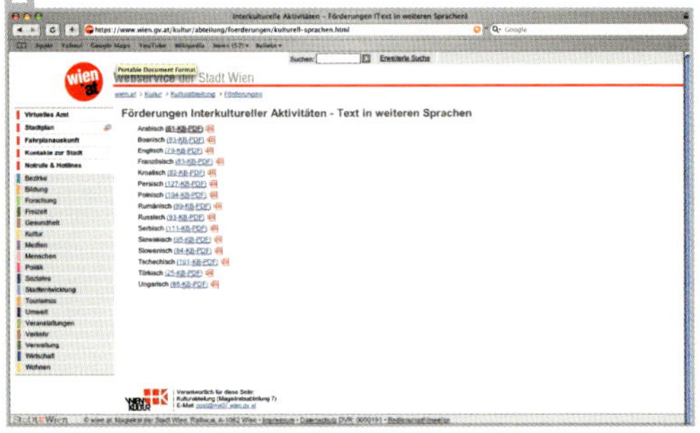

3
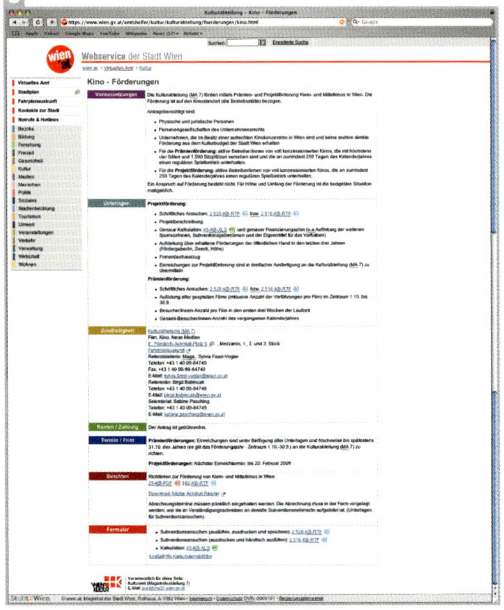

Als eine Stadt, deren internationale Reputation zu einem hohen Grad durch eine reichhaltige Kunst- und Kulturszene bedingt ist, obliegt es auch der Stadtverwaltung, diese Vielfalt durch Fördermaßnahmen zu unterstützen. Der Bereich der Kunst- und Kulturförderung des Virtuellen Amts verdeutlicht, auf welchen Ebenen mit monetärer Unterstützung von offizieller Seite zu rechnen ist. Dass alle dazu eingeladen sind, im Kunst- und Kultursektor tätig zu werden, demonstriert vor allem der Teilbereich der interkulturellen Aktivitäten. Wer als Verein kulturelle Veranstaltungen und Präsentationen im Migrationskontext plant, kann hier um Gelder ansuchen. Das Bemerkenswerte daran: Die als PDF-Download zur Verfügung stehenden Antragsformulare sind in einer Vielzahl an Sprachen erhältlich. Von Arabisch bis Ungarisch garantieren Formulare in 15 verschiedenen Sprachen, dass um Förderungen sehr niederschwellig angesucht werden kann.

Auch abseits des Interkulturellen sind die Kunst- und Kulturbereiche, in denen die Möglichkeit auf Subventionen besteht, sehr umfangreich: Die Kulturabteilung der Stadt Wien fördert bildende KünstlerInnen durch den Ankauf von Gemälden und Kunstwerken, sofern diese einen deutlichen Wien-Bezug aufweisen. KünstlerInnen können hier aktiv werden, indem sie das angebotene PDF-Formular „Bewerbung um einen Kunstankauf" an die entsprechende Stelle der Kulturabteilung senden. Doch auch mit der Förderung von Kleinprojekten und der prinzipiellen Möglichkeit, ein Atelier in gemeindeeigenen Häusern zu beantragen, werden bildende KünstlerInnen unterstützt.

1 Virtuelles Amt: Grundlegende Informationen zur Förderung interkultureller und internationaler Aktivitäten **2** Auflistung aller fremdsprachiger Antrags-Formulare **3** Details zur Förderung von Neuen Medien **4** Übersicht aller Kultur- und Kunstförderungen

4
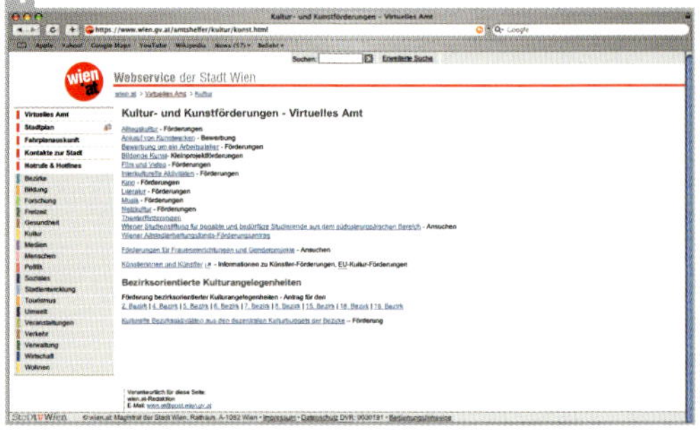

Abseits davon können MusikerInnen, Filmschaffende, VideokünstlerInnen, LiteratInnen, Theaterleute und jene, die Kunst mit digitalen Mitteln schaffen, um Förderungen über das Virtuelle Amt ansuchen. Wobei es nicht zwingend Einzelpersonen sein müssen, deren Wirken Unterstützung findet: Klein- und Mittelkinos können ebenso Anträge stellen wie Fraueneinrichtungen und Genderprojekte. Und auch EigentümerInnen von historisch wertvoller Bausubstanz finden auf den Seiten zur Kunst- und Kulturförderung virtuelle Hilfe, um Finanzmittel für Renovierungen zu lukrieren.

galerie

11 12 1
10 2
9 3
8 4
7 6 5

DIENST: WEBFLOHMARKT

http://www.webflohmarkt.wien.at

zugriff 03.37

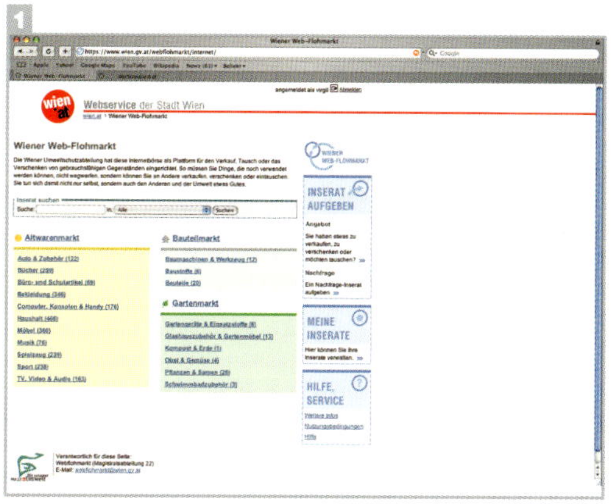

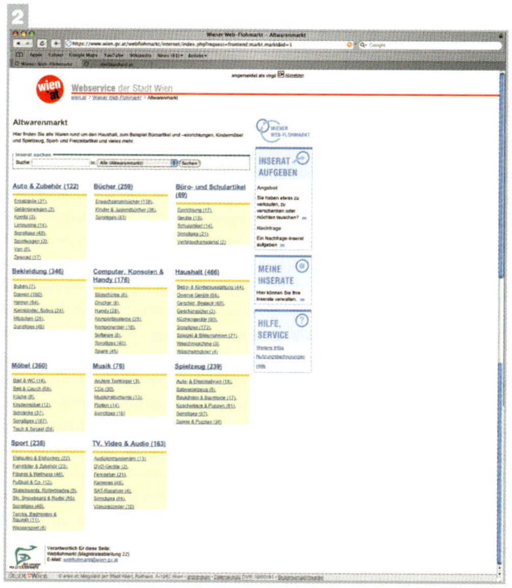

1 Startseite: Wiener Web-Flohmarkt **2** Altwarenmarkt **3** Bauteilmarkt **4** Gartenmarkt

Das Prinzip dieses direkten Warenaustausches kennen alle Internetuser von Handelsplätzen wie Ebay. Jedoch geht es hier nicht ums Steigern und damit einhergehender Profitmaximierung. Es geht um die Umwelt in Form von Ressourcenschonung. Mit dem Web-Flohmarkt auf www.wien.at finden Waren aller Art neue EigentümerInnen. Dabei steht nicht zwingend ein Kauf im Vordergrund – der Wiener Web-Flohmarkt versteht sich auch als Plattform für Tauschobjekte. Wer diverse Gegenstände kostenlos abgeben möchte, kann dies über diesen virtuellen Flohmarkt tun. Auch der umgekehrte Weg ist möglich, indem Suchanzeigen nach bestimmten Waren aufgegeben werden können.

Der Web-Flohmarkt gliedert sich in drei große Bereiche: In den Bauteilmarkt, den Gartenmarkt und den Altwarenmarkt. Der Bauteilmarkt bietet neben Baumaschinen und Werkzeug auch Baustoffe und Bauteile wie Stiegengeländer, Rollläden oder Öfen an. Besonders im Fall von Baustoffen lassen sich damit Materialien verwerten, die sonst womöglich auf dem Mistplatz gelandet wären. Zum Beispiel angerissene Zementsäcke oder übrig gebliebene Fliesen, die für kleinere Flächen durchaus noch Verwendung finden. Somit wird mit dem Wiener Web-Flohmarkt nicht nur die Umwelt, sondern vor allem auch die eigene Geldbörse geschont.

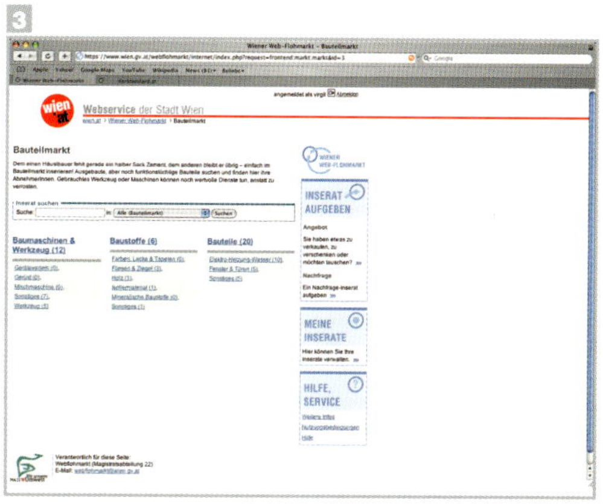

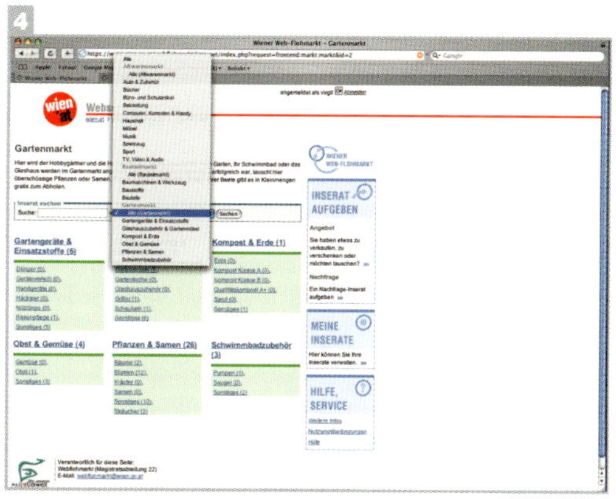

Der Gartenmarkt zeigt sich ähnlich vielfältig: Neben Geräten, Zubehör und Gartenmöbel kann es hier mitunter kulinarisch werden. Erfolgreiche HobbygärtnerInnen können unter der Kategorie Obst & Gemüse Selbstgeerntetes anbieten. Doch nicht nur die Früchte, auch ganze Pflanzen und vor allem Samen wandern hier von KleingärtnerIn zu KleingärtnerIn. Angesichts der enormen Zunahme von Dachterrassen und Dachgärten im gesamten Wiener Stadtgebiet, ein belebter virtueller Ort, der teilweise Erstaunliches, wie 18 Meter hohe Tannen zur Selbstabholung, zu Tage fördert. Und egal ob Vogelscheuche, Hängematte, Griller oder Rasenmäher, kaum ein Gegenstand für den Garten, der hier noch nicht gesichtet wurde.

1+2+3 Der Angebotspalette des Web-Flohmarkts ist keine Grenze gesetzt

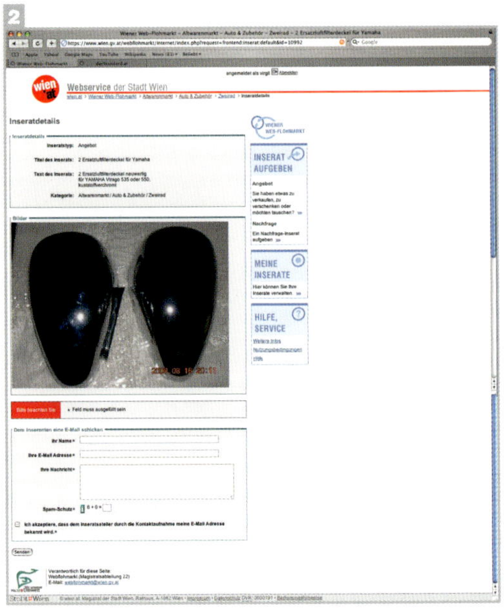

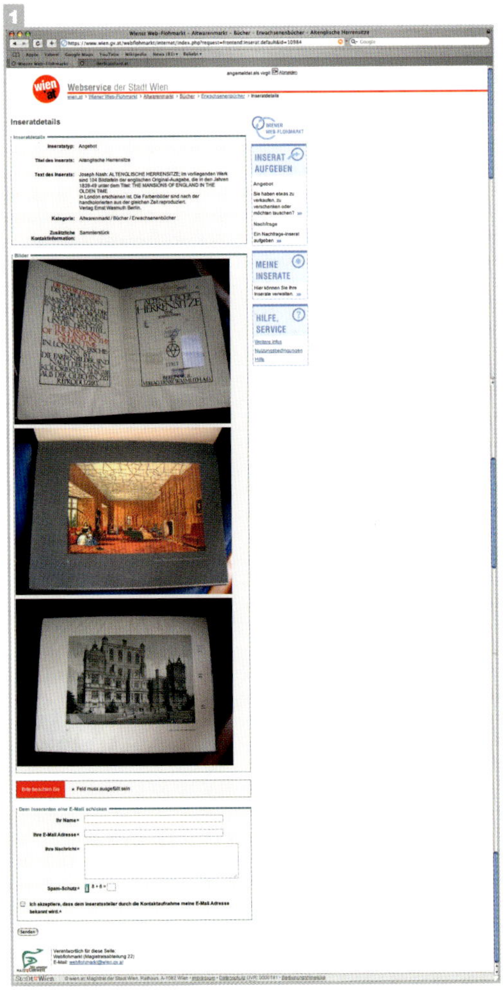

Den umfangreichsten Bereich des Web-Flohmarkts stellt der Altwarenmarkt dar. Wer es darauf anlegt, kann mit den angebotenen Gegenständen eine ganze Wohnung oder ein Büro einrichten. Abseits von Möbeln, Haushaltsgeräten, Computern und Unterhaltungselektronik gibt es hier um wenig bis gar kein Geld Bekleidung, Schuhe, Schulartikel und jede Menge Spielzeug zu erstehen. Musikfans stöbern in Schallplatten, CDs und audiophilem Zubehör. Und auch Autos und entsprechendes Zubehör wie etwa Winterreifen, Schneeketten, Dachträger oder Kindersitze warten auf www.wien.at auf neue BesitzerInnen. Wobei dieser spezifisch Wienerische Marktplatz einen entschiedenen Vorteil zu kommerziellen und daher geografisch kaum beschränkten Plattformen besitzt. Alle Gegenstände können theoretisch per Selbstabholung und Barzahlung ausgetauscht werden. Mühsame Internettransaktionen und auf dem Versandweg beschädigte oder verloren gegangene Waren sind somit ausgeschlossen.

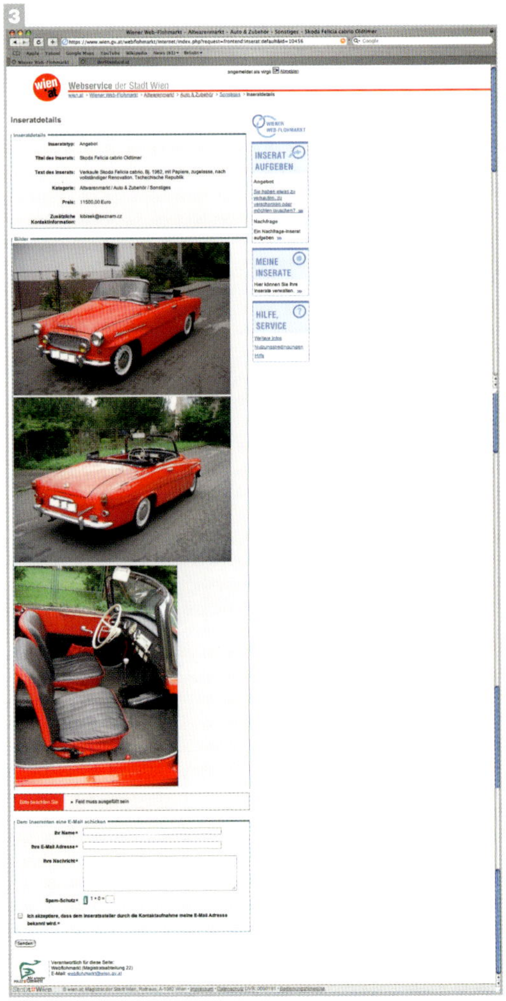

DIENST: VIRTUELLES FUNDAMT

https://www.fundamt.gv.at

1 Neue Nachricht
Von: Mailboxsystem
26 Jan, 2009 19:12
PRINCE DE MONACO
5266

1
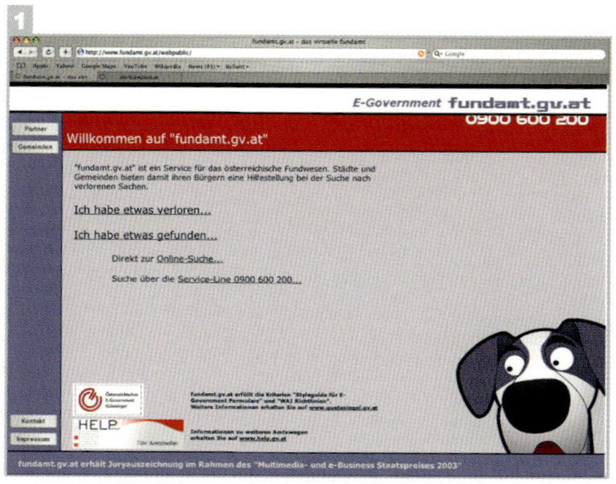

2
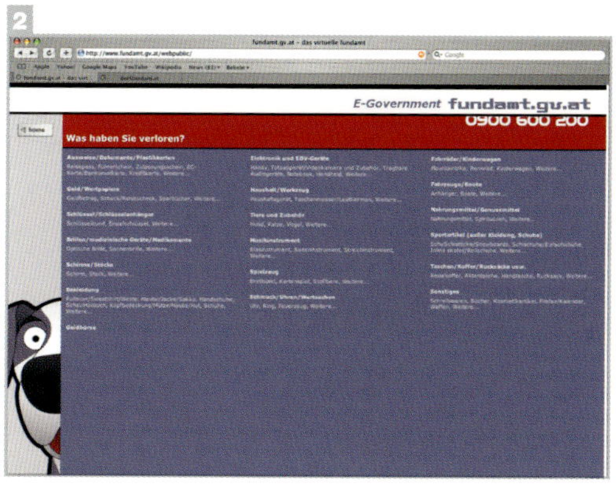

3
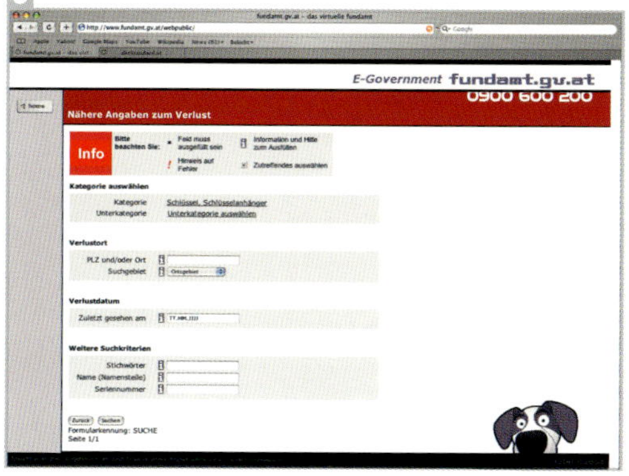

Glücklich ist, wer diesen Dienst nicht benötigt. Doch umso praktischer, wenn im Fall des Verlusts von Gegenständen rasche Hilfe geboten wird. Seit Februar 2003 sind nicht mehr die Polizeidienststellen, sondern allein nur die österreichischen Gemeinden für das Fundwesen zuständig. Das schlägt sich auf www.wien.at dahingehend nieder, dass das Virtuelle Amt hier bezüglich aller notwendigen Schritte ausführlich instruiert, die im Fall von Verlusten, aber auch bei gemachten Funden zu tätigen sind. Doch die Möglichkeiten moderner Informationstechnologie schaffen auf diesem behördlichen Gebiet eine besonders elegante Lösung.

Als österreichweites Kooperationsprojekt der Gemeinden ist unter www.fundamt.gv.at das Virtuelle Fundamt beheimatet. Der Name dieser onlinePlattform ist selbsterklärend: Auf dieser Seite können zum einen verloren gegangene oder anderweitig abhanden gekommene Gegenstände gesucht werden. Zum anderen kann dem Virtuellen Fundamt – falls das Objekt erst sehr kurz vermisst wird – eine Verlustmeldung übermittelt werden.
Die Anwendung ist denkbar einfach zu bedienen: Zunächst erfolgt auf der Übersichtsseite der onlineSuche eine grobe Kategorisierung des Gegenstands. Dabei sorgt die Bandbreite an inventarisierten Fundgegenständen durchaus für manches Schmunzeln, wie die Bereiche Boote oder Spirituosen signalisieren. Hat man die passende Kategorie oder Unterkategorie, in die der Gegenstand fallen könnte, entdeckt, lässt sich die Suche nach vielen Parametern spezifizieren: Durch die Eingabe der Postleitzahl ist eine geografische Einschränkung möglich, die es auch zulässt, den Umkreis des Ortes des Verlusts in Kilometern zu definieren. Die Übermittlung des genauen Verlust-Datums und die Eingabe von Stichwörtern, Seriennummern oder Namen erhöht die Chance, den Gegenstand hier zu finden.

Auf Knopfdruck erscheinen nun alle Objekte, die aufgrund der Suchparameter in Frage kommen – inklusive detaillierter Beschreibungen zum Gegenstand und zum Fundort. Trifft diese virtuelle Schilderung auf das Verlorengegangene zu, muss dem Infoblatt nur noch die Adresse des genauen Aufbewahrungsortes entnommen werden, um den Gegenstand in der realen Welt zu identifizieren. Und schon hat die Odyssee ihr Ende genommen.

4
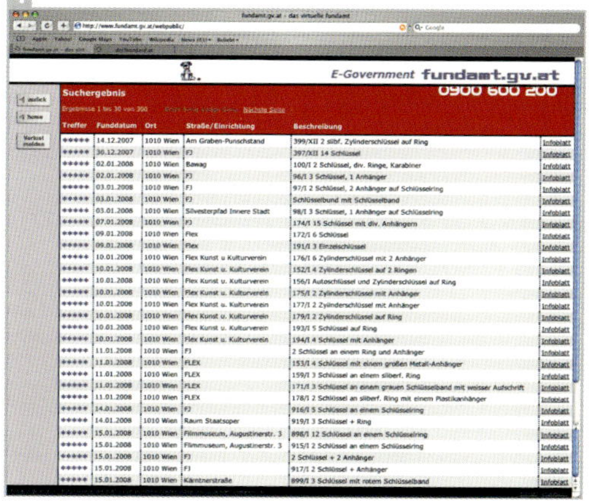

1 Startseite des Virtuellen Fundamts **2** Übersicht zu den Funktionen **3** Suchmaske für Verlorengegangenes **4** Suchergebnisse im Virtuellen Fundamt

DIENST: WIEN.AT-TV

http://www.wien.at/tv

zugriff
04.14

Zu Pionierzeiten galt das World Wide Web als klassisches literarisches Medium: Die Vermittlung von Inhalten beschränkte sich vorwiegend auf Buchstaben und Wörter. Bedingt durch eine Vervielfachung der Bandbreite innerhalb weniger Jahre ist die Art der Informationsweitergabe bekanntlich längst nicht mehr an solche technische Grenzen gebunden. Die Darstellungsform mutierte vielmehr zu einer Frage der Kreativität von Seiten der Softwareprogrammierung. So erfreuen sich im Internet Umtriebige an digitaler Telefonie, sozialen Netzwerken. Allem voran zählen Internetfernsehformate mittlerweile zu den meist genutzten Seiten des World Wide Web. Seit dem Jahr 2007 betreibt die Stadt Wien unter der URL www.wien.at/tv eine eigene TV-Schiene, um das städtische Geschehen mit bewegten Bildern zu transportieren.

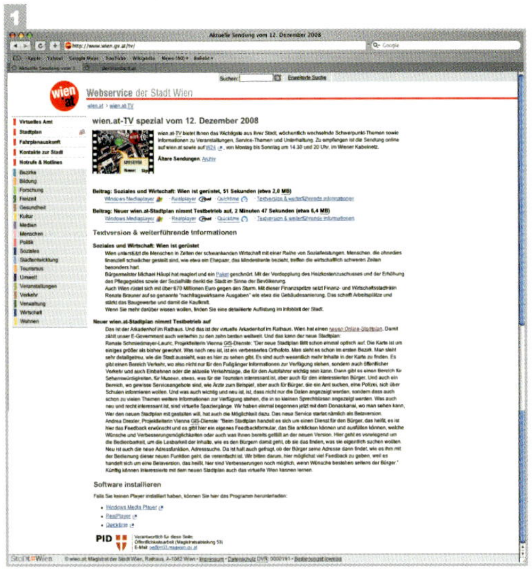

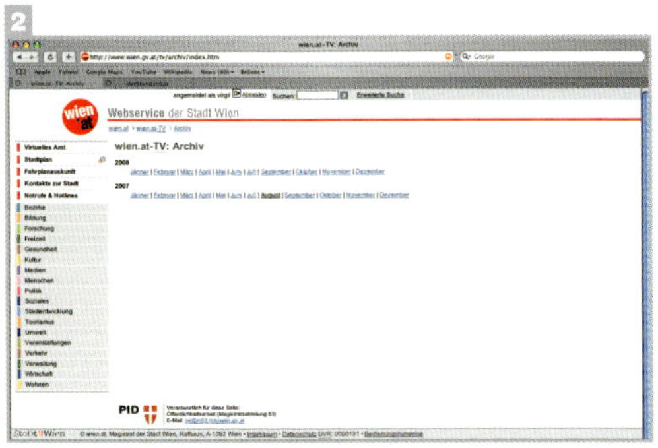

In wöchentlich neu produzierten und jeweils an Freitagen „on air“ gehenden Sendungen sorgt wien.at-TV somit für eine vielschichtig gelagerte Dokumentation des Stadtlebens – verpackt in einzelne Beiträge, die ebenso den Anspruch auf Unterhaltung wie auf Information erfüllen: seien es Veranstaltungen, jahreszeitliche Ereignisse oder Nachrichten aus dem Rathaus. Dabei wird der technische Mehrwert zu klassischem terrestrischem Fernsehen ausgiebig genutzt. Nicht nur aktuelle Sendungen können hier auf Mausklick „on demand“ angesehen werden. Das gesamte Sendungsarchiv seit dem Start von wien.at-TV im Jänner 2007 steht online zum Abruf bereit.

Um den Zugriff auf einzelne Sendungen in aller Übersichtlichkeit zu garantieren, bietet www.wien.at zu jedem Beitrag ausführliche Begleittexte und gibt damit einen inhaltlichen Vorgeschmack auf das aktuell Gebotene. Wobei den ZuseherInnen die Entscheidung überlassen ist, ob die ganze Sendung in einem oder bloß Teile davon konsumiert werden. Jede Ausgabe von wien.at-TV zeigt sich in Einzelbeiträge gegliedert und ermöglicht somit Internetfernsehunterhaltung nach individuellen Interessen. Und es wird auch darauf geachtet, dass niemand durch technische Systemunterschiede von diesem TV-Programm ausgeschlossen ist: Alle Sendungen können in den gängigsten Video-Formaten abgespielt werden.

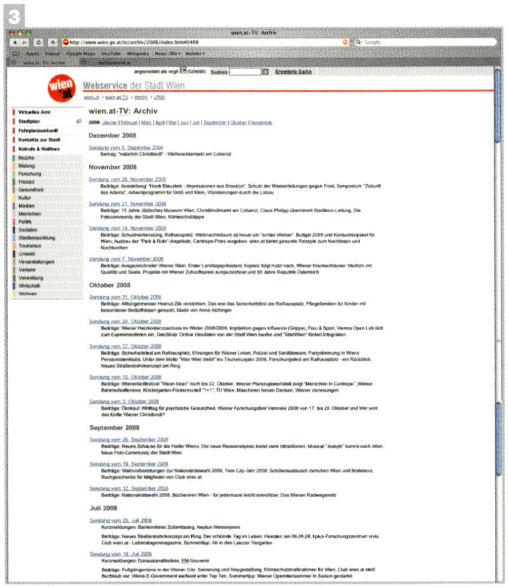

1 Startseite: wien.at-TV **2** Archiv: Monatsübersicht **3** Archiv: Details zu den Sendungen und Inhalten

Impressionen aus wien.at-TV-Sendungen

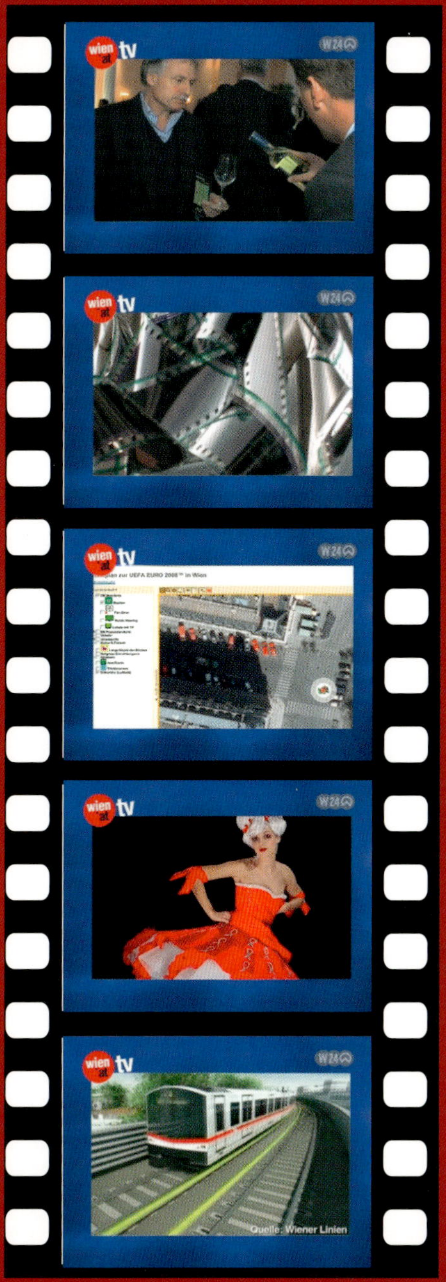

Es liegt in der Natur der digitalen Welt, dass der Fortschritt in immer kürzeren Intervallen seinen Lauf nimmt. Moderne Informations- und Kommunikationstechnologie ist mit einer merklich spürbaren Innovationsgeschwindigkeit verbunden. Nachvollziehbar, dass die online-Dienste der Stadt Wien keinesfalls als abgeschlossenes System zu betrachten sind. Um Services für BürgerInnnen so zu gestalten, dass diese auch den sich wandelnden gesellschaftlichen Bedürfnissen entsprechen und somit erst die nötige Effizienz erlangen, ist stete Entwicklungsarbeit nötig. Was in Summe eine Vielzahl an Herausforderungen für die Verantwortlichen von www.wien.at ergibt: Es wird ständig an der Zukunft gefeilt.

Die vorangegangene „Tagesreise“ durch die so unterschiedlich gelagerten Services der Homepage der Stadt Wien gibt den Status quo in Hinsicht auf E-Government, Services zum städtischen Alltag und deren technologische Verwurzelung wieder. Doch was bringt die Zukunft? In welcher Art und Weise verändert das Internet den zukünftigen Umgang mit Behörden und wie sieht die virtuelle Darstellung Wiens in wenigen Jahren aus? In welcher Form wird digitale Technik dazu genutzt werden, um den Alltag zu erleichtern?

Der wichtigste Schritt in die Zukunft wird jedoch kein inhaltlicher, sondern vielmehr ein struktureller sein. Der Ansatz heißt: E-Inclusion statt Digital Divide. Denn selbst das ambitionierteste Web-Projekt bringt wenig Nutzen, wenn die Möglichkeit des flächendeckenden Zugangs nicht gegeben ist. Darum muss es oberstes Gebot sein, keine Bevölkerungsgruppen von diesem Informationsmedium auszuschließen. Ein klar definiertes Ziel, das jedoch in der Durchführung viele Ansätze verlangt: Beginnend mit dem Ausbau von technischen Aspekten, wie jenem, dass die Website so programmiert sein muss, damit selbst mit einfachsten technischen Mitteln die Nutzung aller Dienste von www.wien.at möglich ist.

Barrierefreiheit muss auf allen Ebenen gewährleistet sein, was im E-Government-Gesetz klar definiert ist. Abseits der digitalen Infrastruktur muss daran gearbeitet werden, den Zugang ins World Wide Web so einfach wie möglich zu gestalten. Die Vermittlung einer allgemeinen Medienkompetenz eingebettet ins Schulwesen kann hier Vorsorge leisten, um den Umgang mit digitalen Bürgerservices zu einer Selbstverständlichkeit werden zu lassen. Doch nicht nur an die Jüngsten sei hier gedacht: Da E-Government-Dienstleistungen besonders für ältere Menschen einen enormen praktischen Vorteil bedeuten, würden solche Schulungen besonders bei SeniorInnen von großem Wert sein.

Doch was ist in Hinsicht auf E-Government in der Zukunft konkret zu erwarten? Im kühn gedachten Idealfall sollte es nicht mehr vonnöten sein, überhaupt ein Amt aufsuchen zu müssen, um Behördliches zu regeln: Alle Dienste, welche dies von ihrem Wesen her erlauben, werden als onlineFunktion angeboten.

Bis es soweit ist, erfolgt der Weg zur umfassenden Virtualität in Zwischenschritten: BürgerInnen und UnternehmerInnen soll es in Zukunft erspart bleiben, Unterlagen und Dokumente mit aufs Amt zu nehmen. Dabei wird die so genannte Bürgerkarte zum unverzichtbaren Bestandteil des behördlichen Alltags – jener scheckkartengroße Ausweis, der alternativ auch in eine bestehende Bankomat- oder Kundenkarte integriert werden kann und es jetzt schon erlaubt, statt einer persönlichen Unterschrift die Authentifizierung mit einer elektronischen Signatur zu bestätigen. In der Praxis bedeutet dies, dass die Bürgerkarte über einen Kartenleser den Amtsweg von zuhause aus ermöglicht. Bescheide werden dann nicht mehr in Papierform, sondern über einen Zustellserver elektronisch abrufbar.

Abseits des E-Government-Bereichs ist in der Zukunft auch mit einem verstärkten Ausbau der Nutzbarkeit des geografischen Informationssystems zu rechnen: Gekoppelt werden diese Dienste mit dem allgemeinen Trend des verstärkten Einsatzes des Handys als Internetempfangsgerät. So soll die Möglichkeit bestehen, alle relevanten Informationen zum augenblicklichen individuellen Standort kompakt am Handy zu erhalten. Nach automatischer Standortbestimmung via GPS-Ortung erscheint ein Kartenausschnitt, der eine Vielzahl an gewünschten Daten preisgibt. Die bereits jetzt schon bemerkenswerte Anzahl an thematisch bezogenen Stadtkarten auf www.wien.at gibt hier bereits einen Vorgeschmack:
So könnte es auf diesem Weg bald möglich sein, Informationen zu bevorstehenden Baustellen, Räumroutenzeiten bei Schneefall, temporäre Halteverbote, Veranstaltungstermine oder das Eintreffen der nächsten Niederflurstraßenbahn abzufragen. Wie sehr dieses Zukunftsszenario bereits jetzt in der Realität verwurzelt ist, zeigt etwa die Möglichkeit für blinde Menschen, via Handy Audioinformationen zur örtlichen Beschaffenheit von U-Bahn-Stationen zu erhalten. Nichts, was nicht möglich ist, da es hier technisch betrachtet um die digitale Verknüpfung und Aufbereitung von bestehenden Daten geht. Selbst der Flächenwidmungsplan könnte auf diesem Weg auf Knopfdruck umgehend am Handy erscheinen. Und wer weiß: Vielleicht ist es angesichts der peniblen digitalen Vermessung der Stadt bald möglich, in fotorealistischer Qualität Wege vorab virtuell zu beschreiten. Oder sich in Echtzeit via Handy die geplante Route – unter Miteinbeziehung diverser individuell gewünschter Informationen – diktieren zu lassen. Egal ob zu Fuß, mit dem Rad oder motorisiert. In der Theorie sind solche Szenarien unbegrenzt durchspielbar. Doch erst die Wechselwirkung zwischen technischer Innovation und Akzeptanz der Dienste durch die BenutzerInnen von www.wien.at wird zeigen, was die Zukunft tatsächlich bringt. Nur eines sei mit Sicherheit prophezeit: Interessant wird sie allemal.

03 Mär 13 12
HALTEN
MERIDIA

STICHWORTINDEX

IMPRESSUM

„Virtuelles Wien“ entstand in Zusammenarbeit mit der Geschäftsgruppe Stadtentwicklung und Verkehr der Stadt Wien – mit inhaltlicher Unterstützung durch die Magistratsabteilungen 53, 41, 14 und MD-OS/IKT.

Redaktion & Text Johannes Luxner | **Koordination** Robert Lichtner | **Fotografie** Chris Pfaff | **Umschlag & Schmutztitel-Foto** Getty Images | **Grafische Gestaltung** Angela Mittelstedt | **Produktion** Repromedia Wien | **Produktionsleitung** Horst Wiesmüller | **Printed in Austria** |

ISBN 978-3-901983-84-9